ALDOUS HUXLEY

1894'te İngiltere'de doğdu. Yirmili yaşlarının başında şiir ve öyküler yazmaya başlamasına karşın, yazın dünyasında ilk tanınışı *Crome Yellow* (1921) adlı romanıyla oldu. Bunu izleyen romanları *Antic Hay* (1923), *Those Barren Leaves* (1925) ve *Point Counter Point* (1925), Huxley'nin çağdaş toplumun kusurlarını zekice olduğu kadar, acımasızca yargıladığı birer dahiyane taşlamadır. En bilinen eseri olan *Cesur Yeni Dünya*'nın (1932) da aralarında bulunduğu birçok romanında yazarın, İkinci Dünya Savaşı öncesinde tehlikeli bir şekilde kontrolden çıkmakta olduğunu hissettiği toplumun karmaşasına gösterdiği düşünsel tepkiler kolaylıkla hissedilebilir. 1963'te Amerika'da öldü.

Aldous Huxley
Cesur Yeni Dünya
Özgün Adı: *Brave New World*
Çeviren: Ümit Tosun
Yayına Hazırlayan: Savaş Kılıç

İthaki Yayınları - 19
Edebiyat - 18
ISBN 975-6902-16-7

5. Baskı Haziran, 2007, İstanbul

Yayın Koordinatörü: Füsun Taş
Sanat Yönetmeni: Murat Özgül
İthaki™ Penguen Kitap-Kaset Bas. Yay. Paz. Tic. Ltd. Şti.'nin yan kuruluşudur.

Kapak, İç Baskı: İdil Matbaacılık
Emintaş Kazım Dinçol Sanayi Sitesi No: 81 / 19
Topkapı-İstanbul Tel: (0212) 674 66 78
(Penguen Kitap-Kaset Bas. Yay. Paz. Tic. Ltd. Şti.)

İthaki Yayınları:
Mühürdar Cad. İlter Ertüzün Sok. 4/6 34710 Kadıköy-İstanbul
Tel: (0216) 330 93 08 – 348 36 97 Faks: (0216) 449 98 34
ithaki@ithaki.com.tr – www.ithaki.com.tr – www.ilknokta.com

CESUR YENİ DÜNYA

Aldous Huxley

Çeviri: Ümit Tosun

ithaki

ÖNSÖZ

Kronik vicdan azabı, tüm ahlâkçıların hemfikir olduğu gibi, hiç de istenmeyen bir duygudur. Eğer kötü bir davranışta bulunduysanız, pişmanlık duyun, elinizden geldiği kadar durumu düzeltin ve bir dahaki sefere daha iyi davranmaya bakın. Ne sebeple olursa olsun hatanızın üzerinde kara kara düşünmeyin. Temizlenmenin yolu çamurda yuvarlanmak değildir.

Sanatın da kendi ahlâk anlayışı vardır ve bu ahlâkın kurallarının çoğu bildiğimiz etik kurallarıyla aynı, ya da en azından benzerdir. Örneğin, kötü sanat eserlerimizden duyduğumuz vicdan azabı, kötü davranışlarımızdan dolayı hissettiğimiz vicdan azabı denli istenilmezdir. Kötü olan yanları belirlenmeli, açıklanmalı ve mümkünse gelecekte bunlardan kaçınılmalıdır. Yirmi yıl öncesinin yazınsal kusurlarına uzun uzadıya kafa yorup yanlışları olan bir eseri, ilk yazıldığında yakalayamadığı mükemmelliğe ulaştırmak için yamamaya kalkışmak, ortayaşını, gençliğinde yine kendi olan o farklı kişinin işlediği, miras bıraktığı sanatsal günahları onarmaya çalışarak harcamak -bütün bunlar kesinlikle boşunadır, abesle iştigaldir. İşte bu yüzden, bu yeni *Cesur Yeni Dünya* eskisiyle aynı. Bir sanat eseri olarak epey bir kusuru var; ancak bunları düzeltmek için kitabı yeniden yazmam gerekir -ve olasıdır ki yeniden yazma sürecinde, daha yaşlı, farklı bir insan olarak, öyküdeki bazı kusurların yanı sıra üstün yanlarını da çıkarıp atmam gerekecek. Böylece, sanatsal vicdan azabının çamurunda yuvarlanmanın cazibesine karşı koyup iyiyle kötüyü kendi hallerine bırakmayı ve başka şeyler düşünmeyi yeğliyorum.

Ancak, bu arada, öyküdeki en ciddi kusurdan hiç olmazsa söz etmekte fayda olduğunu düşünüyorum. Vahşi'ye yalnızca iki seçenek sunuluyor, Ütopya'da delice bir yaşam, ya da bir kızılderili köyünde ilkel yerli hayatı, ki bu bazı yönleriyle daha insanca bir yaşam, ama diğer yönleriyle aynı tuhaflık ve anormallikte. Kitabın yazıldığı günlerde bu düşünceyi; özgür iradenin insanlara, bir tarafta delilik diğer tarafta cinnet arasında seçim yapabilsin diye verildiği düşüncesini eğlenceli bulur ve büyük olasılıkla da doğru olduğunu düşünürdüm. Fakat dramatik etki için, Vahşi, yarı bereket mezhebi yarı *Penitente* zalimliği bir dinin inananları arasında yetiştirilişinin sağlayamayacağı kadar mantıklı konuşturulmuştur. Gerçekte, Shakespeare okumuşluğu dahi böylesi söylemleri haklı çıkaramaz. Ve tabii, kapanışta, akıldan uzaklaşmaya zorlanıyor; özündeki *Penitente*-izm kendini gösteriyor, manyakça bir kendine işkence ve umutsuz bir intiharla son buluyor. 'Ve böyle sefilce ölüp gittiler sonsuza dek' -elbette bu da öykünün yazarı olan keyiflenmiş, Pironik estetin inancını pekiştirmiş oldu.

Bugün akıl sağlığının imkânsız olduğunu göstermeyi hiç de arzulamıyorum. Aksine, akıl sağlığının daha ziyade az bulunan bir fenomen olduğu konusunda geçmişteki denli emin ve hüzünlü olmakla birlikte, bunun başarılabileceğine inanmaktayım ve daha fazla başarıldığını görmek isterim. Birkaç yeni kitapta böyle sözler etmiş ve de her şeyden önemlisi, akıllıların akıl sağlığı konusunda ve akıl sağlığına ulaşma yolları üzerine söylediklerini bir antolojide derlemiş olduğum için, saygın bir akademik eleştirmen bana, kriz dönemindeki bir entelektüel sınıfın başarısızlığının üzücü bir belirtisi olduğumu söyledi. Sanırım bununla, bu profesör ve meslektaşlarının, başarının sevindirici belirtileri oldukları ima ediliyor. İnsanlığa hizmet edenler onur ve anımsanmayı hak ederler. Profesörler için bir Panteon inşa edelim. Bu tapınağı Avrupa ya da Japonya'nın yerle bir olmuş kentlerinden birinin kalıntıları arasına yapar ve mahzen mezarın girişinin üzerine, iki metrelik harflerle şu basit sözcükleri kazırdım: DÜNYA EĞİTMENLERİNİN ANISINA ADANMIŞTIR. SI MONUMENTUM REQUIRIS CIRCUMSPICE.*

Ancak geleceğe dönecek olursak... Şu anda kitabı yeniden yazmak durumunda olsaydım, Vahşi'ye üçüncü bir seçenek sunardım. İkileminin ütopyacı ve ilkel boynuzları arasında akıl sağlığı

* (Lat.) Eğer anıtını ararsan, etrafına bak. (Yhn.)

olasılığı bulunurdu -*Cesur Yeni Dünya*'dan gelme sürgün ve sığınmacılardan oluşan, Ayrıbölgenin sınırları içinde yaşayan bir toplumda, bir dereceye kadar gerçekleşmiş bir olasılık. Bu toplumda ekonomi merkezsiz ve Henry George'gil, politika ise Kropotkin-vari ve dayanışmacı olurdu. Bilim ve teknoloji, insanı (günümüzde ve Cesur Yeni Dünya'da fazlasıyla olduğu üzere) uyum sağlamaya ve köleleşmeye zorlayan şeyler olmaktan çıkıp, Şabat gibi, insan için yaratılmışçasına kullanılırdı. Din insanın Mutlak Sonu'nun bilinçli ve zekice takibi, içkin Tao ya da Logos'un, aşkın Nirvana'nın ya da Brahma'nın birleştirici bilgisi olurdu. Yaşamın baskın felsefesi de bir tür Yüce Faydacılık olurdu ve bu felsefede En Büyük Mutluluk prensibi Mutlak Son prensibinin yanında ikincil kalırdı - yaşamın her olumsallığında ilk sorulacak ve yanıtlanacak soru şu olurdu: "Ben ve diğer bireylerin oluşturabileceği en büyük çoğunluğun bu düşüncesi ya da eyleminin, insanın Mutlak Son'unun başarılmasına nasıl bir etkisi ya da katkısı olacaktır?"

İlkel yerlilerin arasında büyüyen Vahşi, (kitabın bu yeni varsayılan yazımında) kendini akıl sağlığını aramaya adamış özgürce işbirliği yapan bireylerden oluşan bir toplumun doğası üzerine ilk elden bir şeyler öğrenme fırsatı verilene dek Ütopya'ya götürülmezdi. Böyle değiştirildiğinde, *Cesur Yeni Dünya* sanatsal ve (eğer böylesi kapsamlı bir sözcüğü kurmaca bir eser için kullanmak yerinde olursa) felsefi bir tamlığa kavuşurdu; şimdiki formuyla bunlardan yoksun olduğu apaçıktır.

Fakat *Cesur Yeni Dünya* gelecek hakkındadır ve sanatsal ya da felsefi nitelikleri ne olursa olsun, gelecekle ilgili bir kitap bizi ancak, geleceğe dair kehanetleri akla uygun şekilde gerçekleşebilirse ilgilendirir. Modern tarihin eğik düzleminde on beş yıl ileride şu an bulunduğumuz noktada, gelecekle ilgili kehanetleri ne kadar akla yakındır? Bu acı dolu aralıkta 1931'in öngörülerini doğrulayan ya da geçersiz kılan neler olmuştur?

Öngörü konusunda büyük ve apaçık bir eksiklik kendini hemen belli etmektedir. *Cesur Yeni Dünya* nükleer füzyondan hiç bahsetmez. Hiç bahsetmemesi aslında oldukça tuhaftır; çünkü atom enerjisi, kitabın yazılışından önceki yıllarda popüler bir tartışma konusu olmuştu. Eski dostum Robert Nichols bu konu üzerinde başarılı bir oyun bile yazmıştı ve hatırlıyorum da, yirmilerin sonunda yayınlanan bir romanda bu oyundan şöyle bir söz etmiştim. Dediğim gibi, Fordumuz'dan* sonraki yedinci yüzyılın füze ve helikopter motorlarının parçalanmış çekirdek enerjisiyle çalışmamaları çok tuhaftır. Bu dikkatsizlik bağışlanası olmayabilir; ama en azından kolayca açıklanabilir. *Cesur Yeni Dünya*'nın konusu bili-

* 'Fordumuz' İngilizcede Our Ford diye söylenmektedir ve bu da 'Rabbimiz, Efendimiz, Yüce Tanrı' anlamına gelen 'Our Lord' sözünü çağrıştırmaktadır. (Yhn.)

min bu türden gelişmesi değildir; bilimin insanları birey olarak etkilediği yönüyle gelişimidir. Fizik, kimya ve mühendisliğin zaferleri, sözü edilmeden benimsenir. Özgül olarak betimlenmesi gereken bilimsel gelişmeler, biyoloji, fizyoloji ve psikolojide gelecekteki araştırmaların sonuçlarının insanlara uygulanmasıyla ilgili olanlardır. Yaşamın niteliği, sadece yaşam bilimleri sayesinde köklü bir biçimde değiştirilebilir. Madde bilimleri, yaşamı yok edecek ya da yaşamı imkânsız derecede karmaşık ve rahatsız kılacak biçimde uygulanabilirler; ancak, biyolog ve psikologlar tarafından araç olarak kullanılmadıkça, yaşamın doğal biçim ve özelliklerini değiştirmek için kullanılamazlar. Atom enerjisinin açığa çıkarılması insanlık tarihinin büyük bir devrimidir, ancak (kendimizi parçalara ayırıp tarihi noktalamazsak) en son ve en nüfuz edici devrimi değildir.

Bu gerçekten de devrimci devrim, dış dünyada değil, insanların ruhları ve bedenlerinde gerçekleşmelidir. Devrimci bir dönemde yaşamış olan Marquis de Sade, doğal olarak, bu devrimler teorisini kendi özgün deliliğini ussallaştırmak için kullanmıştır. Robespierre devrimin en yüzeysel türünü, politik devrimi başarmıştı. Biraz daha derine inecek olursak, Babeuf ekonomik devrime soyunmuştu. Sade, kendisini, salt politik ve ekonomik devrimin ötesinde, gerçekten devrimci bir devrimin havarisi olarak görüyordu -birey olarak bedenleri, artık, herkesin ortak cinsel mülkiyeti olacak olan ve zihinleri, tüm doğal güzelliklerinden, geleneksel uygarlığın zahmetle edinilmiş yasaklamalarından arındırılacak erkekler, kadınlar ve çocukların devriminin üzerinde. Şüphesiz, Sadizm ile gerçekten devrimci devrim arasında zorunlu ya da kaçınılmaz herhangi bir ilişki yoktur. Sade zır deliydi ve devriminin az çok bilinçli amacı, evrensel kaos ve yıkımdı. Cesur Yeni Dünya'yı yöneten insanların aklı (akıl sözcüğünü mutlak anlamıyla kullanacak olursak) yerinde olmayabilir; ancak deli değiller ve amaçları anarşi değil, toplumsal istikrardır. İşte bu toplumsal istikrara ulaşmak için bilimsel yöntemlerle, kişisel, nihaî, gerçekten devrimci devrimi yürütüyorlar.

Fakat bu arada, belki de sondan bir önceki devrimin ilk aşamasında bulunmaktayız. Bir sonraki aşaması atom savaşı olabilir, ki o durumda, gelecekle ilgili kehanetlere kafa yormamız gerekmez. Savaşmaktan tümüyle vazgeçmesek bile, en azından onsekizinci yüzyıldaki atalarımızın yaptığı gibi akılcı davranmaya yetecek denli aklımızın yerinde olduğunu söylemek boşboğazlık olmaz. Otuz Yıl Savaşları'nın akla hayale gelmedik dehşeti insanlara bir ders vermiştir ve yüzyıldan uzun bir süredir Avrupa'nın politikacıları ve generalleri askeri kaynaklarını yıkıcı boyutlarda kullanmaktan ya da (çatışmaların çoğunda) düşman tamamen yok edilene dek savaşmaktan bilinçli şekilde kaçınmışlardı. Saldırgandılar, elbette gözlerini kâr ve zafer hırsı bürümüştü; ama aynı zamanda tutucuydular, ne pahasına olursa olsun dünyalarını bütün olarak, başarılı bir şirket olarak korumaya kararlıydılar. Son otuz yılda tutucular yoktu; yalnızca milliyetçi sağ köktenciler ve milliyetçi sol köktencileri görüyoruz. Son tutucu devlet adamı beşinci Landsdowne Markisi'ydi; ve Marki, *The Times*'a; Birinci Dünya Savaşı'na, onsekizinci yüzyılın çoğu savaşında olduğu gibi bir uzlaşma ile son verilmesi gerektiğini öneren bir mektup yazdığında, bir zamanlar tutucu olan gazetenin yayıncısı mektubu yayınlamayı reddetti. Milliyetçi köktenciler yapacaklarını yaptılar, sonuçlarını hepimiz biliyoruz - Bolşevizm, Faşizm, enflasyon, çöküntü, Hitler, İkinci Dünya Savaşı, Avrupa'nın harabeye çevrilişi, ve evrensel açlık dışındaki bütün yıkımlar.

Öyleyse Hiroşima'dan, atalarımızın Magdeburg'dan aldığı gibi ders alabileceğimizi varsayarsak gerçekten barış dolu olmasa bile sınırlı ve kısmen yıkıcı savaşların olduğu bir dönem yaşamayı umabiliriz. Bu dönem süresince nükleer enerjinin endüstriyel amaçlar için kullanılacağı varsayılabilir. Elbette sonuç, eşi görülmedik hız ve bütünlükte bir dizi ekonomik ve sosyal değişim olacaktır. İnsan yaşamının var olan tüm biçimleri bozulacak ve atom gücünün insancıl olmayan gerçeğine uyum sağlayacak yeni biçimler, geliştirilmek zorunda kalınacaktır. Modern giysilere bürünmüş Prokroustes'ler olan nükleer bilimciler insanlığın üzerinde yatacağı yatağı hazırlayacak; ve eğer insanoğlu yatağa uymazsa -bu, insanlık için çok kötü olacak. Bir takım uzatma ve kısaltmalar olacak, insanlığın fazla gelen uzuvları kesilip biçilecek - uygulamalı bilimler yoluna gireli beri olagelen, aynı türden uzatma-kısaltma ve uzuv kesmeler, ancak bu kez, geçmiştekinden çok daha korkunç olacaktır. Bu hiç de acısız olmayan ameliyatlar, ileri derecede merkezileşmiş devletler tarafından yönetilecekler. Kaçınılmaz biçimde öyle olacak; çünkü yakın gelecek, büyük olasılıkla yakın geçmişe benzeyecektir ve de yakın geçmişte, hızlı toplumsal değişimler seri üretim ekonomilerinde ve çoğu varlıksız olan toplumlarda meydana geldikleri için, daima ekonomik ve sosyal karışıklıklara yol açmıştır. Buhranla mücadele için ise iktidar merkezileştirilmiş ve devlet kontrolü artırılmıştır. Tüm dünya devletlerinin atom enerjisinin kullanımından önce üç aşağı beş yukarı bütünüyle totaliterleşmeleri olasıdır; kullanım süresince ve sonrasında totaliterleşeceklerine kesin gözüyle bakılabilir. Sadece merkezsizleşme ve özyardım yönünde büyük ölçekli kitlesel bir hareket, devletçiliğe bugünlerdeki yönelişi durdurabilir. Halihazırda böylesi bir harekete dair herhangi bir işaret yoktur.

Tabii ki yeni totaliter sistemin eskisine benzemesini gerektirecek hiçbir neden yok. Polis copu ve idam mangaları, yapay açlık, toplu hapsetmeler ve toplu sınırdışı etmeler yoluyla devlet, yalnızca insanlıkdışı değil (bugünlerde buna kimse pek aldırmıyor); açık şekilde yetersizdir - ve ileri teknoloji çağında yetersizlik, Kutsal Ruh'a karşı işlenmiş bir günahtır. Gerçekten etkili totaliter devlet, siyasi patronların ve onların yönetici ordularının tüm güçleri kendisinde toplayan hükümetinin, kölelerden oluşan nüfusu köleler köleliklerini sevdikleri için zor kullanmaksızın kontrol ettikleri devlettir. Günümüzün totaliter devletlerinde köleliği sevdirmek, propaganda bakanlıkları, gazete yayıncıları ve okul öğretmenlerine verilmiş bir görevdir. Ancak yöntemleri halen kaba ve bilimdışıdır. Cizvitlerin, "bana çocuğun aldığı eğitimi söyle sana yetişkin halinin dinî inançlarını söyleyeyim" diye böbürlenmeleri, hüsnü kuruntunun ürünüdür. Ve muhtemelen modern pedagog, öğrencilerinin reflekslerini şartlandırma konusunda, Voltaire'i yetiştiren değerli rahipler denli başarılı değildir. Propagandanın en büyük zaferleri, bir şeyi yapmakla değil onu yapmaktan kaçınmakla kazanılmıştır. Gerçek yücedir, ancak pratik bir bakış açısından bakılacak olursa daha yücesi, gerçek konusunda sessiz kalmaktır. Totaliter propagandacılar; bir takım konulardan söz etmemek yoluyla, kitlelerle yerel politika patronlarının nahoş bulduğu gerçek ya da savların arasına, Mr. Churchill'in 'demir perde' diye adlandırdığı şeyi çekerek, kamuoyuna en uzdilli karalamalarla ya da en karşı konulmaz mantıksal karşıtezlerle yapabileceklerinden çok daha etkili biçimde kanaat telkin etmişlerdir. Ama sessizlik yeterli değildir. Eğer zulüm, tasfiye ve çatışmanın diğer belirtilerinden kaçınılacaksa, propagandanın olumlu yönleri, olumsuz yönleri denli etkinleştirilmelidir.

Geleceğin en önemli Manhattan Projeleri, politikacıların ve katılan bilimadamlarının 'mutluluk sorunu' adını vereceği konuda - diğer bir deyişle, insanlara köleliklerini sevdirme sorunu konusunda, devlet sponsorluğunda yürütülecek büyük çaplı araştırmalar olacaktır. Ekonomik güvence olmazsa kölelik sevgisi hayata geçirilemez; kısacası, güçleri kendinde toplayan hükümet ve idarecilerinin kalıcı güvence sorununu çözeceklerini varsayıyorum. Fakat güvenceler, kolaylıkla varmış gibi kabul edilirler. Güvencelerin sağlanması salt yüzeysel, dışsal bir devrimdir. Kölelik sevgisi, insan zihin ve bedenlerinde derin ve kişisel bir devrimin sonucu olarak oluşturulmadıkça başarılamaz. Bu devrimi gerçekleştirmek için, diğerlerinin yanında, aşağıda sayacağım keşif ve buluşlara ihtiyacımız var. Birincisi, çocuk şartlandırma ve daha sonra skopolamin gibi ilaçlar yardımıyla sağlanacak ileri bir telkin tekniği. İkincisi, devlet idarecilerine, eldeki herhangi bir bireyi sosyal ve ekonomik hiyerarşide ait olduğu yere atayabilme olanağını sağlayacak, insan farklılıkları üzerine tam gelişmiş bir bilim dalı. (Yanlış görevlerde bulunan insanlar, sosyal sistem hakkında tehlikeli düşünceler besleme ve mutsuzluklarını başkalarına bulaştırma eğilimi gösterirler.) Üçüncüsü (her ne kadar ütopyaysa da gerçeklik, insanların kendisinden, sık sık tatile çıkarak uzaklaşma gereği duyduğu bir şey olduğundan), alkol ve diğer uyuşurucuların yerini alacak, daha az zararlı, ama aynı zamanda cin ya da eroinden daha fazla keyif verecek bir madde. Dördüncüsü de (ama bu uzun vadeli bir proje olurdu ve başarılı bir sonuca ulaştırmak için nesiller boyunca totaliter kontrol gerekirdi), insan ürününü standartlaştırmak ve yönetenlerin görevini kolaylaştırmak üzere tasarlanmış yanılmaz bir öjenik sistemi.* *Cesur Yeni Dünya*'da bu insan standartlaştırma, belki imkânsız değil, ama fantastik uçlara taşınmıştır. Teknik ve ideolojik olarak şişelenmiş bebekler ve Bokanovski yarımoron gruplarından hâlâ çok uzağız. Ama F.S. 600 yılına gelindiğinde nelerin olmayabileceğini kim bilebilir ki? Bu arada, o daha mutlu ve daha istikrarlı dünyanın belirleyici özellikleri - soma, uykuda öğrenme ve bilimsel kast sisteminin eşdeğerleri - herhalde üç dört nesilden daha uzakta değildir. *Cesur Yeni Dünya*'daki cinsel ilişkide her-

* Genetik uygulaması aracılığıyla insan nüfusunun karakteristik özelliklerini geliştirmenin yollarını araştıran sistem. (Yhn.)

kesle birlikte olabilme de pek öyle uzak görünmemekte. Şimdiden bazı Amerikan şehirlerindeki boşanma sayıları evlenme sayılarına eşitlenmiştir. Çok değil, birkaç yıl içinde, evlilik cüzdanları; on iki ay geçerli, köpek değiştirmeyi ya da aynı anda birden fazla köpek bulundurmayı yasal olarak engellemeyen köpek ruhsatları gibi satılacaktır. Siyasi ve ekonomik özgürlükler azaldıkça, cinsel özgürlük, dengelercesine artma eğilimi gösterir. Diktatör de (boş ya da fethedilmemiş bölgeleri sömürgeleştirmek için ateşe süreceği askerlere ve ailelere ihtiyacı yoksa) bu özgürlüğü teşvik etmekle iyi yapar. Uyuşturucu, filmler ve radyonun etkisiyle gündüz düşleri kurma özgürlüğüne ek olarak cinsellik, tebasını, yazgıları olan köleliğe razı etmede yardımcı olur.

Her şeyi göz önüne alacak olursak, öyle görünüyor ki Ütopya bize, herhangi birimizin yalnızca on beş yıl önce hayal edebileceğinden çok daha yakınmış. O zamanlar, bunu gelecekte altı yüzyıl sonraya atmıştım. Bugün tek bir yüzyıl içinde bütün bu dehşet üzerimize çökebilecek gibi görünmektedir. Tabii bu arada kendimizi moleküllere ayırmaktan kaçınırsak. Gerçekte, eğer merkezsizleşmeyi ve uygulamalı bilimleri, insanı amaca araç yapacak şekilde değil de özgür bireylerden oluşan bir ırkı yaratmanın aracı olarak kullanmayı seçmezsek, elimizde yalnızca iki alternatif kalıyor: ya bir dizi ulusal, militarize totaliteryanizmler, ki dayanakları atom bombasının dehşeti ve sonuçları da uygarlığın yok edilmesidir (veya savaş sınırlandırılırsa militarizmin sürdürülmesi); ya da ulusal sınırların da ötesinde totaliter bir rejim, ki bu da genelde hızlı teknolojik gelişme ve özelde atom devriminin sonucu olarak ortaya çıkacak olan ve verimle istikrar ihtiyacı nedeniyle Ütopya'nın refah tiranlığına dönüşecek olan toplumsal kargaşayla doğar. Paranı öder, şansını denersin.

1946

Les utopies apparaissent comme bien plus réalisables qu'on ne le croyait autrefois. Et nous nous trouvons actuellement devant une question bien autrement angoissante: Comment éviter leur réalisation définitive?... Les utopies sont réalisables. La vie marche vers les utopies. Et peut-être un siècle nouveau commence-t-il, un siècle où les intellectuels et la classe cultivée rêveront aux moyens d'éviter les utopies et de retourner à une société non utopique, moins 'parfaite' et plus libre.

NICOLAS BERDIAEFF

CESUR YENİ DÜNYA

BİRİNCİ BÖLÜM

Sadece otuz dört katlı yerden bitme gri bir bina. Ana girişin üzerinde şu sözcükler, LONDRA MERKEZ KULUÇKA VE ŞARTLANDIRMA MERKEZİ ve üzeri kaplanmış olan Dünya Devleti'nin sloganı, CEMAAT, ÖZDEŞLİK, İSTİKRAR.

Zemin kattaki devasa oda kuzeye bakıyordu. Odanın kendisinin bütün tropik ısısına karşın pervazların ötesinde tüm yaz boyunca soğuk kalan ince sert bir ışık; pencerelerden süzülüp aç gözlerle, üzerine kumaş örtülü bir figür, soğuktan titreyen soluk siluetli bir akademisyen arıyor, ancak yalnızca bir laboratuvarın cam, nikel ve solukça parıldayan porselenini buluyordu. Kış donukluğuna yine kış donukluğu karşılık veriyordu. Ellerine soluk ceset rengi lastik eldivenler giymiş işçilerin tulumları beyazdı. Işık bir hayaletti, donuk ve ölü. Sadece mikroskopların sarı gövdelerinden belli bir parlak ve canlı töz ödünç alıyordu, çalışma masaları boyunca cilalı tüplerin arasında uzun bir silsile halinde birbirini izleyen enfes çizgiler tereyağı gibi duruyordu.

"Burası da," dedi Müdür kapıyı açarak, "Dölleme Odası."

Kuluçka ve Şartlandırma Merkezi Müdürü odaya girdiğinde, güçlükle nefes alan sessizlikte, derin konsantrasyondan kaynaklanan dalgın kendi kendine konuşmaların ıslık ya da uğultusunun ortasında üç yüz Döllendirici, aletlerinin üzerine eğilmiş çalışıyordu. Yeni gelmiş çok genç, pembe ve tüyü bitmemiş bir bölük öğrenci, ürkek ve acınacak bir şekilde Müdür'ün ardı sıra yürüyorlardı. Her biri elinde bir defter, yüce adam ne zaman bir söz edecek olsa umutsuzca birşeyler yazıyordu. Asıl kaynağın kendisinden. Nadir rastlanır bir ayrıcalıktı. Londra Merkez KŞM Müdürü yeni öğrencilerine değişik bölümleri bizzat gezdirmeye bilhassa önem verirdi.

"Sadece size genel bir fikir vermek için," diye açıkladı öğrencilere. Çünkü zaten işlerini zekice yapacaklarsa genel bir fikirleri olmak zorundaydı -ancak toplumun iyi ve mutlu üyeleri olacaklarsa ne kadar az bilirlerse o kadar iyi olurdu. Çünkü herkesin bildiği gibi, tikeller, erdem ve mutluluğu getirir; genellikler ise entelektüel açıdan kaçınılmaz belalardır. Toplumun omurgasını düşünürler değil, oymacılar ve pul kolleksiyoncuları oluştururlar.

"Yarın," diye ekledi, hafif tehditkâr bir cana yakınlıkla, "ciddi çalışmaya koyulacaksınız. Genelliklere ayıracak zamanınız olmayacak. Bu arada..."

Bu arada, bu bir ayrıcalıktı. Dosdoğru kaynağından deftere. Çocuklar delice yazmayı sürdürdüler.

Uzun boylu ve daha ziyade zayıf, ama dimdik

Müdür odaya girdi. Uzun bir çenesi ve iri, belirgin dişleri vardı, konuşmazken dolgun, biçimli olan dudakları dişlerini zorlukla örtüyordu. Yaşlı, genç mi? Otuzlarında mı? elli mi? elli beş mi? Söylemek zordu. Zaten bu istikrar yılında, F.S. 632'de bu soru sorulmazdı, sormak aklınıza gelmezdi.

"Başından başlayayım," dedi KŞM Müdürü ve daha hevesli öğrenciler onun bu niyetini defterlerine not ettiler: *Başından başla.* Koluyla işaret ederek "Bunlar kuluçka makineleri," dedi. Yalıtılmış bir kapıyı açıp raflar dolusu deney tüpünü gösterdi. "Bu hafta kullanılacak yumurtalar. Kan sıcaklığında bekletiliyorlar; erkek gametlerse," dedi ve başka bir kapıyı açtı, "otuz yedi yerine otuz beş derecede bekletilmek zorundalar. Tam kan sıcaklığı kısırlaştırır." Termojene sarılı koçlar kuzu doğurtmaz.

Müdür kuluçka makinelerine yaslanmaya devam ederek modern dölleme işleminin kısa bir tanımını yaparken, kalemler aceleyle okunmaz biçimde sayfalarda kaydı. Tabii öncelikle cerrahi başlangıçtan söz etti- "Toplumun iyiliği için gönüllü olarak geçirilen bu ameliyat aynı zamanda altı maaşa varan ikramiyeyi de beraberinde getirir," diyerek alınan yumurtalığın nasıl canlı ve aktif gelişim sürecinde tutulduğunu anlatmaya devam etti. Sonra da en uygun sıcaklık, tuzluluk ve akışmazlığı açıklamaya koyuldu. Buradan da, ayrılmış ve olgunlaşmış yumurtaların içinde tutulduğu sıvıya geçti. Çalışma masalarına yönelerek öğrencilere sıvının deney tüplerinden çekilişini ve özel olarak ısıtılmış mikroskop camına damla damla bırakılışını bizzat gösterdi. İçlerindeki yumurtaların nasıl anormallik testine tabi tutulduğunu, nasıl sayılıp sonra da gözenekli bir kaba aktarıldığını açıklayarak bu kabın (onları işlemi izlemeye götürdü) santimetreküp başına yüz binlik düşük yoğunlukta serbest yüzen sperm hayvancığının bulunduğu sıcak bir karışıma batırılışını ve on dakika sonra kabın sıvıdan çıkarılıp içindekilerin tekrar incelenişini izlettirdi. Eğer döllenmeyen yumurta kalırsa tekrar, ve gerekirse tekrar batırıldığını; döllenen yumurtanın kuluçka makinelerine dönüşünü, Alfa ve Betaların kesin olarak şişelenene dek nerede tutulduğunu; bu arada Gama, Delta ve Epsilonların sadece otuz altı saat sonra Bokanovski İşlemi'ne tabi tutulmak üzere tekrar çıkarıldığını anlattı.

"Bokanovski İşlemi," diye tekrarladı Müdür, ve öğrenciler küçük defterlerinde sözcüklerin altını çizdiler.

Tek yumurta, tek embriyo, tek yetişkin -normallik. Ama bokanovskileştirilmiş bir yumurta tomurcuklanacak, çoğalacak, bölünecektir. Sekiz ila doksan altı tomurcuk, her tomurcuk eksiksiz bir embriyoya, her embriyo da tam boy bir yetişkine dönüşecek. Daha önce sadece bir tane yetişirken doksan altı insan yetiştirmek. İlerleme bu işte.

"Özünde," diye başladı Müdür, "bokanovskileştirme bir dizi gelişmeyi önleme işlemini kapsamaktadır. Normal büyümeyi engellediğimizde paradoksal biçimde yumurta, tomurcuklanarak *tepki gösterir.*"

Tomurcuklanarak tepki gösterir. Kalemler çalışıyordu.

İşaret etti. Çok yavaş hareket eden bir bantta bir tepsi dolusu deney tüpü büyük bir metal kutuya giriyor, hemen bir diğeri görünüyordu. Makineler belli belirsiz vınlıyordu. "Tüplerin işlemden geçmesi sekiz dakika sürer," dedi. Sekiz dakika bir yumurtanın dayanabileceği şiddette X ışını. Birkaçı ölüyordu; kalanların en az dayanıklıları ikiye bölünüyor, çoğu dört tomurcuk veriyordu, bazılarıysa sekiz. Hepsi kuluçka makinelerine tekrar konuyor ve tomurcuklar burada gelişmeye başlıyordu. Sonra iki gün geçtiğinde aniden soğutuluyor, tekrar soğutuluyor ve müdahale ediliyordu. İki, dört, sekiz, tomurcukların kendileri de tomurcuk veriyordu; hemen sonrasında neredeyse ölümüne alkole batırılıyorlardı. Sonuçta tekrar filizlenip tomurcuk üstüne tomurcuk veren tomurcuklar -daha fazla müdahale genelde ölümle sonuçlandığından- huzur içinde gelişmeye bırakılıyordu. Bu arada ilk yumurta sekizle doksan altı arası bir sayıda embriyoya bölünmüş oluyordu -sizin de hak vereceğiniz gibi bu, doğa üzerinde sağlanmış muazzam bir ilerlemedir. Tek yumurta ikizleri - eskiden olduğu gibi canlı anadan, kazara yumurta bölünmesi sonucu doğan kıytırık ikiz ya da üçüzler değil; aksine düzinelerce, yirmilerce, hem de bir batında.

"Yirmilerce," diye tekrarladı Müdür ve bahşiş dağıtırcasına kollarını açtı. "Yirmilerce."

Ama öğrencilerden biri bunun avantajının nerede olduğunu sorma aymazlığında bulundu.

"Evladım!" Müdür hızla topuklarının üzerinde öğrenciye döndü. "Göremiyor musun? *Göremiyor* musun?" Bir elini kaldırıp ciddi bir ifadeyle "Bokanovski İşlemi, toplumsal istikrarın en önemli araçlarından biridir!"

Toplumsal istikrarın en önemli araçlarından biri.

Tektip gruplarda standart erkek ve kadınlar. Küçük bir fabrikanın tüm çalışanları bokanovskileştirilmiş tek bir yumurtanın ürünleri olabilir.

"Doksan altı tektip makinede çalışan doksan altı tek yumurta ikizi!" Sesi coşkudan neredeyse titriyordu. "Tarih boyunca ilk kez nerede olduğunu anlayabiliyorsun." Gezegensel slogandan alıntıyla, "Cemaat, Özdeşlik, İstikrar" dedi. Muhteşem sözcükler. "Sonsuz bir biçimde bokanovskileştirebilseydik, bütün sorun çözülürdü."

Standart Gamalar, değişmez Deltalar, tektip Epsilonlar sorunu çözerdi. Milyonlarca tek yumurta ikizi. Seri üretim prensibi sonunda biyolojiye uyarlanabilirdi.

"Fakat, heyhat," diye Müdür kafasını salladı, "sonsuz sayıda bokanovskileştiremiyoruz."

Doksan altı üst sınırdı; yetmiş iki ise iyi bir ortalama. Aynı yumurtalık ve aynı erkeğin gametlerinden mümkün olduğunca fazla sayıda tek yumurta ikizi üretmek - yapabileceklerinin en iyisi (ikinci en iyi olmakla birlikte) buydu. Bu kadarı bile zordu.

"Çünkü doğada iki yüz yumurtanın olgunluğa ulaşması otuz yıl sürer. Ama bizim işimiz şu anda nüfusu sabitleştirmektir, burada, bu anda. Bir çeyrek yüzyıl zarfında damla damla ikiz üretmek ne gibi bir fayda sağlar ki?"

Hiçbir faydası olmayacağı açıktı. Fakat Podsnap tekniği, olgunlaşma sürecini büyük ölçüde hızlandırmıştı. İki yıl içinde en azından yüz elli olgun yumurtayı garantileyebiliyorlardı. Dölle ve bokanovskileştir -diğer bir deyişle, yetmiş iki ile çarp- bu da ortalama olarak yüz elli tek yumurta ikizi grubundan yaklaşık on bir bin erkek ya da kız kardeş üretebilmek demekti, tümü aynı çağda, sadece iki yıl içinde gerçekleşiyordu.

"Bazı istisnai durumlarda tek yumurtalıktan on beş binin üzerinde yetişkin elde ettiğimiz de oluyor."

O anda oradan geçmekte olan sarışın, kızıl suratlı genç bir adama işaret ederek, "Mr. Foster," dedi. Kızıl suratlı yaklaştı. "Tek bir yumurtalık rekorumuz nedir söyler misiniz, Mr. Foster?"

"Bu Merkez'de on altı bin on ikidir," diyerek hiç tereddütsüz yanıtladı Mr. Foster. Çok hızlı konuştu, canlı mavi gözleri vardı ve rakamlar alıntılamaktan açıkça zevk alıyordu. "Yüz seksen dokuz ikiz grubundan on altı bin on iki adet. Ama tabii bazı tropik Merkez'lerde," diye cırcır konuşmayı sürdürdü, "çok daha iyisini de başardılar. Singapur birçok kez on altı bin beş yüzü aşmıştır; Mombasa ise on yedi bin çizgisine ulaşmıştır. Ama onların adil olmayan avantajları var. Bir zenci yumurtalığının sümüksü sıvıya verdiği tepkiyi görmelisiniz! Müthiş bir şey, eğer Avrupa malzemeyle çalışmaya alışmışsanız şaşırmadan edemiyorsunuz. Fakat," diye gülerek ekledi (mücadele ışığı gözlerinde parlıyor, çenesini kaldırışıyla meydan okuyordu), "fakat, onları yenmeye kararlıyız. Şu anda harika bir Delta-Eksi yumurtalığı üzerinde çalışıyorum. Daha sadece on sekiz aylık. Tüpte ya da embriyoda şimdiden on iki bin yedi yüz çocuğu oldu bile. Ve hâlâ üretiyor. Onları yeneceğimiz gün yakındır."

"İşte böyle olacak!" dedi Müdür ve Mr. Foster'ın omzuna dokundu. "Bizimle gelin de çocuklar uzman bilgilerinizden faydalansınlar."

Mr. Foster alçakgönüllülükle gülümsedi. "Zevkle." Yürüdüler.

Şişeleme Odası'na uyumlu bir telaş ve düzenli

bir faaliyet hakimdi. Uygun boyda kesilip hazırlanmış dişi domuzdan alınma taze karınzarı parçaları, küçük asansörlerle yer altındaki Organ Deposu'ndan hızla yukarıya ulaşıyordu. Vız ve sonra tık! asansör kapıları yanlara açılıyordu; Zar-Yerleştirici'ye sadece elini uzatmak ve parçayı almak kalıyordu, sonra sokup düzeltiyordu, ve zarı yerleştirilen şişe sonsuz uzanan bant boyunca uzaklaşamadan yine vız ve tık! Başka bir karınzarı parçası başka bir şişeye yerleştirilmeye hazır, derinlerden yükseliyor, bantın yavaş ve durmak bilmez faaliyeti böylece sürüyordu.

Zar-Yerleştiricilerin yanında Kayıtçılar dikiliyordu. Bant ilerliyordu; yumurtalar tek tek deney tüplerinden alınıp daha büyük kaplara aktarılıyordu; karınzarı ustalıkla yarılıyor, morül yerine bırakılıyor, tuzlu çözelti ekleniyordu... şişe artık ilerlemiş bulunuyordu ve sıra etiketçilere geliyordu. Kalıtım, dölleme tarihi, Bokanovski Grubu üyeliği gibi ayrıntılar deney tüpünden şişeye aktarılıyordu. Adsızlık sona eriyor, isim ve kimlik bilgileri kazandırılıyordu. Faaliyet yavaş bir biçimde sürüyor; duvardaki bir delikten geçerek Sosyal Belirleme Odası'na doğru ilerliyordu.

"Seksen sekiz metreküplük kartlı fihrist," diyen Mr. Foster'ın ardından içeri girdiler.

"İlgili *tüm* bilgiler buradadır," diye ekledi Müdür.

"Her sabah güncelleştirilir."

"Ve her öğleden sonra eşgüdümlenir."

"Hesaplamalar bu bilgilerle yapılır."

"Şu, şu nitelikte bir sürü birey," dedi Mr. Foster.

"Bu nitelikler bireylere, şu, şu miktarlarda dağıtılır."

"Her an en yüksek Şişeden Alım Hızı."

"Beklenmedik kayıplar anında düzeltilir."

"Anında," diye tekrarladı Mr. Foster, "Son Japonya depreminden sonra kaç saat mesai yaptığımı bilseniz," diyerek neşeyle güldü ve kafasını salladı.

"Sosyal Belirlemeciler buldukları rakamları Döllendiricilere iletirler."

"İstedikleri embriyoları Döllendiriciler sağlar onlara."

"Şişeler sosyal belirleme için buraya gelir."

"Buradan da aşağıya, Embriyo Deposu'na gönderilirler."

"Biz de şimdi oraya gidiyoruz."

Bir kapıyı açan Mr. Foster merdivenlerden zemin kata doğru önden yola koyuldu.

Sıcaklık hâlâ tropikti. Gittikçe yoğunlaşan bir alacakaranlığa doğru inmeye devam ettiler. İki kapı ve çift dönüşlü bir geçit, ışığın içeri sızmasına izin vermiyordu.

"Embriyolar fotoğraf filmi gibidirler," diye espri yapan Mr. Foster ikinci bir kapıyı itti. "Sadece kırmızı ışığa dayanabiliyorlar."

Öğrencilerin Mr. Foster'ın peşinden içine daldıkları boğucu ve sıcak karanlık, gerçekten de yaz öğle sonralarında kapalı gözlerin arkasındaki türden gözle görülebilir ve kızıl bir karanlıktı; üst üste dizilmiş şişkin şişe dizileri, içlerindeki sayısız yakutla parıldıyordu. Yakutların arasında, cilt vereminin tüm belirtilerini taşıyan mor gözlü erkek ve kadınların soluk kırmızı hayaletleri dolanıyordu. Makinelerin uğultu ve zırıltısı belli belirsiz havaya karışıyordu.

Konuşmaktan yorulan Müdür, "Çocuklara birkaç rakam verin, Mr. Foster," dedi.

Mr. Foster da zaten rakam vermeye can atıyordu.

"Uzunluğu iki yüz yirmi, eni iki yüz metre, yüksekliği ise on." Yukarıyı gösterdi. Öğrenciler kafalarını su içen tavuklar gibi yüksek tavana kaldırdılar.

Üst üste konmuş üç dizi raf vardı, zemin kat seviyesinde, birinci ve ikinci galerilerde. Galerilerin örümcek ağı misali çelik iskeleti, karanlıkta tüm yönlere doğru uzanıyordu. Yakınlarında üç kızıl hayalet, yürüyen bir merdivenden damacanaları indirmekle meşguldü.

Sosyal Belirleme Odası'ndan geliyordu yürüyen merdiven.

Her şişe on beş raftan birine yerleştirilebiliyordu ve görülemiyorsa da her raf, saatte otuz üç nokta üç santimetre hızla ilerleyen taşıyıcı bir banttı. İki yüz altmış yedi gün boyunca günde sekiz metre. Toplam iki bin yüz otuz altı metre. Zemin katta bir tur, ikincide yarım tur ve ikiyüzaltmışyedinci sabah Şişeden Alım Odası'na varış. Sözümona Bağımsız Varoluş.

"Ama bu geçen sürede," diye başladı Mr. Foster, "onlara birçok şey kazandırırız. Ah evet, birçok şey." Gülüşünde bilmişlik ve zafer edası vardı.

"İşte böyle olacak," dedi bir kez daha Müdür. "Dolaşalım. Onlara her şeyi anlatın, Mr. Foster."

Mr. Foster hakkıyla anlattı.

Onlara karınzarı döşeğinde büyüyen embriyoyu anlattı ve embriyonun beslendiği yapay kanı tattırdı. Niye bu yapay kanı plasenta ve tiroksinle zenginleştirmek gerektiğini açıkladı. *Corpus luteum* ekstresini anlattı. 0 ile 2140 metre arasında her on iki metrede bir bu projesteron endokrinini otomatik olarak zerk eden enjektör memelerini gösterdi. Yolun son doksan altı metresi boyunca gittikçe artan dozlarda verilen salgıdan söz etti. Her şişeye 112. metrelerde yerleştirilen yapay ana rahmi dolaşım ünitesini tarif etti; yapay kanın bulunduğu hazneyi, kanı plasenta üzerinde hareket halinde tutan, sentetik akciğere ve kirli kan filtresine taşıyan merkezkaç pompasını gösterdi. Embriyonun sorun çıkaran anemiye yakalanma eğiliminden ve sonuçta bunu gidermek üzere vermek zorunda kaldıkları yüksek dozlarda domuz midesi ekstresinden ve tay cenininden alınma karaciğerden bahsetti.

Onlara, her sekiz metrenin son iki metresi boyunca tüm embriyoları, hareket olgusuyla tanıştırmak için aynı anda sarsmaya yarayan basit mekanizmayı gösterdi. 'Şişeden Alım travması' denen şeyin önemine değindi ve bu tehlikeli şokun etkisini en aza indirmek için şişelenmiş embriyoyu uygun eğitimden geçirmek yoluyla alınan tedbirleri saydı. 200 metre yakınlarında yapılan cinsiyet testlerini anlattı. Etiketleme sistemini açıkladı - beyaz zemin üzerine siyah yazıyla; erkekler için T, dişiler için daire, ve yazgısı kısır olarak belirlenenlere de soru işareti.

"Çünkü zaten çoğu durumda doğurganlık sadece başa beladır," dedi Mr. Foster, "gerçekte bin iki yüz yumurtalıktan birinin doğurgan olması amaçlarımıza yeter de artar bile. Ama elimizde iyi seçenekler olsun isteriz. Şüphesiz işi hep sağlama almak gerekir. O yüzden dişi embriyoların yüzde otuzunun normal gelişimine izin veriyoruz. Diğerlerine yolun kalanında her yirmi dört metrede bir, bir erkek cinsiyet hormonu verilir. Sonuç: şişeden kısır dişiler olarak çıkarılırlar -yapısal olarak gayet normal (sakallarının çıkması eğilimi gibi çok küçük bir istisnayı saymazsak, diye kabullenmek zorunda kaldı), ama kısır. Kesinlikle kısır. Ki bu da sonunda bizi," diye devam etti, "doğanın salt kölece taklidinden uzaklaştırıp insan buluşlarının çok daha ilginç dünyasına taşımaktadır."

Ellerini ovuşturdu. Elbette sadece embriyo kuluçkalandırmakla yetinmeyeceklerdi; inekler bile yapabilirdi bunu.

"Aynı zamanda yazgılarını belirleyip şartlandırıyoruz. Bebeklerimizi şişeden sosyalleşmiş insanlar olarak çıkarıyoruz, Alfalar ya da Epsilonlar olarak, geleceğin kanalizasyon işçileri ya da geleceğin..." Geleceğin Dünya Denetçileri diyecekti ama kendini düzeltip, "geleceğin Kuluçka Merkezi Müdürleri olarak," dedi.

KŞM Müdürü iltifata gülümseyerek karşılık verdi.

11. Rafta 321. Metrenin yanından geçiyorlardı. Genç bir Beta-Eksi tamirci, elinde tornavida ve somun anahtarı, geçmekte olan bir şişenin yapay kan pompasıyla uğraşıyordu. Civatayı sıkıştırdıkça, makinenin uğultusu gıdım gıdım ton değiştiriyordu. Bir diş, bir diş daha... Son bir kez sıktı, devir sayacına göz attı, işi tamamdı. Bu çizgide iki adım ilerledi ve sıradaki pompa üzerinde aynı işleme başladı.

"Dakikadaki devir sayısı düşürüldüğünde yapay kan daha yavaş dolaşır; akciğerden daha uzun aralıklarla geçer ve sonuçta embriyoya daha az oksijen verir," diye açıkladı Mr. Foster. "Bir embriyonun normalin altında kalması için oksijen kısıtlamasından daha iyi bir yöntem yoktur." Yine ellerini ovuşturdu.

Saf bir öğrenci, "Fakat niye embriyonun geri kalmasını istiyorsunuz?" diye sordu.

Uzun bir sessizliği bölerek, "Eşek!" dedi Müdür. "Bir Epsilon embriyosuna, Epsilon kalıtımı kadar Epsilon ortamının da sağlanması gerektiği hiç mi aklına gelmedi?"

Belli ki aklına gelmemişti. Kafası karma karışık oldu.

"Ne kadar alt sınıfa aitse o kadar az oksijen verilir," dedi Mr. Foster. İlk etkilenen organ beyin olurdu, sonra da iskelet. Normal oksijenin yüzde yetmişiyle cüceler yaratıyordunuz. Yetmişten azıyla gözsüz canavarlar.

"Ki hiçbir işe yaramazlar," diye başladı Mr. Foster.

Oysa (sesine bir heves ve gizlilik gelmişti), yetişkin olma süresini kısaltacak bir teknik geliştirebilseler ne büyük bir zafer kazanılır, Toplum'a ne büyük faydalar sağlanabilirdi!

"Atları düşünün."

Düşündüler.

Atlar altı yaşında olgunlaşıyordu, fillerse on. Oysa bir erkek on üçünde cinsel olarak olgunlaşmamıştır; ancak yirmisine vardığında tam olarak gelişmiştir. Tabii bu nedenle geciken gelişmenin meyvası, insan zekâsı.

Çok haklı olarak Mr. Foster, "Ama Epsilonlarda insan zekâsına ihtiyaç duymayız," dedi.

Duyulmazdı ve zeki de olmazlardı. Ama Epsilon beyni on yaşında olgunlaşmakla birlikte bedeni, on sekiz yaşına dek çalışmaya uygun hale gelmiyordu. Boşa giden, uzun, fuzuli hamlık yılları. Fiziksel gelişme, örneğin bir ineğinki denli hızlandırılabilseydi, Topluluk için ne kadar büyük bir kazanç olurdu!

Öğrenciler "Muazzam!" diye mırıldandılar. Mr. Foster'ın heyecanı bulaşıcıydı.

Buradan epey teknik konulara geçti; insanların bu kadar yavaş gelişmesine neden olan anormal endokrin koordinasyonundan söz etti; ve bunu açıklamak için tohumsal bir mutasyon koyutladı. Bu tohumsal mutasyonun etkileri engellenebilir miydi? Epsilon embriyosu uygun bir teknikle köpek ve ineklerdeki normalliğe döndürülebilir miydi? İşte sorun buydu. Geriye çözmek kalıyordu.

Pilkington, Mombasa'da, dört yaşında cinsel açıdan olgunlaşan ve altı buçuk yaşında tamamen büyüyen bireyler üretmişti. Bilimsel bir zafer. Ne var ki toplumsal açıdan faydasız. Altı yaşındaki erkek ve kadınlar, Epsilon işi bile yapamayacak kadar aptal oluyordu. Bu işlem de ya hep ya hiç türündendi. Değiştirmeyi ya hiç başaramıyor ya da fazlasıyla başarıyordunuz. Hâlâ yirmi yaş yetişkini ile altı yaş yetişkini arasında bir orta noktaya ulaşmaya çalışıyorlardı. Ve o ana kadar başarı sağlanamamıştı. Mr. Foster iç geçirerek başını salladı.

Kızıl alacakaranlıktaki gezintileri onları 9. rafın 170. metresinin yakınlarına getirmişti. Bu noktadan itibaren 9. raf muhafaza içine alınıyordu. Şişeler yolculuklarının kalanını, arada sırada iki üç metrelik açıklıkları bulunan bir tür tünelde sürdürüyorlardı.

"Isı şartlandırması," dedi Mr. Foster.

Bir sıcak tünelin ardından bir serin tünel geliyordu. Serinlik, şiddetli X ışınları yoluyla rahatsızlık hissiyle ilişkilendiriliyordu. Şişeden alınma anı geldiğinde, embriyolarda soğuk korkusu yaratılmış oluyordu. Yazgıları; tropik bölgelere göç edecek, madenci, asetatlı ipek dokumacısı ve demir çelik işçisi olacak şekilde belirlenmiş oluyordu. Sonra da beyinleri, bedenlerinin seçimini pekiştirecek şekilde işleniyordu. "Onları ısıyla büyümeye şartlandırıyoruz," diyerek başladı Mr. Foster. "Üst kattaki iş arkadaşlarımız onlara sıcağı sevmeyi öğretecekler."

"Bu da," diye veciz bir ifadeyle ekledi Müdür, "mutluluk ve erdemin sırrıdır -yapmak *zorunda* olduğun şeyi sevmek. Tüm şartlandırmaların amacı budur: insanlara, kaçınılmaz toplumsal yazgılarını sevdirmek."

İki tünel arasındaki bir açıklıkta bir hemşire, geçmekte olan bir şişenin içindeki jelatinimsi maddeye özenle ince uçlu bir şırıngayı sokuyordu. Öğrenciler ve rehberleri birkaç dakika sessizce hemşireyi izlediler.

Sonunda şırıngayı çekip doğrulduğunda, Mr. Foster, "Lenina," dedi.

Kız irkilerek döndü. Bütün cilt veremine ve mor gözlerine rağmen, şaşılacak kadar güzel olduğu görülebiliyordu.

"Henry!" Kızıl bir parıltıyla Mr. Foster'a gülümsedi - bir dizi mercan diş.

Müdür, "Çok hoş, çok hoş," diye mırıldandı ve iki üç kez yumuşakça kızın omzuna dokundu. Karşılığında, daha çok saygıdan kaynaklanan bir gülümseme buldu.

Mr. Foster sesinin tonunu profesyonelleştirerek "Embriyolara ne veriyorsunuz?" diye sordu.

"Her zamanki tifo ve uyku hastalığı aşılarını."

Mr. Foster öğrencilere açıklamayı sürdürdü: "150. metrede tropik işçileri aşılamaya başlarız. Embriyoların hâlâ solungaçları vardır. Balıklara, müstakbel insanın hastalıklarına karşı bağışıklık kazandırırız." Sonra yine Lenina'ya dönerek, "Her zamanki gibi öğleden sonra beşe on kala çatıda," dedi.

Müdür bir kez daha "Çok hoş," dedi ve kızın omzunu son bir kez okşayıp diğerlerinin ardından uzaklaştı.

10. rafta gelecek neslin kimya işçileri; kurşun, yanmış kireç, katran ve klora dayanıklılık konusunda eğitiliyordu. 225 tane embriyo halindeki füze mühendisi grubunun ilki 3. raftaki 1100. metre işaretini henüz geçiyordu. Özel bir meka-

nizma, bulundukları kabı sürekli döndürüyordu. Mr. Foster açıkladı: "Denge hislerini geliştirmek için. Havada duran bir füzenin dışında tamir yapmak öyle her babayiğidin harcı değildir. Yarı yarıya aç kalsınlar diye dik durduklarında dolaşımlarını yavaşlatıyoruz ve baş aşağı kaldıklarında yapay kan akışını iki katına çıkarıyoruz. Böylece baş aşağı kalmanın iyi olmak anlamına geldiğini öğreniyorlar; aslında sadece başlarının üzerinde dikilirken gerçekten mutlu olabiliyorlar."

"Şimdi de," diye konuşmayı sürdürdü Mr. Foster, "sizlere çok ilginç bir Alfa-Artı Entelektüeli şartlandırması göstermek istiyorum. 5. rafta büyük bir grup bizi bekliyor," dedi ve zemin kata inmeye başlamış olan iki çocuğa, "Birinci Galeri katında," diye seslendi.

"900. metre civarında bir yerdeler," diye açıkladı. "Ceninlerin kuyrukları tamamen kaybolana dek, işe yarar bir zihinsel şartlandırma yapamazsınız. Beni izleyin."

Ama Müdür saatine bakmıştı. "Üçe on var," dedi. "Korkarım Entelektüel embriyolarına zaman kalmadı. Çocukların öğle uykuları sona ermeden Çocuk Yuvaları'na gitmemiz gerekiyor."

Mr. Foster hayal kırıklığına uğradı. "Hiç olmazsa Şişeden Alım Odası'na bir göz atsaydık," diye yalvardı.

Müdür hoşgörüyle karışık gülümseyerek, "Peki öyleyse, sadece bir göz atalım," dedi.

İKİNCİ BÖLÜM

Mr. Foster Şişeden Alım Odası'nda kaldı. KŞM Müdürü ve öğrencileri en yakın asansöre binip beşinci kata çıktılar.

ÇOCUK YUVALARI. Bildiri panosunda YENİ-PAVLOVCU ŞARTLANDIRMA ODALARI yazıyordu.

Müdür bir kapıyı açtı. Büyük, boş bir odaya girdiler. Çok parlak ve güneşli bir odaydı; çünkü güneye bakan duvarın tamamı tek bir pencereydi. Viskoz keteninden yapılma pantolon ve ceketlerden oluşan bir üniforma giymiş, saçlarını mikroptan korumak üzere beyaz keplerin altına gizlemiş yarım düzine hemşire, gül dolu vazoları zemin boyunca tek sıra halinde dizmekle meşguldü. Tıka basa çiçek dolu büyük vazolar. Yeni açmış, ipek yumuşaklığında binlerce taçyaprak, binlerce küçük meleğin yanaklarını andırıyordu. Fakat o parlak ışıkta melekler, sadece pembe ve Ari değil, aynı zamanda pırıl pırıl Çinlilerdi, ve Meksikalılardı, aynı zamanda çok fazla göksel sûr dinlemekten felçli ve ölü gibi solgun, ölüm sonrası mermer beyazlığı misali soluktular.

Müdür girince hemşireler hazırola geçtiler.

Kısaca "Kitapları dizin," dedi.

Hemşireler sessizce emri yerine getirdiler. Kitaplar gül vazolarının arasına düzgünce yerleştirildi - her birinde parlak renkli bir dört ayaklı hayvan, kuş ya da balık sayfası davetkâr bir şekilde açılmış bir sıra yuva kitapçığı.

"Şimdi de çocukları içeri alın."

Aceleyle odadan çıkıp bir iki dakika içinde döndüler. Her biri, dört tarafı telle çevrili dört raflı, tekerlekli servis masası benzeri şeyleri iterek içeri girdiler. Her rafta tıpatıp birbirine benzeyen (belli ki bir Bokanovski grubuydu), hepsi (Delta sınıfından oldukları için) haki renkte giydirilmiş sekiz aylık bebekler vardı.

"Yere indirin."

Çocukları indirdiler.

"Şimdi onları döndürün ki çiçekleri ve kitapları görebilsinler."

Döndürülen bebekler önce sessizleştiler, sonra da parlak renkli öbeklere, beyaz sayfalardaki şenlikli parlak şekillere doğru emeklemeye başladılar. Hedeflerine yaklaşırken güneş, geçici olarak gizlendiği bulutun ardından çıktı. Güller sanki içlerinden yükselen ani bir coşkuyla alevlendiler, kitapların parlak sayfalarını yeni ve derin bir önem kapladı. Emekleyen bebek saflarından minik heyecan kıkırtıları ve keyif cıvıltıları yükseldi.

Müdür ellerini ovuşturdu. "Mükemmel!" dedi. "Bilerek yapılmış bile olabilir."

Hızlı emekleyenler hedeflerine ulaştılar. Minik eller kararsızca uzanıyor, dokunup kavrayarak taçyaprakları yoluyor, kitapların aydınlanmış sayfalarını buruşturuyordu. Müdür, bebeklerin tamamı eğlenceye katılana dek bekledi ve sonra "Dikkatle izleyin," dedi. Elini kaldırarak işareti verdi.

Odanın diğer ucunda dikilmekte olan Baş Hemşire küçük bir kolu indirdi.

Şiddetli bir patlama oldu. Gittikçe tizleşen bir siren ötmeye başladı. Alarm zilleri delirtircesine çalıyordu.

Ürken çocuklar çığlıklar atmaya başladılar; yüzleri dehşetle şekilden şekile giriyordu.

"Şimdi de," diye bağırdı Müdür (çünkü gürültü sağır ediciydi), "şimdi de dersi hafif bir elektrik şokuyla pekiştirelim."

Elini yine salladı ve Baş Hemşire ikinci bir kolu indirdi. Bebeklerin çığlıklarının tonu aniden değişti. Şimdi çıkardıkları keskin, kasılmalı haykırışlarda delice bir çaresizlik vardı. Küçük bedenleri titreyip kasılıyor, kol ve bacakları, görünmez teller tarafından çekiliyormuşçasına sarsılıyordu.

Müdür açıklarcasına, "Zeminin bu bölümünün tamamına elektrik verebiliriz," diye bağırdı. "Ama bu kadarı yeter," dedi ve hemşireye işaret verdi.

Patlamalar ve ziller durdu, sirenlerin ötüşü bir tondan diğerine geçerek kesildi. Gergin şekilde sarsılan bedenler gevşedi ve çıldırmış bebek çığlıkları ve hıçkırık dolu ağlamalar, bir kez daha olağan dehşetten kaynaklanan normal inlemelere dönüştü.

"Çiçekleri ve kitapları tekrar yaklaştırın."

Hemşireler emre uydular, ama bebekler; güller

yaklaştırıldığında, cıvıl cıvıl renkli kedicik, öten horoz, meleyen kara koyun resimlerini görür görmez dehşetle uzaklaşmaya çalıştılar ve çığlıklarının şiddeti aniden yükseldi.

Müdür zafer edasıyla, "Dikkatle gözlemleyin," dedi, "gözlemleyin."

Kitaplar ve şiddetli gürültüler, çiçekler ve elektrik şokları - az da olsa bu kavramlar bebeklerin zihinlerinde birbiriyle ilişkilendirilmişti; aynı ya da benzeri dersler iki yüz kere tekrarlandığında ayrılmaz bir biçimde birleştirilecekti. İnsanın birleştirdiğini ayırmaya doğanın gücü yetmezdi.

"Kitaplara ve çiçeklere, eskiden psikologların 'içgüdüsel' dediği bir nefret besleyerek büyüyecekler. Refleksleri değişmez bir biçimde şartlandırılır. Hayatları boyunca kitaplardan ve botanikten uzakta, güvende olacaklar." Müdür hemşirelere dönüp, "Götürün onları," dedi.

Hâlâ çığlık atmakta olan haki bebekler tekerlekli servis masalarına yüklendi ve iterek uzaklaştırıldılar. Arkalarında ekşi süt kokusu ve hayli makbule geçen bir sessizlik bıraktılar.

Öğrencilerden biri elini kaldırdı; alt sınıf insanlarının Topluluk'un değerli zamanını kitaplarla harcamasına izin verilmemesinin nedenini anlayabiliyordu ve tabii ki reflekslerinden birinin şartlandırmasını bozabilecek bir şey olan okuma riski de her zaman vardı, ama yine de... işte, çiçekler konusunu anlayamamıştı. Niye Deltaların çiçekleri sevmesini psikolojik olarak imkânsızlaştırmakla uğraşılıyordu ki?

KŞM Müdürü sabırla açıkladı. Eğer çocuklara bir gül görünce çığlık attırılıyorsa, nedeni yüksek ekonomi politikasıydı. Kısa süre önceydi (bir yüzyıl ya var ya yoktu), Gamalar, Deltalar ve hatta Epsilonlar çiçekleri sevmeye şartlandırılmışlardı - özelde çiçeği, genelde de vahşi doğayı. Amaç, her fırsatta kırlara koşma isteği yaratmak ve böylece ulaşım tüketimine zorlamaktı.

"Ulaşım tüketmediler mi peki?" diye sordu öğrenci.

"Hem de çok," diye yanıtladı Müdür. "Ama başka hiçbir şey tüketmediler."

Kır çiçekleri ve manzara seyretmenin önemli bir kusuru var, bedavalar, diye açıkladı. Doğa sevgisiyle fabrikalar çalışmaz. En azından alt sınıflarda doğa sevgisini kaldırmaya karar verildi, ancak ulaşım tüketimi eğilimi kalacaktı. Çünkü elbette nefret etseler de kırlara gitmeye devam etmeleri önemliydi. Sorun, ulaşım tüketimi için kır çiçekleri ve manzara seyretmekten ekonomik olarak daha sağlam bir neden bulmaktı. Gerektiği şekilde bulundu.

Müdür, "Kitleleri kırlardan nefret etmeye şartlandırıyoruz," diye başladı. "Aynı zamanda onları doğa sporlarını sevmeye şartlandırıyoruz. Bunu yaparken de tüm doğa sporlarının gelişmiş aletlerle yapılmasını sağlıyoruz. Böylece hem endüstriyel ürünler, hem de ulaşım tüketiyorlar. İşte buradan da elektrik şokuna geliyoruz."

"Şimdi anladım," diyen öğrenci hayran kalmış bir halde sustu.

Sessizlik oldu, sonra Müdür boğazını temizleyerek başladı, "Bir zamanlar, Fordumuz henüz yeryüzündeyken Reuben Rabinovitch adında bir çocuk vardı. Reuben Lehçe konuşan ebeveynlerin çocuğuydu." Müdür kendi konuşmasını bölerek, "Lehçe nedir biliyorsunuzdur sanırım?" dedi.

"Ölü bir dil."

Öğrendikleriyle gösteriş yapmayı seven başka bir öğrenci işgüzarca, "Fransızca ve Almanca gibi," dedi.

"Peki ya ebeveyn," diye sordu Müdür.

Rahatsız edici bir sessizlik oldu. Çocukların birkaçı kızardı. Müstehcenlikle saf bilim arasındaki önemli fakat bir o kadar da ince ayrımı yapmayı henüz öğrenmemişlerdi. Sonunda içlerinden biri elini kaldırma cesaretini buldu.

"Eskiden insanlar..." duraksadı; kan yüzüne sıçradı. "Şey, canlı yavru olarak doğarlardı."

"Doğru," diye Müdür başını sallayarak onayladı.

"Ve bebekler şişeden çıkarıldığında..."

"'Doğuruldduğunda,'" diye düzeltildi.

"İşte o zaman ebeveyn olurlardı -yani, bebekler değil tabii; diğerleri." Zavallı çocuk iyiden iyiye mahçup olmuştu.

"Kısacası, ebeveynler anne ve babaydı," diye

özetledi Müdür. Aslında bilim olan müstehcenlik, çocukların sessiz göz kaçırışlarının ortasına *bam güm* düşmüştü. "Anne," diye yüksek sesle tekrarladı: şimdi de bilim taslamaya başlamıştı; ve sandalyesinde geri yaslanarak ciddi bir tonla, "Bunlar hoş olmayan gerçekler, biliyorum. Ama zaten tarihî gerçeklerin çoğu can sıkıcıdır."

Küçük Reuben'a döndü - bir akşam anne ve babası (*bam güm*!), dikkatsizlik eseri Reuben'ın odasındaki radyoyu açık unutmuşlar.

("Fakat şunu unutmamalısınız ki o barbarca bebek doğurarak çoğalma günlerinde çocuklar, Devlet Şartlandırma Merkezleri'nde değil, ebeveynleri tarafından yetiştirilirdi.")

Çocuk uykudayken Londra kaynaklı bir program yayınlanmaya başlamış; ertesi sabah çocuğun *bam gümü* şaşkına dönmüşler (çocukların gözü pek olanları birbirlerine sırıtma cesareti gösterdiler), çünkü küçük Reuben uyandığında o tuhaf ihtiyar yazarın, (eserlerinin bize ulaşmasına izin verilen çok az sayıda yazardan biri olan) George Bernard Shaw'un uzun bir konuşmasını kelimesi kelimesine tekrarlamış, ki Shaw konuşmasında, doğruluğu kesinlikle kanıtlanmış bir geleneğe uygun olarak, kendi dehasından bahsediyormuş. Tabii ki Küçük Reuben'ın göz kırpıştırmasıyla bıyık altından gülüşü bu konuşmayı kesinlikle anlamamışlar ve çocuklarının çıldırdığını düşünerek doktor çağırmışlar. Şansları varmış ki doktor İngilizce biliyormuş ve söylevin, bir gece önce Shaw'un yayınlamış olduğu konuşma olduğunu anlamış. Olayın önemini anlayan doktor, konuyu bir mektupla tıp basınına iletmiş.

"Böylece uykuda öğretme yöntemi, ya da hipnopedya keşfedilmiş oldu," diyen KŞM Müdürü uzunca bir süre sessiz kaldı.

Yöntem keşfedilmişti; ama yararlı bir şekilde uygulanması için uzun yıllar geçmesi gerekti.

"Küçük Reuben vakası, Fordumuz'un ilk T-Modeli'nin piyasaya çıkışından sadece yirmi üç yıl sonra yaşanmıştır." (Burada Müdür karnının üzerinde bir T işareti yaptı ve bütün öğrenciler huşu içinde taklit ettiler.) "Fakat..."

Öğrenciler coşkuyla not ettiler. "*Hipnopedya, resmen ilk kez F.S. 214 yılında kullanıldı. Niye daha önce değil? İki nedeni var. (a)...*"

"İlk deneyleri yapanlar," dedi Müdür, "yanlış yoldaydılar. Hipnopedyanın zihinsel eğitim aracı olarak kullanılabileceğini düşünüyorlardı..."

(Sağına yatmış küçük bir çocuk, sağ kolu dışarıda ve sağ eli yatağın kenarından sarkmış. Bir kutunun yan tarafındaki daire şeklinde bir hoparlörden gelen yumuşak bir ses anlatmaktadır.

"Nil, Afrika'nın en uzun, dünyanın da ikinci en uzun nehridir. Mississipi-Missouri nehrinden daha kısa olmakla birlikte, nehir havzası uzunluğu açısından bütün nehirlerin başında gelir, 35 derece enlemden başlayarak..."

Ertesi sabah kahvaltıda biri, "Tommy," der, "Afrika'nın en uzun nehri hangisidir biliyor musun? Çocuk kafasını sallar. Ama, 'Nil Afrika'nın en uzun...' diye başlayan bir şey hatırlamıyor musun?"

"Nil-Afrika'nın-en-uzun-dünyanın-da-ikinci-en-uzun-nehridir..." Sözcükler bir solukta çıkar. "Mississipi-Missouri-nehrinden-daha-kısa..."

"Pekâlâ, Afrika'nın en uzun nehri hangisidir?"

Boş gözlerle bakar. "Bilmem."

"Ama Nil, Tommy."

"Nil-Afrika'nın-en-uzun-dünyanın da..."

"Öyleyse en uzun nehir hangisi, Tommy?"

Tommy gözyaşlarına boğulur. "Bilmiyorum," diye haykırır.

O haykırış, ilk araştırmacıların cesaretini kırdı, diye açıkladı Müdür. Deneylerden vazgeçildi. Bir daha çocuklara uykularında Nil'in uzunluğunu öğretmeye kalkışmadılar. İyi de oldu. Konusunu bilmeden bir bilimi öğrenemezsin.

"Oysa keşke *ahlâk* eğitimiyle başlamış olsalardı," diyen Müdür kapıya yöneldi. Öğrenciler peşine takılıp, yürürken ve asansörde yukarı çıkarken aceleyle notlar almaya devam ettiler. "Şartlar ne olursa olsun ahlâk eğitimi asla ussal olmamalıdır."

Ondördüncü katta asansörden indiklerinde bir hoparlör, "Sessizlik, sessizlik," diye fısıldıyordu. Hoparlör-ağızlar yorulmaz bir biçimde aynı uyarıyı her koridor boyunca belli aralıklarla tekrarladılar. Öğrenciler ve hatta Müdür bile kendiliklerinden ayak uçlarında yürümeye başladılar. Hepsi Alfa'ydılar, şüphesiz; ama Alfalar bile iyi şartlandırılmışlardı. "Sessizlik, sessizlik." Bütün ondördüncü katın havasına bu kesin emrin ıslığı egemendi.

50 metre kadar ayak uçlarına basarak yürüdükten sonra Müdür'ün temkinlice açtığı bir kapıya ulaştılar. Eşikten atlayarak kepenkli bir yatakhanenin alacakaranlığına daldılar. Seksen tane bebek yatağı duvar boyunca tek sıra halinde dizilmişti. Uzaklardan fısıldanan belli belirsiz sesleri andıran hafif, düzenli nefes alma sesleri ve kesintisiz bir mırıltı duyuluyordu.

İçeri girdiklerinde ayaklanan bir hemşire, Müdür'ü görünce hazırola geçti.

"Bu öğleden sonraki ders nedir?" diye sordu.

"İlk kırk dakikada Cinselliğe Giriş yaptık," yanıtını verdi. "Fakat şu anda 'Sınıf Bilincine Giriş' dersine geçmiş durumdayız."

Müdür, bebek yatakları boyunca yavaşça yürüdü. Uykuda gevşemiş seksen tane gül pembesi erkek ve kız çocuğu yataklarında hafif bir şekilde nefes alıp veriyordu. Her yastığın altında bir fısıltı vardı. KŞM Müdürü durup küçük yataklardan birinin üzerine eğilerek dikkatle dinledi.

"Sınıf Bilincine Giriş mi dediniz? Hoparlörlere biraz daha yüksek sesle tekrarlattıralım."

Odanın diğer ucunda duvarda bir hoparlör çıkıntı oluşturuyordu. Müdür hoparlöre yürüdü ve bir düğmeye bastı.

"...hepsi yeşil giyerler," diye cümle ortasından başlayan yumuşak ama net bir ses konuşmaya devam etti, "ve Delta çocukları haki giyerler. Yo, hayır, ben Delta çocuklarıyla oyun oynamak istemiyorum. Epsilonlar daha da kötüler. Okuyup yazamayacak kadar aptallar. Üstelik siyah giyerler, ki siyah canavarca bir renktir. Beta olduğum için *öyle* mutluyum ki."

Bir sessizlik oldu; sonra ses yine başladı.

"Alfa çocukları gri giyerler. Bizden çok daha sıkı çalışırlar, çünkü korkulacak kadar zekidirler. Gerçekten de Beta olduğum için öyle mutluyum ki. Çünkü o kadar çok çalışmıyorum. Üstelik biz Gamalar ve Deltalardan çok daha iyiyiz. Gamalar aptaldırlar. Hepsi yeşil giyerler. Delta çocuklar da haki giyerler. Yo, hayır, Delta çocuklarıyla oyun oynamak *istemiyorum*. Epsilonlar daha da kötüler. Okuyup yazamayacak kadar..."

Müdür düğmeye tekrar bastı. Ses kesildi. Sadece sesin kısık hayaleti, seksen yastığın altından mırıldanmayı sürdürdü.

"Uyanmadan önce bu, kırk ya da elli kez tekrarlanmış olacak; sonra Perşembe tekrar ve Cumartesi bir daha olacak. Otuz ay süresince yüz yirmi kez, haftada üç kere. Sonra da daha ileri bir derse geçerler."

Güller ve elektrik şokları, Deltaların hakisi ve bir nefes şeytantersi - çocuk daha konuşmaya bile başlamadan bir daha ayrılmaz biçimde birleştirilir. Ama sözsüz şartlandırma kaba ve toptancıdır; daha ince ayrımları sağlayamaz, daha karmaşık davranış biçimlerini benimsetemez. Bunun için sözlere ihtiyaç vardır, ama mantıksız sözlere. Kısacası, hipnopedyaya.

"Tüm zamanların en yüce ahlâklandırıcı ve sosyalleştirici gücü."

Öğrenciler küçük defterlerine not ettiler. Kaynağın bizzat kendisinden.

Müdür bir kez daha düğmeye dokundu.

Kurnazca sokulan, yumuşak, yorulmak bilmez ses, "...korkulacak kadar akıllıdırlar," diyordu. "Gerçekten de Beta olduğum için öyle mutluyum ki..."

Pek de öyle su damlaları gibi değil, gerçi doğrudur, su en sert granitte oyuklar açabilir; hipnopedya daha çok sıvı balmumu damlalarına benzer, yapışan, kabuk bağlayan, üzerine düştüğü şeye -kaya sonunda, kızıl bir kütleye dönüşene kadar- derinlemesine işleyen balmumu damlalarına.

"Sonunda çocuğun zihni bu öğretilere dönüşene dek ve bu öğretilerin toplamı çocuğun zihnini oluşturana dek. Sadece çocuğun zihnini değil. Yetişkinin zihnini de - tüm yaşamı süresince. Yargılayan, arzulayan ve karar veren zihin - bu öğretilerden oluşacak. Ama bütün bu öğretiler *bizim* öğretilerimizdir!" Müdür neredeyse zaferle haykırıyordu. "Devlet'in öğretileri." En yakın masaya yumruğunu indirdi. "Onun için de..."

Bir gürültü duyup arkasına döndü.

Başka bir tonla, "Aman Fordum!" dedi, "Kendimi kaybedip çocukları uyandırdım."

ÜÇÜNCÜ BÖLÜM

Dışarda, bahçede oyun saati gelmişti. Sıcak Haziran güneşinde altı yedi yüz tane çıplak erkek ve kız çocuğu, tiz seslerle avazları çıktığı kadar bağırıyor, top oyunları oynuyor, ya da çiçeklenmekte olan çalılıkların arasında ikili üçlü gruplar halinde çömelmiş oturuyorlardı. Güller çiçek açmıştı, ağaçların arasında iki bülbül kendi başlarına ötüyor, ıhlamur ağaçlarındaki bir guguk kuşu ahengi kaçmakta olan bir sesle gugukluyordu. Hava, arı ve helikopterlerin vızıltısıyla baygınlaşmıştı.

Müdür ve öğrencileri bir süre dikilip Merkezkaçlı Zıplayan-kukla oyununu izlediler. Yirmi çocuk, kromla çelik karışımı bir kulenin etrafında daire şeklinde toplanmıştı. Yukarıya, kulenin tepesindeki bir platforma atılan bir top kulenin içine yuvarlanıyor, hızla dönen bir diskin üzerine düşüyor ve silindirik gövdede açılmış birçok deliğin birinden hızla fırlatılıyordu ve çocuklar bu topu yakalamaya çalışıyordu.

Grubuyla uzaklaşırken Müdür, "Tuhaf," dedi, "Fordumuz'un zamanında bile çoğu oyunun sadece bir iki top, birkaç sopa ve belki de bir parça fileyle oynandığını düşünmek tuhaf. İnsanların, tüketimi arttırmaya hiçbir katkısı olmayan karmaşık oyunları oynamasına izin vermenin ne kadar ahmakça olduğunu bir düşünsenize. Delilikten başka bir şey değil. Bugünlerde Yöneticiler, en azından mevcut oyunlar denli karmaşık aletler gerektirdiği kanıtlanamayan hiçbir oyuna izin vermezler." Kendi sözünü böldü.

Eliyle işaret ederek, "Sevimli bir grup," dedi.

Uzun Akdeniz fundalıklarının arasındaki çimenli bir açıklıkta, yedi yaşlarında bir erkek çocuğuyla bir yaş büyük görünen bir kız çocuğu, keşif çalışması yapan bilim adamları misali bir ciddiyet ve yoğunlaşma içinde, çocuklara has bir seks oyunu oynuyordu.

Müdür duygulu bir şekilde, "Çok hoş, çok hoş," diye tekrarladı.

Çocuklar da nazikçe onaylayarak, "Çok hoş," dediler. Ama gülümseyişlerinde daha çok bir hor görme vardı. Benzer çocukça eğlencelerden, şimdi biraz olsun nefret duymadan izleyemeyecek kadar kısa süre önce kurtulmuşlardı. Çok hoş mu? Sadece iki çocuk aptalca oyunlar oynuyordu, hepsi bu.

Müdür aynı aşırı duygusal tonla, "Hep düşünüyorum," diye devam ediyordu ki, sözü yüksek sesli bir ağlamayla kesildi.

Yakındaki bir çalılıktan, yürüdükçe ağlayan bir erkek çocuğunu elinden tutup peşi sıra götüren bir hemşire çıktı. Hemen peşinden de endişeli görünen küçük bir kız geliyordu.

"Sorun nedir?" dedi Müdür.

Hemşire omuzlarını silkerek, "Önemli bir şey değil," dedi. "Sadece bu küçük oğlan her zamanki erotik oyuna katılma konusunda biraz isteksiz. Daha önce de birkaç kez dikkatimi çekmişti. Bugün yine fark ettim. Bağırmaya da yeni başladı..."

Endişeli görünen küçük kız, "Doğru söylüyorum," diye söze karıştı. "Onu incitmek istemedim, gerçekten."

Hemşire hak verir bir ifadeyle, "Elbette istemedin, tatlım," dedi. "Onun için de," diyerek tekrar Müdür'e dönüp, "onu Yardımcı Psikoloji Müfettişi'ne götürüyorum. Anormal bir şey var mı öğrenmek için," diye açıkladı.

"Doğrusunu yapıyorsunuz," dedi Müdür. Hemşire, hâlâ bağıran çocukla uzaklaşırken kıza dönüp, "Sen burada kal küçük kız," diye ekledi. "Adın ne senin?"

"Polly Troçki."

"Adın da pek güzelmiş," dedi Müdür. "Hadi şimdi koşup bak bakalım, oynayabileceğin bir oğlan bulabilecek misin?"

Kız neşe içinde koşup çalılıkların arasında gözden kayboldu.

Kızın arkasından bakan Müdür, "Enfes bir ufaklık!" dedi. Sonra öğrencilerine dönerek, "Şimdi size anlatacaklarım inanılmaz gelebilir, ama tarih konusuyla haşır neşir olmamışsanız geçmişle ilgili birçok gerçek inanılmaz görünecektir," diye devam etti.

Baklayı ağzından çıkardı. Fordumuz'un yaşadığı dönemden önce ve hatta nesiller sonra bile çocuklar arasındaki erotik oyunlara anormal gözüyle bakılmıştır (ortalık kahkahaya boğuldu); sadece anormal değil, ahlâkdışı (olamaz!) sayılmıştır: o yüzden de şiddetle bastırılmıştır.

Dinleyicilerinin yüzlerinde şaşkına dönmüş bir inanmazlık belirdi. Eğlenmelerine izin verilmeyen zavallı küçük çocuklar? İnanamıyorlardı.

"Erişkinler bile," diyordu Müdür, "Sizler gibi erişkinler bile..."

"Olamaz!"

"Bir parça gizli kendi kendine erotizm ve eşcinsellik haricinde hiçbir şeye kesinlikle izin verilmezdi."

"*Hiçbir şeye mi?*"

"Çoğu durumda evet, ta ki yirmili yaşlarına dek."

"Yirmi mi?" Öğrencilerin sesi yüksek sesli bir inanmazlar korosu gibiydi.

"Yirmi," diye tekrarladı Müdür, "İnanılmaz bulacağınızı söylemiştim."

"Sonra ne oldu?" diye sordular. "Sonuçları ne oldu?"

"Sonuçlar korkunçtu," diyerek çınlayan derin bir ses, irkiltici bir şekilde diyaloğa katıldı.

Etraflarına baktılar. Küçük grubun kıyısında bir yabancı dikiliyordu -orta boylu, siyah saçlı, karga burunluydu ve delici, karanlık bakışları vardı. "Korkunçtu," diye tekrarladı.

O anda KŞM Müdürü, uygun bir şekilde bahçenin her yerine konulmuş olan çelik ve plastik banklardan birine oturmuştu; ama yabancıyı fark edince ellerini uzatıp otuz iki dişiyle birden coşku içinde sırıtarak ayağa kalkıp ileriye fırladı.

"Denetçi! Ne kadar beklenmedik bir zevk! Çocuklar, ne düşünüyorsunuz? Denetçimiz, Mustafa Mond, fordhazretleri."

Merkezin dört bin odasında dört bin saat aynı anda dördü vurdu. Bedensiz sesler hoparlörağızlardan seslendiler.

"Ana Gündüz vardiyası görevi bıraksın. İkinci Gündüz vardiyası görev yerlerine. Ana Gündüz vardiyası görevi bıraksın..."

Asansörde soyunma odalarına çıkmakta olan Henry Foster ve Sosyal Belirleme Müdür Yardımcısı, sırtlarını kasıtlı bir şekilde Psikoloji Bürosu'ndan Bernard Marx'a çevirmişlerdi: kendilerini o kötü şöhretten sakınıyorlardı.

Embriyo Deposu'nda, makinelerin uğultu ve zırıltısı kızıl havaya karışmaya devam ediyordu. Vardiyalar gelip gidiyor, cilt veremli bir yüz yerini bir başkasına devrediyor; taşıyıcı bantlar sonsuza dek ihtişamla geleceğin kadın ve erkeklerini taşıyarak ilerliyordu.

Lenina Crowne çevik adımlarla kapıya doğru yürüdü.

* * *

Fordhazretleri Mustafa Mond! Selam duran öğrencilerin gözleri neredeyse yuvalarından fırlayacaktı. Mustafa Mond! Batı Avrupa Bölge Denetçisi! On Dünya Denetçisi'nden biri. Onundan Biri... ve KŞM Müdürü ile birlikte banka oturdu ve kalıp, evet yanlarında kalıp gerçekten de onlarla konuşacaktı... Doğrudan kaynağından. Hem de Ford'un kendisinin ağzından.

İki karides kahverengisi çocuk yakındaki bir çalılıktan çıkıp iri, şaşırmış gözlerle onlara baktı ve yine yaprakların arasındaki eğlencelerine döndüler.

Yönetici güçlü, derin sesiyle, "Hepiniz hatırlarsınız," dedi. "Sanırım hepiniz Fordumuz'un o güzel, vahiy edilmiş deyişini hatırlarsınız: Tarih saçmalıktır. Tarih," yavaşça tekrarladı, "saçmalıktır."

Elini savurdu ve sanki tüy gibi bir dokunuşla bir parça tozu silkelemiş gibiydi, bu toz da Harappa uygarlığıydı, Keldanî şehri Ur'du; örümcek ağlarıydı, Teb'di ve Babil'di, Knosos'tu ve Miken'di. Silkele, silkele -hani Odysseus nerede kaldı, Eyüp nerede? Ya Jüpiter ve Gotama nerede? İsa'ya ne oldu? Silkele -ya o Atina ve Roma denen, Kudüs ve Orta Krallık denen antik pislik zerreleri- hepsi yok oldular. Silkele - İtalya'nın bulunduğu yer boşaldı. Silkele, katedralleri silkele; Kral Lear; ve Paskal'ın düşüncelerini silkele. Silkele, Tutku'yu silkele, Requiem'i silkele, Senfoni'yi silkele, silkele...

* * *

Sosyal Belirleme Müdür Yardımcısı sordu, "Henry, bu akşam Duyusal Film'e gidiyor musun? Duyduğuma göre Elhamra'daki yeni gösteri birinci sınıfmış. Ayı postu üzerinde bir aşk sahnesi varmış, muhteşem diyorlar. Ayının kılları tek tek kopyalanmış. Görebileceğin en muhteşem okşama efektleri."

"İşte bu yüzden size tarih öğretilmiyor," diyordu Denetçi. "Ama artık zamanı geldi..."

KŞM Müdürü endişe içinde Denetçi'ye baktı. Denetçi'nin, çalışma odasındaki kasasında gizlediği eski yasak kitaplarla ilgili tuhaf söylentiler dolanıyordu. İnciller, şiir kitapları - Ford bilir daha neler vardı.

Mustafa Mond, Müdür'ün endişeli bakışlarını yakaladı ve kırmızı dudaklarının köşeleri ironik bir biçimde seğirdi.

Hafif alaylı bir tonla, "Merak etmeyin, Müdür," dedi. "Öğrencilerinizi yoldan çıkarmam."

KŞM Müdürü şaşkınlık içinde kaldı.

Küçümsenen kişilerin küçümser görünmeleri kendi yararına olur. Bernard Marx'ın yüzündeki gülümseme küçümseyiş doluydu. Gerçekten de ayının her kılı kopyalanmıştı!

"Gitme konusunun üzerinde bilhassa durayım," dedi Henry Foster.

* * *

Mustafa Mond ileri eğilerek bir parmağını öğrencilere doğru salladı. "Gözünüzün önüne getirmeye çalışın," dedi ve öğrencilerin diyaframları bu sesin yarattığı heyecanla titredi. "Sizi doğuran bir anayla yaşamanın nasıl bir şey olduğunu gözünüzün önüne getirmeye çalışın."

Yine o müstehcen sözcük. Ama bu kez hiçbiri gülümsemeyi aklından bile geçirmedi.

"'Ailenizle yaşama'nın ne gibi bir şey olduğunu hayal etmeye çalışın."

Uğraştılar; ama belli ki başaramıyorlardı.

'Ya bir 'ev'in ne olduğunu biliyor musunuz?"

Kafalarını salladılar.

Lenina Crowne, loş, kızıl mahzeninden on dört kat yukarıya çıktı, asansörden çıkınca sağa dönüp uzun bir koridoru geçerek üzerinde KIZLARIN SOYUNMA ODASI yazan bir kapıyı açtı ve kollar, göğüsler ve iç çamaşırlarının yarattığı sağır edici kaosa daldı. Sıcak su, yüz banyoya sel gibi şakırdayarak doluyor ve lıkırdayarak boşalıyordu. Seksen tane titreşim-vakumlu masaj makinesi kâh gürleyerek kâh tıslayarak türünün muhteşem örneği seksen dişinin bedenini ovup emiyordu. Herkes, avazı çıktığı kadar yüksek sesle konuşuyordu. Sentetik Müzik makinesinde, bir süper-kornet solosu çalıyordu.

Lenina, dolabı ve askılığı bitişikte olan genç

kadına "Merhaba, Fanny," dedi.

Fanny Şişeleme Odası'nda çalışıyordu ve onun da soyadı Crowne'dı. Ama gezegenin iki milyar sakini sadece on bin soyadı paylaştığı için bu rastlantı o kadar şaşırtıcı değildi.

Lenina fermuarlarını indirmeye başladı - ceket fermuarını tek elle, pantolondaki iki taneyi iki eliyle ve iç çamaşırının fermuarını yine tek eliyle indirdi. Üzerinde sadece çorapları ve ayakkabıları varken, dışarı çıkıp banyolara doğru yürüdü.

Ev, ev -boğucu bir yaşam; bir erkek, düzenli olarak doğuran bir kadın, her yaştaki erkek ve kız çocuklarından oluşan bir güruhun balık istifi yaşadığı birkaç küçük oda, hava alamazsın, boş yer bulamazsın; mikroptan arındırılmamış bir hapishane; karanlık, salgın hastalıklar ve kötü kokular.

(Denetçi'nin tasviri öylesine canlıydı ki, diğerlerinden daha hassas olan bir çocuk sırf bu tasvirden sarardı, neredeyse kusmak üzereydi.)

Lenina banyodan çıktı, havluyla kurulandı, duvara tutturulmuş uzun esnek bir tüpü alıp, tüpün üflecini intihar edecekmiş gibi göğsüne doğru tutarak düğmesine bastı. Ani bir sıcak hava akımı, tenini en kaliteli talk pudrasıyla pudraladı. Sekiz değişik kokuda parfüm, lavabonun üzerindeki musluklardan alınabiliyordu. Sekiz değişik parfüm ve kolonya küçük musluklarla lavabonun üzerinde duruyordu. Soldan üçüncü musluğu açtı, ellerini parfüme tutup süründü ve ayakkabılarıyla çoraplarını elinde taşıyarak çıkıp titreşim-vakumlu makinelerden boşalan var mı diye bakmaya gitti.

Ev, fiziksel açıdan olduğu kadar ruhsal olarak da perişan durumdaydı. Ruhsal açıdan bir tavşan deliğiydi, balık istifi bir yaşantının getirdiği sürtüşmeler yüzünden kavrulmuş, duygusallıktan kokuşmuş bir mezbelelik. Aile üyeleri arasındaki boğucu samimiyetler, delice müstehcen ilişkiler! Anne manyak bir şekilde çocuklarının üzerine titrerdi (*kendi* çocuklarının)... bir kedinin, yavrularının üzerine titrediği gibi; ama konuşabilen ve tekrar tekrar "Bebeğim benim," diyen bir kedi. "Bebeğim, ah sütümü emiyor, minicik eller, açlık, ve o ağza alınmaz ızdırap verici zevk! Ta ki sonunda bebeğim uyuyana dek, sonunda bebeğim ağzının köşesinde beyaz bir süt baloncuğuyla uyuyana dek. Minik bebeğim uyuyana..."

Başını sallayarak "Evet," dedi Mustafa Mond, "titrediğinize hiç şaşmadım."

Titreşim-vakumdan, içten aydınlatılmış bir inci gibi pespembe parıldayarak dönen Lenina, "Bu gece kiminle çıkıyorsun?" diye sordu.

"Hiç kimseyle."

Lenina şaşkınlıkla kaşlarını yukarı kaldırdı.

"Bu aralar keyifsizim," dedi Fanny. "Dr. Wells Yapay Hamilelik denememi önerdi."

"Ama hayatım, sen daha on dokuz yaşındasın. İlk Yapay Hamilelik yirmi bir yaşına kadar zorunlu değildir."

"Biliyorum, hayatım. Ama bazı insanlar erken başlarsa iyi oluyor. Dr. Wells bana, benim gibi leğen kemiği geniş esmerlerin ilk Yapay Hamileliklerini on yedisinde yaşamalarının iyi olacağını söyledi. Yani aslında iki yıl erken değil, iki yıl geç kalmış durumdayım." Dolabının kapağını açıp üst raftaki bir sıra kutu ve etiketli küçük şişeyi gösterdi.

"CORPUS LUTEUM ŞURUBU." Lenina yüksek sesle etiketleri okudu. "OVARİN, TAZELİĞİ GARANTİLİDİR: 1 AĞUSTOS F.S. 632'DEN SONRA KULLANMAYINIZ. GÖĞÜS SALGI EKSTRESİ: GÜNDE ÜÇ KEZ YEMEKLERDEN ÖNCE BİRAZ SUYLA ALINMALIDIR. PLASENTA: ÜÇ GÜNDE BİR DAMARDAN ŞIRINGA EDİLMELİDİR...Iığh!" diye ürperdi Lenina. "Damardan alınan ilaçtan nasıl da nefret ederim, ya sen?"

"Evet ama bir faydası olunca..." Fanny hakikaten mantıklı bir kızdı.

Fordumuz -ya da Freud'umuz, ki sırrına erişemediğimiz bir nedenle her ne zaman psikolojik konulardan söz etse kendine Freud derdi - aile hayatının korkunç tehlikelerini ilk ortaya koyan kişi olmuştur. Dünya babalarla doluydu - o yüzden de mutsuzlukla doluydu; dünya annelerle doluydu -yani sadizmden namusa kadar uzanan bin bir türlü sapıklıkla doluydu; erkek ve kız kardeşlerle, amcalarla ve halalarla doluydu - yani delilik ve intiharla doluydu.

"Oysa Yeni Gine açıklarındaki bazı adalarda yaşayan Samoa yerlileri arasında..."

Tropik güneş, ebegümeci çiçeklerinin arasında cinsel sınırsızlıkla yuvarlanan çocukların bedenlerini ılık bal misali ısıtıyordu. Yuvaları, damları palmiye yapraklarından oluşan yirmi evden herhangi biri olabilirdi. Trobriand Adaları'nda hamilelik, atalarının ruhlarının işiydi; kimse baba nedir bilmezdi.

"Karşı cinsler," dedi Yönetici, "Karşı cinsler, birleşirler. Birleşmek için yaratılmış olmak gibi güzel bir nedenden ötürü birleşirler."

"Dr. Wells, şimdi yaşayacağım üç aylık bir Yapay Hamileliğin gelecek üç dört yıl içinde sağlığıma büyük faydası olacağını söylüyor."

"Neyse, umarım haklıdır," dedi Lenina. "Ama Fanny, yani böylece önümüzdeki üç ay boyunca hiç mi cinsel..."

"Elbette hayır, tatlım. Sadece bir iki hafta, o kadar. Akşamı Kulüp'te Müzikli Briç oynayarak geçireceğim. Sen çıkıyorsun herhalde."

Lenina başıyla onayladı.

"Kiminle?"

"Henry Foster'la."

"Yine mi?" Fanny'nin sevecen, ay-parçası yüzü, acılı ve onaylamaz bir şaşkınlıkla dolu uyumsuz bir ifadeye büründü. "Yani hâlâ Henry Foster'la mı çıkıyorsun?"

Anneler ve babalar, erkek ve kız kardeşler. Aynı zamanda kocalar, karılar ve aşıklar da vardı. Tekeşlilik ve romantizm de tabii.

"Ancak herhalde siz bunların ne anlama geldiğini bilmiyorsunuzdur," dedi Mustafa Mond.

Kafalarını salladılar.

Aile, tekeşlilik, romantizm. Her yerde bir özel hayat, her yerde bir ilgi odaklanması, itki ve enerjinin dar bir kanala yönlendirilişi.

Hipnopedik atasözüne değinerek, "Ama herkes, herkese aittir," diye başladı.

Öğrenciler kafalarını sallayarak kesinlikle hemfikir olduklarını gösterdiler. Nasıl olmasınlardı, karanlıkta altmış iki binden fazla kez tekrarlanan bu cümle kendilerine salt doğru diye değil de, kendi kendini kanıtlayan, aksiyomatik, su götürmez bir gerçek olarak kabul ettirilmişti.

"Şunun şurasında," diye itiraz etti Lenina, "Henry'yle çıkmaya başlayalı sadece dört ay olmuş."

"*Sadece* dört ay mı! Bunu çok sevdim. Üstelik

de," diye bir parmağıyla suçlayarak devam etti Fanny, "bütün bu sürede Henry dışında başka kimse olmadı, değil mi?"

Lenina kıpkırmızı oldu; ama gözleri ve sesinin tonu meydan okumayı sürdürdü. "Hayır, başka kimse olmadı," diye haşin bir şekilde yanıtladı. "Niye olması gerekiyor anlamıyorum da zaten."

Sanki Lenina'nın sol omzunun gerisindeki görünmez bir dinleyiciye söylüyormuş gibi, "Ah, niye olması gerekir anlamıyormuş," diye tekrarladı Fanny. Sonra aniden sesinin tonunu değiştirerek, "Ama cidden," dedi, "gerçekten dikkatli olmalısın diye düşünüyorum. Böyle sürekli bir tek adamla takılmak korkunç berbat bir tarz. Kırk elli yaşındayken olsa fena olmayabilir. Ama senin yaşında, Lenina! Hayır, gerçekten yakışmıyor. Üstelik KŞM Müdürü uzun ve yoğun ilişkilere ne kadar karşı, biliyorsun. Başka bir erkek olmadan dört ay Henry Foster'la - eh, bilse küplere binerdi..."

"Bir borudan geçen basınç altındaki suyu düşünün." Düşündüler. "Bir kez deliyorum," dedi Denetçi. "Ne tazyik ama!"

Yirmi kez deldi. Yirmi tane küçük, sidik gibi şırıldayan fıskiye oluştu.

"Bebeğim, Bebeğim...!"

"Anne!" Delilik bulaşıcıdır.

"Aşkım, bir tanem, canım, canım benim..."

Anne, tekeşlilik, romantizm. Fıskiye yükseğe

fışkırtırsa, vahşi ve köpüklü olur tazyiği. Dürtünün tek çıkış yeri var. Aşkım, bebeğim. O zavallı, modernlik öncesi insanların çıldırmış, kötü ve sefil durumda oluşlarına şaşırmamak gerek. Dünyaları; rahat yaşamalarına, akıllı, erdemli ve mutlu olmalarına izin vermiyordu. Anneler ve aşıklar, uymak üzere şartlandırılmadıkları yasaklamalar, baştan çıkaran ihtiraslar ve yalnız pişmanlıklar, salgın hastalıklar ve sonsuz yalnızlaştıran acılar, belirsizlikler ve yoksulluk - işte bütün bunlar onları güçlü hislere zorluyordu. Böyle güçlü hislerle (güçlü ama tek başına; umutsuz, bireysel bir yalnızlık içinde), nasıl istikrarlı olabilirlerdi?

"Tabii ondan vazgeçmen gerekmiyor. Ara sıra başka biri de olsun, o kadar. O başka kızlarla görüşüyor, değil mi?"

Lenina kabullendi.

"Elbette görüşür. Mükemmel bir centilmen olarak Henry Foster'a güvenmek her zaman doğru olur. Sonra bir de Müdür var tabii. Ne kadar titizdir, bilirsin..."

Başıyla onayladı. "Bu öğleden sonra sırtımı sıvazladı," dedi Lenina.

"İşte gördün mü?" Fanny zafer kazanmış gibiydi. "İşte bu, neyi temsil ettiğini gösteriyor. Kurallara en sıkı şekilde bağlılık."

"İstikrar," dedi Denetçi, "istikrar. Toplumsal istikrar olmadan uygarlık olmaz. Bireysel istikrar olmadan da toplumsal istikrar olmaz." Sesi hoparlörden geliyor gibiydi. Dinlerken kendilerini daha iri, daha sıcak hissediyorlardı.

Makine işler, işler ve işlemeye devam etmelidir - sonsuza dek. Hareketsiz kalırsa ölüm demektir. Bir milyar insan yeryüzünün kabuğunu eşeleyip durdu. Çarklar dönmeye başladı. Yüz elli yıl içinde iki milyara ulaştılar. Tüm çarkları durdurun. Yüz elli haftada yine bir milyara düşerler; bin çarpı bin çarpı bin tane insan açlıktan ölür.

Çarklar sürekli dönmeli, ama bakımsız dönemezler. Onlara bakacak adamlar gerekir, dingilleri üzerinde dönen çarklar misali sarsılmaz adamlar, aklı başında itaatkâr adamlar, mutlu ve istikrarlı adamlar.

Ağlayanlar: Bebeğim, anneciğim, canım, canım bir tanem; sızlananlar: Benim günahım, berbat Tanrım; acı içinde haykıranlar, ateş içinde mırıldananlar, inleyerek yaşlılık ve yoksulluktan sızlananlar - çarkları nasıl döndürebilirler? Ve çarkları döndüremezlerse... Bin çarpı bin çarpı bin tane erkek ve kadın cesedini gömmek ya da yakmak epey zor olurdu.

"Üstelik de," Fanny'nin ses tonu ayartıcıydı, "Henry'den başka bir iki erkekle daha birlikte olmanın herhangi bir sancılı ya da sakıncalı yönü yok ki. Bunu da anlayınca demek ki, biraz daha hafifmeşrep takılman *gerekiyor...*"

"İstikrar," diye ısrarla vurguladı Yönetici, "istikrar. İlk ve mutlak gereksinim İstikrar. İşte o nedenle bütün bunlar."

Eliyle işaret ederek bahçeleri, Şartlandırma Merkezi'nin devasa binasını, otun böceğin arasında görünmeyen ya da çimenliklerde koşuşturan çıplak çocukları gösterdi.

Lenina başını salladı. Düşüncelere dalarak, "Her nasılsa son günlerde canım pek oynaşmak istemiyor," dedi. "İnsanın böyle zamanları da olabiliyor. Senin de başına gelmedi mi, Fanny?"

Fanny anlayışla başını sallayarak onayladı. "Ama çaba göstermek zorundayız," dedi hüküm verircesine, "oyunu oynamak zorundayız. Zaten herkes, herkese aittir."

"Evet, herkes kerkese aittir," diye yavaşça tekrarlayan Lenina iç geçirerek bir süre sessiz kaldı; sonra Fanny'nin elini tutarak hafifçe sıkıp, "Her zamanki gibi çok haklısın, Fanny," dedi, "çaba göstereceğim."

Baskılanan dürtü taşar ve oluşan sel, duygulardır, ihtiras selidir ve bu sel deliliğe dahi dönüşür; akıntının gücüne, setin yüksekliğine ve karşı koyma gücüne bağlıdır. Önüne set çekilmeyen akıntı, belirlenmiş kanallardan geçerek sakin ve keyifli bir varoluşa akar. Embriyo açtır; gece gündüz yapay kan pompası dakikada sekiz yüz çevrimlik devrini sürdürür. Şişeden alınan bebek çığlık atar; hemen bir hemşire görünür, elinde harici verilen bir salgı şişesi vardır. İşte bu zaman aralığında duygular, arzu ile arzunun tatmini arasına gizlenir. Bu aralığı kısaltırsan, bütün o eski, gereksiz setleri yıkmış olursun.

"Şanslı çocuklarsınız!" dedi Denetçi. "Sizleri duygusal açıdan rahatlatabilmek için - mümkün olduğunca duygulardan esirgeyebilmek için hiçbir zahmetten kaçınmadık."

"Fordumuz direksiyonunun başında," diye mırıldandı Müdür, "Dünya'da işler tıkırında."

Pantolonunun fermuarını çekerken, Sosyal Belirleme Yardımcısı'nın sorusunu yanıtlamak için, "Lenina Crowne," dedi Henry Foster. "Ah, muhteşem bir kız. Harika etine dolgun. Daha önce onunla birlikte olmadığına şaşırdım."

"Nasıl oldu da onu gözden kaçırdım, ben de anlayamıyorum," dedi Sosyal Belirleme Müdür Yardımcısı. "Kesinlikle ilk fırsatta onunla olayım."

Soyunma odası koridorunun karşı tarafında bulunduğu yerden konuşulanları duyan Bernard Marx'ın benzi sarardı.

"Gerçeği söylemek gerekirse," dedi Lenina, "her

gün Henry'den başka bir şey yaşamamaktan bir parça sıkılmaya başlıyorum." Sol çorabını yukarı çekti. Sıradanlığı zoraki olarak abartılmış bir tonla, "Bernard Marx'ı tanıyor musun?" diye sordu.

Fanny irkilmiş gibiydi. "Yoksa şu...?"

"Neden olmasın? Bernard bir Alfa-Artı. Üstelik bana, birlikte Vahşi Ayrıbölgeleri'nden birine gitmeyi teklif etti. Hep bir Vahşi Ayrıbölgesi görmeyi istemişimdir."

"Peki ya kötü şöhreti?"

"Bana ne şöhretinden?"

"Engelli Golf'ten hoşlanmıyormuş," diyorlar.

"Diyorlar, diyorlar," diye dalga geçti Lenina.

"Zamanının çoğunu da yalnız geçiriyormuş - *tek başına.*" Fanny'nin sesinde dehşet vardı.

"Eh, benimleyken tek başına olmayacak. Hem zaten insanlar ona niye bu kadar canavarca davranıyorlar ki? Bence çok tatlı biri." Kendi kendine gülümsedi; Bernard'ın ne kadar komik bir şekilde utangaç davrandığını hatırladı. Neredeyse korkmuştu - sanki kendisi bir Dünya Denetçisi, Bernard da makinelerden sorumlu bir Gama-Eksi'ymişcesine.

"Kendi yaşamlarınızı düşünün," dedi Mustafa Mond. "Herhangi biriniz aşılmaz bir engelle karşılaştınız mı?"

Soru, olumsuzlayan bir sessizlikle yanıtlandı.

"Herhangi biriniz bir arzuyu fark etmekle onun

tatmini arasında uzunca bir bekleyiş yaşamak zorunda kaldınız mı?"

"Şey," diye başladı çocuklardan biri ve tereddüt etti.

"Sesini duyalım," dedi Müdür, "Fordhazretlerini bekletme."

"Bir keresinde istediğim bir kızı elde edene kadar nerdeyse dört hafta beklemek zorunda kalmıştım."

"Sonuçta da güçlü bir duygu hissetmiştin değil mi?"

"Korkunç bir duygu?"

"Korkunç, kesinlikle," dedi Denetçi. "Atalarımız o kadar salak ve dar görüşlüydüler ki, ilk reformcular gelip de kendilerini bu korkunç duygulardan kurtarmayı önerdiklerinde hiç ilgilenmediler."

"Lenina'dan bir et parçasıymış gibi bahsediyorlar." Bernard dişlerini gıcırdattı. "Burada onunla birlikte ol, orada onunla birlikte ol. Koyun eti misali. İyice koyun etine indirgiyorlar onu. Bir düşüneyim demişti, bu hafta bir cevap veririm demişti. Of Fordum, Fordum, Fordum." Yanlarına gidip suratlarına bir tokat patlatmak istiyordu - sert bir biçimde, tekrar tekrar patlatmak.

Bu arada Henry, "Evet, gerçekten Lenina'yı bir denemeni öneririm," diyordu.

* * *

"Harici doğum'u ele alın. Pfitzner ve Kawaguchi, bu tekniği bir bütün olarak mükemmelen geliştirmişlerdi. Ama Devletler dikkate alır mıydı? Hayır. Hristiyanlık denen bir şey vardı. Kadınlar doğurganlığa devam etmeye zorlandılar."

"Bernard o kadar çirkin ki!" dedi Fanny.

"Ama bakışları çok hoşuma gidiyor."

"Ve öylesine *ufak tefek* ki." Fanny suratını buruşturdu; ufak tefeklik korkunç bir biçimde düşük sınıflara özgü bir özellikti.

"Bence bu tatlı bir özellik," dedi Lenina. "İnsanın tutup mıncıklayası geliyor. Kedi gibi yani."

Fanny şok olmuştu. "Bernard şişedeyken birisi hata yapmış diyorlar - Bir Gama olduğunu düşünüp yapay-kanına alkol katmış. Onun için öyle bodur kalmış."

"Ne saçmalık!" Lenina kızmıştı.

"Uykuda öğretme İngiltere'de yasaklanmıştı. Liberalizm denen bir şey vardı. Parlamento, eğer anlamını biliyorsanız, aleyhte bir karar verdi. Kayıtlar elimizde. Öznenin özgürlüğü üzerine konuşmalar. Verimsiz ve sefil kalma özgürlüğü. Yanlış görevde yanlış adam olma özgürlüğü."

"Yapma dostum, keyfine bak, gerçekten. Kesinlikle sakıncası yok." Henry Foster Sosyal Belirleme Müdür Yardımcısı'nın sırtına dokundu. "Şunun şurasında herkes herkese ait değil mi?"

Hipnopedya konusunda uzman olan Bernard Marx, Dört yıl boyunca haftada üç gece yüz tekrar, diye düşündü. Altmış iki bin dört yüz tekrar, bir tek gerçek yaratıyor. Gerizekâlılar!

"Ya da Kast Sistemi. Sürekli olarak önerilip sürekli reddediliyordu. Demokrasi denen bir şey vardı. İnsanlar fiziko-kimyasal özelliklerinin dışında da eşitlermiş gibi."

"Eh, tek söyleyebileceğim şu ki Bernard'ın davetini kabul edeceğim."

Bernard onlardan tiksindi, tiksindi. Ama iki kişiydiler, iriydiler ve güçlüydüler.

"Dokuz Yıl Savaşları F.S. 141 yılında başladı."

"Yapay-kanındaki alkol konusu doğru olsa bile vazgeçmezdim."

"Fosgen, kloropikrin, etil iyodoasetat, bifenilsianarsin, triklormetil kloroformat, dikloretil sülfid. Hidrosiyanik asitten söz etmeme gerek yok tabii."

"Ki doğru olduğuna da kesinlikle inanmıyorum," diye başladı Lenina.

* * *

"Hücum emriyle ilerleyen on dört bin uçağın gürültüsü. Ama Kurfurstendamm ve İngiliz Bölgesi'ndeki şarbon bombalarının patlamaları, ancak bir kese kâğıdı patlaması kadar ses çıkarmaktaydı."

"Çünkü bir Vahşi Ayrıbölgesi görmeyi ben de istiyorum."

"$CH_3C_6H_2(NO_2)_3+Hg(CNO)_2$ = evet, nedir?" Toprakta dev bir çukur, bir duvar yığını, et ve balgam parçaları, havada uçan ve flop diye sardunyaların üzerine -kırmızı sardunyaların üzerine-inen, çizmesi hâlâ üzerinde bir ayak; ne muhteşem bir gösteriydi o yaz!

"Umutsuz bir vakasın sen Lenina, senden el çekiyorum."

"Rusların su kaynaklarını zehirleme tekniği özellikle dikkate değer bir buluştu."

Fanny ve Lenina sırtları birbirine dönük, sessizce üstlerini değiştirmeyi sürdürdüler.

"Dokuz Yıl Savaşları, büyük Ekonomik Çöküş. Dünya Kontrolü ile yıkım arasında bir seçim söz konusuydu. İstikrar ile..."

* * *

"Fanny Crowne da hoş bir kız," dedi Sosyal Belirleme Yardımcısı.

Çocuk yuvalarında Sınıf Bilinci'ne Giriş dersi bitmiş, sesler, gelecekte oluşacak talebi, geleceğin sanayi arzına uyduruyordu. "Uçmaya bayılıyorum," diye fısıldıyorlardı, "uçmaya bayılıyorum, yeni elbiseler edinmeye bayılıyorum, yeni..."

"Tabii, Liberalizm, şarbondan ölmüştü, ama yine de işler zor kullanarak yürümüyordu."

"Lenina kadar dolgun sayılmaz. Ah evet, sayılmaz."

Yorulmak bilmez fısıltı, "Fakat eski elbiseler korkunçtur," diye devam ediyordu. "Eski elbiseleri daima çöpe atarız. Atıp kurtulmak onarmaktan iyidir, atıp kurtulmak onarmaktan iyidir, kurtulmak..."

"Hükümet oturma işidir, vurma değil. Beynin ve kıçınla yönetirsin, yumrukla asla. Örneğin, tüketim seferberliği işi vardı."

"İşte oldu, hazırım," dedi Lenina; ama Fanny konuşmadan arkası dönük oturmaya devam etti.

"Fanny hayatım, haydi barışalım."

"Her erkek, kadın ve çocuk, bir yıl içinde belli bir miktarda tüketime zorlanacaktı. Sanayinin çıkarları adına. Tek sonucu..."

"Atıp kurtulmak onarmaktan iyidir. Yama artarsa refah düşer, yama artarsa..."

Üzgün bir vurguyla, "Bir gün başın belaya girecek," dedi Fanny.

"Dev ölçekte vicdani bir reddediş. Hiçbir şey tüketilmeyecekti. Doğaya geri dönüş."

"Uçmaya bayılıyorum, uçmaya bayılıyorum."

"Kültüre geri dönüş. Evet, aslında kültüre. Oturup kitap okursanız fazla bir şey tüketemezsiniz."

"İyi görünüyor muyum?" diye sordu Lenina. Ceketi şişe yeşili asetatlı kumaştan yapılmıştı ve kollarıyla yakasında yeşil viskoz kürkü vardı.

"Golders Green'de sekiz yüz tane Basit Yaşam savunucusu, makineli tüfeklerle biçilmişti."

"Atıp kurtulmak onarmaktan iyidir, atıp kurtulmak onarmaktan iyidir."

* * *

Yeşil pamuklu kadife şort ve diz altında kıvrılmış viskoz yünü çoraplar.

"Sonra da ünlü Britanya Müzesi katliamı yaşandı. İki bin kültür hayranı, dikloretil sülfit gazıyla zehirlenerek öldürüldü."

Yeşil-beyaz bir jokey kepinin gölgesi Lenina'nın gözlerinin üzerine düşüyordu; ayakkabıları parlak yeşildi ve iyice cilalanmıştı.

"Sonunda," dedi Mustafa Mond, "Denetçiler güç kullanmanın işe yaramadığını anladılar. Daha yavaş ama daha kesin olan harici doğum, yeni Pavlovcu şartlandırma ve hipnopedya yöntemleri..."

Beline de gümüş kakmalı, yeşil maroken taklidi bir fişeklik palaskası takmıştı, fişeklik (Lenina kısır bir kadın olmadığı için) yönetmeliğe uygun gebelik önleyiciler yüzünden şişkin duruyordu.

"Pfitzner ve Kawaguchi'nin buluşları sonunda kullanılabiliyordu. Canlı anadan doğumla üremeye karşı yoğun bir propaganda..."

"Mükemmel!" diye heyecanla çığlık attı Fanny. Lenina'nın cazibesine, asla uzun süre karşı koyamıyordu. "Ne kadar dayanılmaz, *tatlı* bir Malthus kemeri!"

"Bunların yanında, bir de Geçmiş'e karşı bir kampanya başlatıldı; müzeler kapatıldı, tarihî anıtlar havaya uçuruldu (şansımıza çoğu zaten Dokuz Yıl Savaşları'nda yerle bir edilmişti); ve F.S. 150 yılından önce yayınlanmış tüm kitaplar yasaklandı."

"Kesinlikle ben de böyle bir kemer edinmeliyim," dedi Fanny.

"Örneğin, piramitler denen birşeyler vardı."

"Benim eski siyah, rugan bir kayışım..."

"Bir de Shakespeare adında bir adam vardı. Siz bunları hiç duymamışsınızdır tabii."

"Şu benim kayışım var ya, gerçekten rezil bir şey."

"İşte bunlar, gerçekten bilimsel bir eğitimin sağladığı avantajlar."

"Ne kadar çok yama olursa o kadar az refah olur, ne kadar çok yama olursa..."

* * *

"Fordumuz'un ilk T-Model'inin piyasaya sürülüşü..."

"Neredeyse üç aydır kullanıyorum."

"...yeni çağın başlangıç tarihi olarak seçildi."

"Atıp kurtulmak onarmaktan iyidir; kurtulmak onarmaktan..."

"Daha önce de söylediğim gibi, Hristiyanlık denen bir şey vardı."

"Atıp kurtulmak onarmaktan iyidir."

"Yetersiz tüketimin etiği ve felsefesi..."

"Yeni elbiselere bayılıyorum, yeni elbiselere bayılıyorum, yeni..."

"Üretimin yetersiz olduğu günlerde çok önemliydi; ancak nitrojenin kontrol edilebildiği bir makineler çağında az tüketim, kesinlikle topluma karşı işlenmiş bir suçtur."

"Henry Foster verdi."

"Bütün haçların üstleri kesildi ve T'ye dönüştüler. Bir de Tanrı diye bir şey vardı."

* * *

"Gerçek maroken taklidi."

"Şimdi Dünya Devleti'miz var. Ford Günü bayramlarımız, Cemaat İlahileri ve Dayanışma Ayinleri'miz var."

"Ford'um, nasıl da nefret ediyorum bu adamlardan!" diye düşünüyordu Bernard Marx.

"Cennet denen bir şey vardı; ama yine de büyük miktarlarda alkol tüketirlerdi."

"Et muamelesi yapıyorlar, et muamelesi."

"Ruh dedikleri bir şey vardı, bir de ölümsüzlük denen bir şey."

"Henry'ye sorsana nereden almış."

"Fakat morfin ve kokain kullanırlardı."

"Daha da kötüsü, Lenina da kendisini et parçası olarak görüyor."

"F.S. 178 yılında iki bin tane eczacı ve biyokimyager maaşa bağlandı."

Bernard Marx'ı göstererek, "Gerçekten de suratı asık görünüyor," dedi Sosyal Belirleme Yardımcısı.

"Altı yıl sonra ticari üretime geçildi. Mükemmel uyuşturucu üretiliyordu."

"Bernard'a sataşalım."

"Gevşeticiydi, uyuşturuyordu ve keyifli halüsinasyonlar sağlıyordu."

"Somurt Marx, somurt." Omzuna inen tokatla irkilip yukarı baktı. Henry Foster ayısının ta kendisiydi. "Sana bir gram *soma* lazım."

"Hristiyanlık ve alkolün bütün avantajlarına sahipti, ama yan etkilerini taşımıyordu."

"Ford adına, nasıl da gebertmek isterdim onu!" Ama tek yaptığı, 'Hayır, teşekkürler,' demek ve sunulan hap tüpünü geri çevirmek oldu."

"İstediğin zaman, gerçeklikten uzaklaşıp tatile çıkıyorsun, geri döndüğünde ne başın ağrıyor ne de anlatacak mitolojin oluyor."

"Alsana," diye ısrar etti Henry, "al hadi."

"Pratikte İstikrar sağlanmıştı."

* * *

Sosyal Belirleme Yardımcısı basit bir hipnopedik deyişten alıntı yaparak, "Bir santimetrekübü, bin musibet savuşturur," dedi.

"Geriye bir tek yaşlılığı yenmek kalıyordu."

"Def olun, def olun!" diye bağırdı Bernard Marx.

"Huysuz seni?"

"Eşeylik hormonları, genç kan nakli, magnezyum tuzları..."

"Sakın unutma, bir gramı, lanet okumaktan iyidir," deyip gülerek çıktılar.

"Yaşlılığın tüm fizyolojik izleri silinmiş oluyordu. Tabii bunlarla birlikte..."

"Sakın Henry'ye o Malthus kemerini sormayı unutma," dedi Fanny.

"Tabii bunlarla birlikte yaşlılara özgü zihinsel tuhaflıklar da halledilmiş oluyordu. Kişilikler tüm bir yaşam süresince sabit kalıyordu."

"...karanlık çökmeden Engelli Golf'te iki tur

geçmem gerekiyor. Acele etmeliyim."

"İş, oyun - gücümüz ve zevklerimiz on yedi yaşımızda neyse altmış yaşımızda da o oluyor. Eski, berbat günlerde, yaşlılar hayattan elini eteğini çeker, emekli olur, kendini dine verir, zamanlarını okumaya ve düşünmeye ayırırlardı -*düşünmeye*!"

Koridorda asansöre doğru yürüyen Bernard Marx, "Gerizekâlılar, pislikler!" diye söyleniyordu.

"Şimdilerde - gelişme işte budur - yaşlı insanlar çalışıyor, çiftleşiyor, keyiften başlarını kaldıracak zamanları yok, oturup düşünecek tek bir saniyeleri bile yok - ya da olur da elle tutulur meşgalelerinin ortasında küçük bir zaman boşluğu açılırsa o zaman da *soma* yardıma koşar, şahane *soma*, yarım gramı yarım tatil, bir gramı bir hafta sonu, iki gramı muhteşem Doğu'ya bir yolculuk, üç gramı ayda karanlık bir ebediyettir; dönünce kendilerini boşluğun diğer tarafında bulurlar, günlük çalışma ve meşgalelerin sağlam zeminine güvenle basar ayakları, bir oynaşmadan diğerine koştururlar, taş gibi kızın birinden diğerine bir Elektro-manyetik Golf Sahası'ndan diğerine..."

"Git buradan küçük kız," diye öfkeyle bağırdı

KŞM Müdürü. "Uzaklaş buradan küçük oğlan! Görmüyor musunuz Fordhazretleri meşgul? Gidip başka bir yerde oynayın erotik oyununuzu."

"Zavallı çocuklar!" dedi Denetçi.

Makinelerin hafif uğultusunun ortasında Taşıyıcı Bantlar, yavaş ama ihtişamla, saatte otuz üç santimetre ilerliyordu. Kızıl karanlıkta sayısız yakut parıldıyordu.

DÖRDÜNCÜ BÖLÜM

I

Asansör, Alfa Soyunma Odaları'ndan gelen erkeklerle doluydu, Lenina'nın girişine dostça kafalarını sallayarak ya da gülümseyerek karşılık verdiler. Lenina popüler bir kızdı ve öyle ya da böyle asansördeki erkeklerin çoğuyla bir gece geçirmişti.

Selamlarına karşılık verirken, Tatlı çocuklardı, diye düşündü. Sevimli çocuklar! Yine de, keşke George Edzel'in kulakları o kadar büyük olmasaydı, diye düşündü (belki de 328. metrede kendisine birazcık fazla paratiroid hormonu verilmişti?). Benito Hoover'a bakınca, soyunduğunda gerçekten *aşırı* kıllı olduğunu anımsamadan edemedi.

Benito'nun kıvırcık esmerliğini anımsamaktan hüzünlenmiş gözlerini çevirdiğinde, bir köşede, Bernard Marx'ın çelimsiz vücudunu, melankolik yüzünü gördü.

"Bernard!" diyerek ona yaklaştı. "Ben de seni arıyordum." Sesi, tırmanmakta olan asansörün uğultusunu bastırarak çınladı. Diğerleri merakla etraflarına bakındılar. "Seninle New Mexico planımız hakkında konuşmak istiyordum." Gözünün ucundan Benito'nun şaşkınlıktan ağzı açık bakakaldığını görebiliyordu. Ağzının açıklığından rahatsız olmuştu. "Kendisiyle tekrar çıkmak için yalvarmayışıma şaşırıyordur!" dedi kendine. Sonra da yüksek sesle, her zamankinden daha samimi bir tarzda, "Temmuzda seninle bir haftalığına gezmek harika olur," diye devam etti. (Neyse, böylece Henry'ye sadakatsizliğini herkesin ortasında kanıtlamış oluyordu. Bernard'la da olsa Fanny bu işe sevinecekti.) "Yani," dedi Lenina ona en güzel anlamlı gülümseyişini sunarak, "hâlâ bana sahip olmak istiyorsan."

Bernard'ın solgun yüzü kızardı. "Niye böyle kızarıyor ki?" diye şaşkınlıkla karışık merak eden Lenina, aynı zamanda kendi gücünün garip bir doğrulanışı anlamına gelen bu tepkiden duygulanmıştı.

"Bu konuyu başka bir yerde konuşsak daha iyi olmaz mı?" diye kekeleyen Bernard, fazlasıyla rahatsız olmuşa benziyordu.

"Sanki şok edici bir şey söylemişim gibi," diye düşündü Lenina. "Açık saçık şaka yapmış olsam - annesinin adını ya da benzer bir şeyi sormuş olsam bu kadar rahatsız olamazdı."

"Yani, bu kadar insanın ortasında..." Utançtan boğulmak üzereydi.

Lenina'nın kahkahası içtendi ve kesinlikle kötü niyetli değildi. "Ne kadar komiksin!" dedi; gerçekten de onu komik buluyordu. "Bana en az bir hafta önceden haber verirsin, değil mi?" diye başka bir tonda devam etti. "Sanırım Mavi Pasifik

Roketi'yle gideriz? Charing-T Kulesi'nden* mi kalkıyordu? Yoksa Hampstead'den mi?"

Bernard cevap veremeden asansör durdu.

Çatlak bir ses, "Çatı!" dedi.

Asansörcü ufak tefek, maymun gibi bir yaratıktı. Üzerinde Epsilon-Eksi Yarı Moronlara özgü siyah bir tünik vardı.

"Çatı!"

Asansörün kapılarını sert bir şekilde açtı. Öğleden sonra güneşinin sıcak ihtişamıyla irkildi ve gözlerini kırpıştırdı. "Ah, çatı," diye heyecanla tekrarladı. Karanlık, yok edici bir sersemlikten, neşe içinde aniden uyanmış gibiydi. "Çatı!"

Köpeklere özgü beklentili bir hayranlıkla yolcularının yüzlerine bakarak gülümsedi. Asansörden, birlikte konuşup gülerek gün ışığına çıktılar. Asansörcü arkalarından bakmaya devam etti.

Bir kez daha sorarcasına, "Çatı?" dedi.

Sonra bir zil çaldı ve asansörün tavanındaki bir hoparlör yavaşça, ama yine de emir veren bir tonda direktiflerini saymaya başladı.

"Aşağı in," dedi, "aşağı in. Onsekizinci kata. Aşağı in, aşağı in. Onsekizinci kata. Aşağı in, aşağı..."

Asansörcü kapıları çarparak bir düğmeye bastı ve anında, kuyunun vızıldayan alacakaranlığına, alışkın olduğu sersemliğinin kuyusuna döndü.

Çatı sıcak ve aydınlıktı. Yaz öğleden sonrası, geçen helikopterlerin uğultusuyla birleşince insa-

* İngiltere'de Londra'nın batı yakasındaki bir semt olan Charing Cross, "cross" sözcüğünün "haç" anlamına göndermeyle Charing T'ye dönüştürülmüş. (Çn.-Yhn)

nın uykusunu getiriyordu; parlak gökyüzünde acele içinde görünmez bir şekilde beş altı mil yukarıdan geçen jetlerin daha derin vızıltısı yumuşak havayı okşuyor gibiydi. Bernard Marx derin bir nefes aldı. Gökyüzüne, masmavi ufka ve sonunda bakışlarını indirerek, Lenina'nın yüzüne baktı.

"Harika, değil mi?" Bernard'ın sesi bir parça titriyordu.

Sımsıcak, anlayış dolu bir bakışla Bernard'a gülümsedi Lenina. "Engelli Golf için tek kelimeyle kusursuz," diye heyecanla yanıtladı. "Şimdi de uçmam gerekiyor, Bernard. Henry kendisini bekletirsem bozuluyor. Tarihini çok çok önceden bildir." Elini sallayarak geniş düz çatı boyunca hangarlara doğru koşarak uzaklaştı. Bernard durup beyaz çorapların uzaklaşan pırıltısını, güneşte yanmış dizlerin canlı bir şekilde tekrar tekrar birleşip ayrılışını ve şişe yeşili ceketin gerisinde daha yumuşak hareketlerle çalkalayan iyi oturmuş pamuklu kadife şortu izledi. Yüzü yine acılı bir ifadeye büründü.

Tam arkasından yüksek ve neşeli bir ses, "Söylemem gerekir ki Lenina çok hoştu," dedi.

Bernard irkilip etrafına bakındı. Benito Hoover'ın tombul suratı, tepesinden ışıltıyla kendisine bakıyor -apaçık bir içtenlikle ışıldıyordu. Benito'nun güleryüzlülüğü dillere destandı. İnsanlar Benito'nun, *soma*ya elini dahi sürmeden hayatını sürdürebileceğini söylüyorlardı. Başkalarının tatile çıkarak kaçtıkları kin, nefret ve sinir, ona hiç dokunmazdı. Benito için gerçeklik, daima güneşliydi.

"Vücudu da dolgun. Hem de o biçim!" Sonra ses tonunu değiştirerek, "Ama bence sen, çok somurtkansın! Sana bir gram *soma* lazım," dedi. Pantolonunun sağ cebine elini daldırıp küçük bir şişe çıkardı. "Bir santimetrekübü bin musibeti... Ama bence!"

Bernard aniden dönüp hızla uzaklaştı.

Benito arkasından bakakaldı. "Bu adamın derdi ne acaba?" diye merak etti ve kafasını sallayarak zavallı adamın yapay-kanına konan alkol hikâyesinin doğru olması gerektiğine karar verdi. "Herhalde beynine vurmuş."

Soma şişesini cebine yerleştirip bir paket seks hormonlu sakız çıkardı, ağzına bir parçasını atıp geviş getirerek hangarlara doğru yavaş adımlarla yürüdü.

Henry Foster helikopterini kilitli tutulduğu yerden çıkarttırmıştı ve Lenina geldiğinde pilot kabinine oturmuş, bekliyordu.

Lenina yanında yerini alırken tek söylediği, "Dört dakika geciktin," oldu. Motorları çalıştırdı ve pervaneleri vitese geçirdi. Helikopter dik olarak havalandı. Henry hızlandı; pervanenin uğultusu balarısından eşekarısına, eşekarısından sivrisineğe ton değiştirdi; hız göstergesi dakikada iki kilometre yükseldiklerini gösteriyordu. Londra altlarında küçülüyordu. Birkaç saniye içinde düz çatılı dev binalar, park ve bahçelerin yeşilinin ortasında biten geometrik mantarlara dönüştüler. Binaların ortasında daha uzunca, ince saplı daha narin bir mantar, Charing-T Kulesi, parlak betondan bir disk misali gökyüzüne uzanıyordu.

Büyük, etli bulutlar, başlarının üzerindeki mavi havada, muhteşem atletlerin hayal meyal gövdeleri misali tembel bir şekilde dolanıyordu. Bulutların birinden aniden, kızıl renkli bir böcek vızıldayarak düştü.

"Kırmızı Roket bu," dedi Henry, "New York'tan şimdi geliyor." Saatine baktı. "Yedi dakika rötarlı," diye ekledi ve kafasını salladı. "Bu Atlantik uçuşlarının rötarları skandal boyutlarına ulaşmış."

Ayağını gaz pedalından çekti. Yukarıdaki pervanelerin uğultusu eşekarısından balarısına, balarısından yabanarısına, yabanarısından mayısböceğine ve geyikböceğine değişerek bir buçuk oktav düştü. Makinenin yukarı doğru hızlanışı yavaşladı; bir an sonra da hareketsiz, havada asılı duruyorlardı. Henry bir kolu itti, tık diye bir ses duyuldu. Önlerindeki pervane önce yavaş, sonra gittikçe hızlanan bir şekilde, gözlerinin önünde yuvarlak bir sis oluşturana kadar dönmeye başladı. Yatay hızın oluşturduğu rüzgâr, flaplarda daha tiz bir ses çıkarıyordu. Henry gözlerini devir sayacından ayırmadı; gösterge bin iki yüze dayandığında pervaneleri vitesten çıkardı. Makinenin ileri ivmesi, kanatlarıyla uçmasına yetiyordu.

Lenina ayaklarının arasındaki zemin penceresinden aşağıya baktı. Londra Merkezi'ni ilk uydu banliyö şeridinden ayıran altı kilometrelik park mıntıkasının üzerinde uçuyorlardı. Yeşillik, kurtlar yiyip bitirmiş gibi kısa zamanda gözden kayboldu. Ağaçların arasında, Merkezkaçlı Zıplayankukla kuleleri zayıf bir şekilde parıldıyordu. Shepherd's Bush yakınlarında iki bin Beta-Eksi karışık çift, Riemann yüzey tenisi oynuyordu. Escalator Fives Kortları, iki sıra halinde Notting Hill'den Willesden'a giden ana yol boyunca dizilmişti. Ealing Stadyumu'nda bir Delta Jimnastik gösterisi ve cemaat ilahileri çalışması vardı.

Lenina, sınıfının uykuda öğrenilmiş önyargılarını seslendirerek, "Ne kadar iğrenç bir renk haki," dedi. Hounslow Duyusal Film Stüdyosu'nun binaları yedi buçuk dönümlük bir araziye yayılmıştı. Yakındaki siyah-haki bir emekçiler ordusu, Great West Yolu'nun yüzeyini yeniden camla kaplamakla uğraşıyordu. Üzerlerinden geçerlerken, hareketli, dev eritme konteynerlerinden birini delip eriyik camı akıtmaya çalışıyorlardı. Erimiş cam, göz kamaştıran akkor bir dere halinde yolun üzerine yayıldı. Asbest silindirleri bir aşağı bir yukarı gidip geliyordu; yalıtılmış bir sulama aracının arkasından beyaz buhar bulutları yükseliyordu.

Brentford'daki Televizyon Şirketi fabrikası, küçük bir kasabayı andırıyordu.

"Vardiya değiştiriyor olmalılar," dedi Lenina.

Yaprak yeşili Gama kızları ve siyah Yarı Moronlar, yaprak bitleri ve karıncalar misali girişlerde toplaşıyor, tekraylı tramvaylara binmek için kuyruklarda dikiliyorlardı. Dut rengi Beta-Eksiler, kâh kalalabalığa karışıyor, kâh ayrılıyorlardı. Ana binanın çatısı, helikopterlerin iniş kalkışı yüzünden kıvıl kıvıldı.

"Vay canına," dedi Lenina, "İyi ki Gama değilim."

On dakika sonra Stoke Poges'a ulaşıp Engelli Golf'te ilk turlarına başlamışlardı.

2

Bernard, çoğunlukla önüne bakarak, bir hemcinsi gözüne takıldığında hemen kaçamak bir şekilde kafasını başka bir tarafa çevirerek aceleyle çatıda yürüdü. Takip edilen bir adam gibiydi, düşmanları, düşündüğünden daha düşmanca davranmadıkça, ya da kendisi daha suçlu ve daha da iflah olmaz bir biçimde yalnız hissetmek zorunda bırakılmadıkça görmek istemeyeceği düşmanlar tarafından kovalanan bir adam gibiydi.

"Şu korkunç Benito Hoover!" Oysa adam oldukça iyi niyetli davranmıştı. Kaldı ki bu, durumu, bir bakıma daha da kötüleştiriyordu. İyi niyetli olanlar, kötü niyetlilerle aynı tarzda davranıyorlardı. Lenina bile kendisine acı çektiriyordu. Ona teklifte bulunmayı isteyip cesaret bulamadığı, sonra da umutsuzluğa kapıldığı, çekingen bir kararsızlık içinde geçirdiği haftaları düşündü. Küçük gören bir ret yanıtıyla aşağılanmayı göze almış mıydı? Ama ya evet derse, ne büyük mutluluk olacaktı! Eh, şimdi evet demişti ama yine de kendisini berbat hissediyordu - berbattı, çünkü öğleden sonrayı Engelli Golf için mükemmel bulmuştu, çünkü Henry Foster'la buluşmak için hemen sıvışmıştı, berbattı, çünkü çok özel konularını herkesin ortasında konuşmak istemeyişini komik bulmuştu. Tek kelimeyle berbattı, çünkü başka anormal sıradışı bir tarzda değil de, her sağlıklı ve erdemli İngiliz kızının davranması gerektiği gibi davranmıştı.

Kendi kilitli bölmesinin kapısını açtı ve hiçbir şey yapmadan aylak aylak dolaşan birkaç Delta-Eksi görevliye seslenip makinesini iterek çatıya çıkarmalarını söyledi. Hangarlarda çalışan personel tek bir Bokanovski Grubu'ndandı ve adamlar ikizdi, ufak tefek, esmer ve çirkin ikizler. Bernard emirlerini, kendilerini, üstün konumlarında pek güvende hissetmeyenlere özgü bir tarzda sert, oldukça kibirli ve hatta saldırgan bir tonda verdi. Bernard için alt sınıftan insanlarla iş yapmak daima çok stresli bir deneyim olmuştu. Nedeni her ne olursa olsun (ve yapay-kanındaki alkolle ilgili son zamanlardaki söylenti -kazaların önüne geçilemeyeceğinden- pekâlâ gerçek de olabileceği için) Bernard'ın fiziği ortalama Gamaların fiziğinden pek farklı değildi. Boyu standart Alfa boyundan sekiz santimetre kısaydı ve daha narin yapılıydı. Alt sınıfların üyeleriyle kurduğu ilişkiler üzücü bir biçimde ona hep bu fiziksel yetersizliğini hatırlatıyordu. "Ben benim ve keşke ben olmasaydım"; utangaçlığı had safhadaydı ve ızdırap vericiydi. Ne zaman kendini bir Delta'nın suratına yukarıdan değil de aynı hizadan bakarken bulsa, aşağılanmış hissediyordu. Bu yaratık acaba kendisine sınıfının hak ettiği saygıyı gösterir miydi? İşte bu soru hiç yakasını bırakmıyordu. Mantıksız da sayılmazdı. Çünkü Gamalar, Deltalar ve Epsilonlar bir dereceye kadar bedensel kütleyle sosyal üstünlük arasında bağlantı kurabilecek şekilde şartlandırılmışlardı. Aslında, boyutla ilgili hafif bir hipnopedik önyargı, evrenseldi. İşte teklifte bulunduğu kadınların kahkahaları, erkekler arasındayken eşitlerinin yaptığı muzipçe şakalar bundan kaynaklanıyordu. Alay edildiğinde kendini dışlanmış hissediyordu; dışlanmış hissedince de öyle davranıyordu, ki bu da kendisine karşı önyargıyı besliyor ve fiziksel kusurlarının yol açtığı kin ve saldırganlığı büyütüyordu. Böylece yabancılık duygusu ve yalnızlığı büyüyordu. Sürekli bir önemsenmeme korkusu eşitlerinden kaçmasına, astları söz konusu olunca da rütbesi konusunda tedirgin olmasına yol açıyordu. Henry Foster ve Benito Hoover gibilerine öyle imreniyordu ki! Asla bir Epsilon'a emirlerini yerine getirsin diye bağırmak zorunda kalmayan erkeklere; konumlarını olduğu gibi benimseyen erkeklere; kast sisteminde bir balığın suda hareket ettiği gibi dolanabilen erkeklere - kendilerini öyle rahat hissediyorlardır ki ne kendilerinin ne de içinde var oldukları lütufkâr rahatlığın farkındadırlar.

Ona öyle görünüyordu ki ikiz görevliler uçağını iterek çatıya çıkarma konusunda isteksiz ve hatta laçka davranıyorlardı.

Bernard sert bir şekilde "Acele edin!" diye bağırdı. İkizlerden biri şöyle bir baktı. O boş gri gözlerde sezdiği, ahmakça bir alay olabilir miydi? Daha yüksek sesle "Acele edin!" diye haykırdı, sesinde çirkin bir hırıltı vardı.

Uçağa bindi. Bir dakika sonra güneye, nehre doğru uçuyordu.

Çeşitli Propaganda Büroları ve Duygu Mühendisliği Üniversitesi, Fleet Caddesi'nde altmış katlık tek bir binada toplanmıştı. Zemin ve daha alt katlarda üç büyük Londra gazetesinin - bir üst sınıf gazetesi olan *Saatbaşı Radyosu*, soluk yeşil *Gama Gazetesi* ve haki kâğıt üzerine tamamen tek heceli sözcüklerden oluşan *Delta Günlüğü*'nün matbaaları ve ofisleri bulunuyordu. Sonra da sırasıyla, Televizyonla, Duyusal Görüntülerle, Sentetik Ses ve Müzikle Propaganda Büroları geliyordu ve bunlar yirmi iki katı işgal ediyordu. Yukarıda, Ses Bantı yazarlarıyla Sentetik Besteciler'in hassas işlerini yürüttükleri araştırma laboratuvarları ve yalıtılmış odalar vardı. En üstteki on sekiz katta ise Duygu Mühendisliği Üniversitesi yer alıyordu.

Bernard Propaganda Binası'nın çatısına iniş yaptı ve dışarı çıktı.

Gama-Artı kapıcıya "Aşağıdan Mr. Helmholtz Watson'ı arayıp Bernard Marx'ın çatıda kendisini beklediğini söyleyin," emrini verdi.

Oturup bir sigara yaktı.

Helmholtz Watson mesajı aldığında yazı yazıyordu.

"Hemen geleceğimi söyleyin," diyerek ahizeyi yerine koydu. Sonra sekreterine dönerek aynı resmi ve kişiliksiz ses tonuyla, "Masamı toparlama işini size bırakıyorum," dedi ve sekreterinin ışıl ışıl gülümseyişini görmezden gelerek kalkıp çevik adımlarla kapıya yöneldi.

Sağlam yapılı bir adamdı, geniş göğüslü, geniş omuzlu ve iri yarıydı. Hareketleri çabuk, yay gibi atikti. Boynunun yuvarlak, güçlü kaidesi üzerinde harikulade biçimli bir kafa taşıyordu. Saçları koyu renkli ve kıvırcık, yüz hatları keskindi. Etkileyici ve göze çarpan bir biçimde yakışıklıydı ve sekreterinin bıkıp usanmadan tekrarladığı gibi her haliyle bir Alfa-Artı'yı andırıyordu. Mesleği Duygu Mühendisliği Üniversitesi'nde (Yazı Bölümü'nde) hocalıktı ve eğitim çalışmalarından artakalan zamanında Duygu Mühendisi olarak çalışıyordu. Düzenli olarak *Saatbaşı Radyosu*'na yazıyor, duyusal film senaryoları yaratıyor ve hünerini asıl, slogan ve hipnopedik tekerlemeler konusunda konuşturmaya bayılıyordu.

Üstlerinin kendisi hakkındaki yargısı, "Yetkin" di. "Belki de" (burada kafalarını sallayıp seslerini bariz bir şekilde alçaltarak) "biraz fazla yetkin," diyorlardı.

Evet, biraz fazla yetkindi, doğru. Zihinsel bir aşırılık Helmholtz Watson'da, fiziksel kusurların Bernard Marx'ta yarattığı etkilere benzer etkiler yaratmıştı. Kemik ve kas eksikliği Bernard'ı hemcinslerinden uzaklaştırmıştı ve geçerli standartlara göre zihinsel bir eksiklik anlamına gelen bu ayrı olma hissi daha büyük bir ayrıma yol açıyordu. Helmholtz'un bu kadar kendini tanımasının ve yalnız kalmasının nedeni ise aşırı yetenekti. İki adamın ortak yönü, birey olduklarının farkında olmalarıydı. Bernard tüm hayatı boyunca ayrı olmanın bilincinde olmaktan acı çekmişti, oysa zihinsel aşırılığının farkına varan Helmholtz, çevresindeki insanlardan farkını daha yeni anlamaya başlamıştı. Bu Hareketli Zemin-Duvar Tenisi şampiyonu, bu yorulmak bilmez aşık (dört yıldan daha az bir sürede altı yüz kırk kadınla birlikte olduğu söyleniyordu), bu hayranlık uyandıran komite adamı ve duygu teknisyeni; spor, kadınlar ve toplumsal eylemlerin kendisi için ikincil önemde olduğunu oldukça ani bir biçimde anlamıştı. Aslında, derinde başka birşeylere ilgi duyuyordu. Ama neye? Neye? Bernard'ın kendisiyle konuşmaya geldiği sorun işte buydu - ya da daha çok, konuşan arkadaşını dinlemeye, çünkü konuşan hep Helmholtz olurdu.

Asansörden çıkarken, Sentetik Sesle Propaganda Bürosu'ndan üç çekici kız yolunu kestiler.

"Helmholtz, tatlım, bizimle Exmoor'da pikniğe gelsene," diye yalvarırcasına etrafını sardılar.

Kafasını sallayıp aralarından hızla sıyrıldı. "Hayır, olmaz."

"Başka erkek çağırmıyoruz."

Bu keyifli teklif bile Helmholtz'u sarsmamıştı. "Hayır," diye tekrarladı, "meşgulüm." Kararlı bir şekilde yoluna devam etti. Kızlar peşine takıldılar. Bernard'ın uçağına binip kapıyı çarpana dek peşinden koşmaktan vazgeçmediler. Tabii kızlar küfrü bastılar.

"Bu kadınlar!" dedi, makine havalanırken. "Bu kadınlar!" Kafasını sallayıp kaşlarını çattı. Bernard ikiyüzlü bir biçimde destekledi: "Berbatlar," dedi, ama söylerken bir yandan da, Keşke Helmholtz kadar çok kızla çıkabilseydim, hem de hiç sorun yaşamadan, diye düşündü. Birden ani bir böbürlenme ihtiyacı duydu. Olabildiği kadar sıradan bir tonla, "Lenina Crowne'la New Mexico'ya gidiyoruz," dedi.

Hiç ilgilenmeyen Helmholtz, "Öyle mi?" dedi. Kısa bir sessizliğin ardından, "Şu son bir iki haftada," diye devam etti, "bütün komite toplantılarını ve kızları bıraktım. Üniversite'de çıkardıkları yaygarayı hayal bile edemezsin. Yine de değdi sanıyorum. Etkileri..." Tereddüt etti. "Çok tuhaf, gerçekten tuhaf."

Fiziksel bir eksiklik, zihinsel bir aşırılık yaratabilirdi. Sanki süreç, tersine de işleyebiliyordu. Zihinsel aşırılık, kendi amaçları doğrultusunda, kasti bir yalnızlığın gönüllü körlük ve sağırlığını, yapay bir zevklerden el çekme iktidarsızlığını doğurabiliyordu.

Kısa uçuşun geri kalanı sessizlik içinde geçti.

Bernard'ın odasına ulaşıp puflu kanepelerine uzandıklarında, Helmholtz yine konuşmaya başladı.

Yavaşça konuşarak, "Hiç, içinde dışarı çıkmak için bir şans verilmesini bekleyen bir şey varmış gibi hissettin mi kendini?" diye sordu, "Kullanmadığın ek bir güç gibi, hani türbinlerden geçmek yerine şelaleden çağlayan su misali?" Soran gözlerle Bernard'a baktı.

"Her şey farklı olsaydı, insanın hissedebileceği şeylerden mi söz ediyorsun?"

Helmholtz başını salladı. "Pek sayılmaz. Bazen kapıldığım tuhaf bir hissi düşünüyorum da, söyleyeceğim önemli bir şey ve bunu söyleyebilme gücüm varmış hissi -sadece ne olduğunu bilemiyorum ve bu gücü herhangi bir şekilde kullanamıyorum. Yazmanın farklı bir biçimi olsaydı... Ya da yazılacak başka birşeyler olsaydı..." Sessiz kaldı ve sonra, "Biliyorsun," diyerek devam etti, "Sözcükler bulmada oldukça ustayım - insanı bir iğnenin üstüne oturmuşcasına zıplatan sözcükler, çok yeni ve heyecan verici geliyorlar, ama aslında hipnopedik açıdan bilinen şeyler. Ancak bu yeterli görünmüyor. Sözcüklerin iyi olması yetmiyor; onları iyi bir amaç uğruna kullanmak gerekiyor."

"Ama senin buldukların gayet iyi, Helmholtz."

"Sonuçları denli iyiler." Helmholtz omuzlarını silkti. "Ama sonuçları o kadar cılız ki. Bir şekilde yeterince önemli değiller. Çok daha önemli birşeyler yapabileceğimi hissediyorum. Evet, çok daha derin ve çok daha şiddetli. Ama ne? Söylenecek daha önemli ne olabilir? İnsan, yazması beklenen bir konuda nasıl daha şiddetli olabilir? Eğer doğru kullanırsan sözcükler X ışınlarına dönüşebilirler -her şeyi delip geçerler. Okursun ve delinirsin. Öğrencilerime öğretmeye çalıştığım şeylerden biri de bu -delici biçimde yazmak. Fakat Cemaat İlahileri ya da kokulu orglardaki en son gelişmeler üzerine bir makalenin delici olması ne fayda sağlar ki? Üstelik böylesi bir konuda yazarken, sözcükleri en yoğun X ışınları denli delici kılabilir misin? Hiçbir şey konusunda birşeyler söyleyebilir misin? Sonunda iş gelip buraya dayanıyor. Uğraşıyorum, uğraşıyorum..."

Bernard aniden, "Hişşt!" dedi ve bir parmağını uyarırcasına kaldırdı; kulak kesildiler. "Sanırım kapıda biri var," diye fısıldadı.

Helmholtz kalkıp odayı parmak uçlarının üzerinde geçti ve ani, sert bir hareketle kapıyı ardına kadar açtı. Tabii ki kimse yoktu.

"Özür dilerim," dedi Bernard, kendini sersem gibi hissediyor ve öyle görünüyordu. "Sanırım sinirlerim biraz gergin. İnsanlar senden şüphelenince sen de onlardan şüphe duymaya başlıyorsun."

Eliyle gözlerini ovuşturup iç geçirdi, sesi sızlanan bir tona büründü. Kendini haklı çıkarmaya çalışıyordu. "Son günlerde katlanmak zorunda kaldığım şeyleri bir bilsen," derken neredeyse ağlayacaktı -kabaran kendine acıma duygusu aniden açılan bir fıskiye gibiydi. "Bir bilsen!"

Helmholtz Watson dinlerken bir tür rahatsızlık hissine kapıldı. "Zavallı Bernard!" dedi kendi kendine. Ama aynı zamanda biraz da utandı arkadaşından. Keşke Bernard biraz daha gururlu olsaydı, diye düşündü.

BEŞİNCİ BÖLÜM

I

Saat sekiz olduğunda hava kararıyordu. Stoke Poges Kulüp Binası'nın kulesindeki hoparlörler, insan tenorundan daha kalın bir sesle golf sahalarının kapanışını duyurmaya başladılar. Lenina ve Henry oyunlarını bırakıp Kulüp Binası'na doğru yürümeye başladılar. İç ve Dış Salgılar Tröst tesislerinden, hormon ve sütleriyle Farnham Royal'daki büyük fabrikaya hammadde sağlayan büyükbaş hayvanların böğürtüleri duyuluyordu.

Alacakaranlığı helikopterlerin aralıksız vızıltısı doldurdu. Bir zil ve ıslık sesi iki buçuk dakikada bir, alt sınıf golfçüleri ayrı kortlarından metropole taşıyan hafif tekraylı trenlerden birinin kalkışını anons ediyordu.

Lenina ve Henry makinelerine atlayıp havalandılar. Sekiz yüz metrede Henry pervaneleri yavaşlattı ve bir iki dakika boyunca kararmakta olan manzaranın üzerinde hareketsiz asılı kaldılar. Burnham Beeches Ormanı büyük karanlık bir havuz misali, batıda gökyüzünün parlak kıyılarına değin uzanıyordu. Kızıla boyanmış ufukta günbatımının son kalıntıları turuncudan sarıya ve soluk su yeşiline dönüşerek kayboldu. Kuzeyde, ağaçların ötesinde ve üzerinde, İç ve Dış Salgılar fabrikası, yirmi katındaki her pencereden taşan vahşi bir elektrik ışıltısıyla parlıyordu. Aşağılarında Golf Kulübü'nün binaları vardı - alt sınıflara ait dev barakalar ve bir ayırma duvarının diğer tarafında Alfa ve Beta üyelere tahsis edilmiş daha küçük evler. Alt sınıflar, siyah karınca sürüleri gibi kıpırdaşarak tekraylı istasyonuna yaklaşmaktaydılar. Işıkları yanan bir tren, cam korunağın altından çıkarak açık alanda yol almaya başladı. Karanlık ova boyunca trenin güneydoğuya uzanan rotasını izleyen gözleri, Slough Krematoryumu'nun heybetli binalarına takıldı. Gece uçan uçakların güvenliği için dört adet yüksek bacası projektörlerle aydınlatılmış ve tepelerine de kırmızı tehlike sinyalleri konmuştu. Bir kilometre taşıydı.

"Niye bacaların etrafında balkon gibi şeyler var?" diye sordu Lenina.

"Fosfor elde etmek için," dedi Henry duygusuzca. "Gazlar bacadan çıkmadan dört ayrı işlemden geçiriliyor. Ne zaman birini yaksalar P_2O_5 bacadan uçup giderdi. Şimdi yüzde doksan sekizinden fazlasını tutabiliyorlar. Yetişkin cesedi başına bir buçuk kilodan fazla. Her yıl sadece İngiltere'de elde edilen dört yüz ton fosforun büyük bölümünü oluşturuyor." Henry konuşurken mutlulukla karışık bir gurur duymuş, başarı kendisininmişçesine tüm kalbiyle neleşenmişti. "Öldükten sonra bile toplumsal fayda sağlayabileceğimizi düşünmek güzel. Bitkileri büyütebilmek gibi."

Bu arada Lenina gözlerini çevirmiş, dik olarak aşağıya, tekraylı istasyonuna bakıyordu. "Güzel," diyerek Henry'nin fikrine katıldı. "Ama Alfa ve Betaların aşağıdaki şu berbat Gama, Delta ve Epsilonlardan daha fazla bitki yetiştirmeyecek olması garip."

Fetva verircesine, "Tüm insanlar fiziko-kimyasal açıdan eşittirler," dedi Henry. "Üstelik Epsilonlar bile vazgeçilemez hizmetlerde bulunurlar."

"Bir Epsilon bile..." Lenina aniden, okulda küçük bir kızken, gecenin ortasında uyanıp, uykularında bir hayalet gibi asla peşini bırakmayan fısıltının ilk kez farkına varışını anımsadı. Ay ışığı huzmesini, sıra sıra küçük beyaz yatağı tekrar gördü. "Herkes herkes için çalışır. Hiç kimseden vazgeçemeyiz. Epsilonlar bile faydalıdır. Epsilonlar olmadan yapamayız. Herkes herkes için çalışır. Hiç kimseden..." diyen yumuşak sesi bir kez daha duydu. Onca gecelik tekrarlardan sözcükler aklındaydı, unutmamıştı, unutamazdı. İlk korku ve şaşkınlık şokunu hatırladı; uyanık geçen yarım saat süresince düşündüklerini; sonra da o sonsuz tekrarların sonucunda yumuşayan, zihnini yumuşatan, işleri yoluna koyan, sürünerek gizliden gelen uykuyu anımsadı...

"Herhalde Epsilonlar Epsilonluklarından memnundurlar," dedi yüksek sesle.

"Elbette memnunlar. Nasıl olmazlar ki? Başka

bir şey olmanın nasıl olduğunu bilmiyorlar. Bizler memnun olmazdık, tabii. Ama bizler farklı şartlandırıldık. Üstelik bizler farklı bir kalıtımdan geliyoruz."

İnançla, "Bir Epsilon olmadığıma memnunum," dedi Lenina.

Henry, "Bir Epsilon olsaydın da, şartlandırman gereği aynı şekilde Alfa ya da Beta olmadığına memnun olurdun," dedi ve ileri pervaneyi vitese geçirip helikopteri Londra'ya yöneltti. Arkalarında, batıda, kızıl ve turuncu solmak üzereydi; gökyüzünü yoğun, karanlık bir bulut kümesi kaplamıştı.

Krematoryum'un üzerinden geçerlerken bacadan yükselen sıcak hava dalgasına rastlayan helikopter aniden havaya yükseldi ve soğuk havayla tekrar buluşunca aynı hızla eski irtifasına düştü.

"Ne muhteşem zıplayıştı ama!" diyerek keyifle kahkaha attı Lenina.

Ama Henry'nin ses tonu bir anlığına neredeyse melankolikleşti. "O zıplayış neydi biliyor musun?" dedi. "Son ve kesin bir biçimde yok olan bir insandı. Sıcak bir gaz sıçramasıyla göğe yükselen bir insan. Kim olduğunu bilmek isterdim - kadın mı yoksa erkek mi, Alfa mı Epsilon mu?..." İç geçirdi ve sonra neşeli olmaya karar vermiş bir sesle, "Her neyse," dedi, "emin olabildiğimiz tek bir şey var; her kim idiyse, hayattayken mutluydu. Artık herkes mutlu."

"Evet, artık herkes mutlu," diye tekrarladı Lenina. Aynı sözcükler, on iki yıl boyunca her gece yüz elli kez kulaklarına tekrarlanmıştı.

Westminster'da Henry'nin dairesinin bulunduğu kırk katlı apartmanın çatısına iniş yapıp doğrudan yemek salonuna geçtiler. Orada gürültücü ve neşeli bir grupla muhteşem bir akşam yemeği yediler. *Soma*, kahvenin yanında sunuldu. Lenina iki tane, Henry de üç tane yarım gramlık tablet aldılar. Dokuzu yirmi geçe, yürüyerek caddenin karşısında yeni açılan Westminster Manastırı Kabaresi'ne gittiler. Neredeyse bulutsuz, aysız, ama yıldızlı bir geceydi; fakat şanslarına Henry ve Lenina, aslında iç karartıcı olan bu gerçeği fark etmediler. Elektrikli gök tabelaları dışarının karanlığını etkin bir biçimde siliyordu. "CALVIN STOPES VE ON ALTI SEKSOFONCUSU." Manastır'ın ön cephesinde dev harfler davetkâr bir şekilde parıldıyordu. "LONDRA'NIN EN KALİTELİ KOKU VE RENK ORGU. EN YENİ SENTETİK MÜZİKLER."

İçeri girdiler. Amber ve sandalağacı kokan hava sıcak ve boğucuydu. Renk orgu salonun kubbe şeklindeki tavanını geçici olarak tropik günbatımına boyamıştı. On altı Seksofoncu eski, sevilen bir parçayı çalıyordu: "Arasam tüm dünyayı yine de bulamam küçük sevimli Şişe'm gibi başka bir Şişe."

Dört yüz çift, cilalanmış zeminde beş-adım

dansı yapıyordu. Lenina ve Henry çok geçmeden dörtyüzbirinci çifti oluşturdular. Seksofonlar, ay ışığında melodi tutturmuş kediler gibi ağlamaklı çalıyor, üzerlerine ufak çaplı bir ölüm çökmüşçesine, bir uçtan diğerine alto ve tenorlarda inliyorlardı. Armoni bakımından zengin, titreşen koro giderek yükselen bir tonda doruğa tırmandı -ta ki sonunda şef, elini sallayarak eter-müziğin son parçalayan notasını da bırakıp on altı üfleyen insanın varlığını noktalayana dek. La bemol majör gök gürültüsü. Sonra, sessizliğin ve karanlığın ortasında, ses bir silinişe doğru kayarak çeyrek tonlardan geçip asılı kalan çok hafif fısıltı tonunda baskın bir akora dönüştü (bu arada beş-dörtlük ritimler alttan nabız gibi atmayı sürdürüyordu) ve karanlık saniyeleri yoğun bir beklentiyle yüklemeye başladı. Ve sonunda, beklenti gerçeğe dönüştü. Ani, patlayan bir güneş doğuşu yaşandı ve on altı seksofoncu bir bomba misali eşzamanlı olarak şarkıya girdiler:

Şişem benim, ben hep seni istedim!
Şişem benim, yine sana döneyim!
İçinde gökler mavi,
Hava daima güzel;
Çünkü
Arasam tüm dünyayı yine bulamam
Küçük sevimli Şişe'm gibi başka bir Şişe.

Westminster Manastırı'nda diğer dört yüz çiftle

beş-adım dansı yapan Lenina ve Henry başka bir dünyada -*soma* tatilinin sıcak, sonsuz dostluk dolu, renk cümbüşü dünyasında- dans ediyorlardı. Herkes öyle kibar, öyle güzel ve eğlendiriciydi ki! "Şişem benim, ben hep seni istedim..." Şişelerinin içindeydiler, burada ve şu anda - güven ve güzel havanın içinde, her dem mavi gökyüzünün altında. Yorulan Onaltılı, seksofonlarını bıraktılar ve Sentetik Müzik sistemi en son slow Malthus Blueslarını çalmaya başladı. Dört yüz çift, şişelenmiş yapay-kan okyanusunda, hep birlikte dalgalarla yumuşakça sallanan ikiz embriyolar gibiydiler.

"İyi geceler, sevgili dostlar. İyi geceler, sevgili dostlar." Hoparlörler emirlerini neşeli, müzikli bir kibarlık peçesinin ardından veriyorlardı. "İyi geceler, sevgili dostlar..."

Lenina ve Henry, diğerleriyle birlikte emre uyar bir şekilde binadan çıktılar. İç karartıcı yıldızlar gökyüzünde uzaklara gitmişti. Ancak gök tabelalarının ekranı şimdi büyük ölçüde sönükleştiyse de iki genç, mutlu bir şekilde geceyi görmezden gelmeyi sürdürdüler.

Kapanış saatinden yarım saat önce yutulan ikinci *soma* dozu, gerçek evrenle zihinleri arasına iyice aşılmaz bir duvar çekmişti. Şişelenmiş bir halde caddeyi geçip şişelenmiş halde asansöre bindiler ve Henry'nin yirmisekizinci kattaki odasına ulaştılar. Yine de, şişelenmiş haline ve *soma*-

nın ikinci gramına rağmen Lenina, yönetmeliklerin belirlediği tüm doğum kontrol önlemlerini almayı unutmadı. Yıllarca süren hipnopedya ve on iki yaşından on yediye dek haftada üç kez uygulanan Malthus alıştırmaları, önlem almayı, göz kırpmak kadar otomatik ve kaçınılmaz bir şeye dönüştürmüştü.

Banyodan odaya dönerken, "Aklıma gelmişken," dedi, "Fanny Crowne bana verdiğin o güzel, yeşil maroken taklidi fişekliği nereden bulduğunu merak ediyor."

2

İki haftada bir, Perşembe günleri, Bernard'ın Dayanışma Ayini günleriydi. Aphroditaeum'da (İki Nolu Kural'a göre yakın tarihte buraya Helmholtz başkan seçilmişti) erken yenen bir akşam yemeğinden sonra arkadaşından ayrılıp çatıda bir taksi çevirdi ve adama Fordson Cemaat İlahievi'ne uçmasını söyledi. Makine birkaç yüz metre yükselip doğuya yöneldi ve dönerken İlahievi, tüm devasa ihtişamıyla Bernard'ın gözlerinin önüne serildi. Projektörlerle aydınlatılmış üç yüz yirmi metre beyaz Carrara taklidi, kar beyazı bir ışıltıyla Ludgate Tepesi'nde parıldıyordu; helikopter platformunun dört köşesinin her birinde dev boyutlarda bir T, gecenin karanlığında kızıl kızıl parlıyordu ve yirmi dört tane kocaman altın rengi hoparlörün ağzından ağırbaşlı, sentetik bir müzik gümbürdüyordu.

İlahievi'nin saat kulesi Big Henry'ye bakınca kendi kendine, "Lanet olsun, geciktim," dedi. Taksinin parasını öderken de Big Henry'nin gongu saati vurdu. Altın rengi hoparlörlerin hepsinden, gürleyen bas bir ses "Ford," diyerek ilahi söylüyordu. "Ford, Ford, Ford..." Dokuz kez. Bernard asansöre koştu.

Ford Günü kutlamaları ve diğer toplu Cemaat Ayinleri'ne ayrılmış büyük konferans salonu, binanın alt katındaydı. Üstünde ise Dayanışma

Grupları'nın iki haftada bir ayinlerinde kullandıkları, her katta yüz tane olmak üzere toplam yedi bin oda vardı. Bernard otuzüçüncü kata indi, koridoru aceleyle geçip Oda 3210'un önünde bir an tereddüt edip bekledi. Sonra kendini toparlayıp kapıyı açtı ve içeri girdi.

Ford'a şükürler olsun! En son gelmemişti. Yuvarlak masanın etrafına dizilmiş on iki sandalyeden üçü hâlâ boştu. Mümkün olduğu kadar göze çarpmamaya çalışarak yakındaki sandalyelerden birine ilişti ve geç kalanlara geldiklerinde kaşlarını çatmak üzere hazırlandı.

Solundaki kız ona dönerek, "Bu öğleden sonra ne oynadın?" diye sordu, "Engelli mi, yoksa Elektro-manyetik mi?"

Bernard kıza baktı (Fordum! Morgana Rothschild'dı) ve kızararak hiçbirini oynamamış olduğunu itiraf etmek zorunda kaldı. Morgana şaşkınlık içinde bakakaldı. Tuhaf bir sessizlik oldu.

Sonra bariz bir şekilde ona sırtını dönerek solundaki daha sportif adamla konuşmaya başladı.

Bernard içinde berbat bir hisle, "Dayanışma Ayini için iyi bir başlangıç," diye düşündü ve bir kez daha günahtan arınma konusunda başarısız olacağını sezdi. Keşke kendini en yakın sandalyeye atmak yerine, etrafa bakınmak için kendisine zaman tanımış olsaydı. Şu anda Fifi Bradlaugh ile Joanna Diesel'ın arasında oturuyor olabilirdi. Oysa gidip kendisini kör bir şekilde Morgana'nın yanına atmıştı. *Morgana*! Ford aşkına! Onun o kara kaşları - daha doğrusu, kaşı - çünkü kaşları burnunun üzerinde birleşiyordu. Fordum! Sağında ise Clara Deterding vardı. Doğru, Clara'nın kaşları birleşmiyordu. Ama gerçekten *aşırı* dolgundu. Oysa Fifi ve Joanna mükemmeldiler. Balıketi, sarışın, hem fazla iri de değillerdi... Şimdi de o Tom Kawaguchi ayısı oturuyordu aralarına.

Son gelen Sarojini Engels oldu.

Grubun Başkanı sert bir şekilde, "Geç kaldın," dedi. "Bir daha olmasın."

Sarojini özür diledi ve Jim Bokanovski'yle Herbert Bakunin arasında yerini aldı. Grup şimdi tamamlanmıştı, dayanışma çemberi eksiksiz kurulmuştu. Erkek, kadın, erkek, masa etrafında sonsuz bir halka şeklinde birleşmişlerdi. On ikisi de tek vücut olmaya, bir araya gelmeye, kaynaşıp on iki ayrı kimliği daha yüce bir varlıkta yitirmeye hazırdılar.

Başkan ayağa kalktı, T işareti yaptı ve sentetik müziği başlatarak yumuşak, yorulmak bilmez davul vuruşlarını ve o kaçınılması olanaksız İlk Dayanışma İlahisi'ni iniltili bir şekilde tekrar tekrar çalan – meltem-üflemelilerden süper-yaylılara – enstrümanlar korosunu salıverdi. Tekrar tekrar - nabız gibi atan ritmi kulak değil, diyafram duyuyordu; tekrarlanan armonilerin inilti ve çınlaması beyne değil, merhametin hasret çeken bağırsaklarına musallat oluyordu.

Başkan bir T işareti daha çıkardı ve oturdu. Ayin başlamıştı. Okunmuş *soma* tabletleri masanın ortasına yerleştirilmişti. İçinde çilek dondurmalı *soma* bulunan kupa elden ele dolaştırıldı ve "Benliğimin silinişine içiyorum," duasıyla on iki kez büyük yudumlarla içildi. Sonra da sentetik orkestra eşliğinde İlk Dayanışma İlahisi söylendi.

Fordum, on ikiyiz biz; bizi bir eyle,
Sosyal Nehir'deki damlalar misali;
Ah, güç ver bize koşalım birlikte
Parlak Dört-tekerin gibi çevikçe.

On iki tane hasretle yanan dörtlük. Sonra kupa ikinci defa dolaştırıldı. Bu kez dua, "Yüce Varlık'a içiyorum"du. Herkes içti. Müzik yorulmaksızın çalıyordu. Davullar vuruyordu. Ağlayan ve çarpışan armoniler, erimiş bağırsaklarda bir saplantıya dönüştü. İkinci Dayanışma İlahisi söylendi.

Gel, Yüce Varlık, Sosyal Dost,
On ikiyi silip bir eyleyen!
Ölmeye can atarız, çünkü sonunda,
Daha yüce hayattır bizi bekleyen.

Yine on iki dörtlük. *Soma* artık etkisini göstermeye başlamıştı. Gözler parlıyor, yanaklar kızarıyor, evrensel iyiliğin içsel güneşi, her suratta mutlu, dostane gülümsemeler şeklinde doğuyordu. Bernard bile bir parça eridiğini hissediyordu.

Morgana Rothschild dönüp parlayan gözlerle kendisine baktığında karşılık verebilmek için elinden geleni yaptı. Ama kaşı, o kara ikisi-biryerde -ne yazık ki hâlâ yerinde duruyordu; görmezden gelemiyordu, ne kadar uğraşırsa uğraşsın yapamıyordu. Yeterince eriyememişti. Eğer Fifi ile Joanna'nın arasında oturuyor olsaydı belki... Kupa üçüncü kez dolaştı. Dairesel ayini başlatma sırası kendisine gelen Morgana Rothschild, "Yüce Varlık'ın gelmek üzere oluşuna içiyorum," dedi. Sesi yüksek ve gurur doluydu. İçti ve kupayı Bernard'a geçirdi. Gelişin yaklaşmakta olduğunu hissedebilmek için büyük çaba harcayarak, "Yüce Varlık'ın gelmek üzere oluşuna içiyorum," diye tekrarladı; ama kara kaş peşini bırakmıyordu ve Bernard'a kalırsa, Geliş, korkunç derecede olanaksızdı. İçti ve kupayı Clara Deterding'e geçirdi. "Yine başaramayacağım," dedi kendi kendine. "Biliyorum, olmayacak." Yine de parıldayan gözlerle bakmaya çalıştı.

Kulplu kupa, turunu tamamlamıştı. Başkan elini kaldırarak işareti verdi, koro Üçüncü Dayanışma İlahisi'ne geçti.

Hisset Yüce Varlık'ın gelişini!
Neşelen ve neşe içinde öl!
Davulların müziğinde eri!
Bende seni, sende beni gör.

Bir dize diğerini izledikçe, sesler gittikçe artan bir heyecanla titremeye başladı. Geliş'in yakınlığı hissi, havada elektrik gerilimi gibi asılı duruyordu. Başkan müziği durdurdu ve son dörtlüğün son notası da sustuğunda mutlak bir sessizlik çöktü - gerilen bir beklentinin, galvanik bir canla titreyen ve sürünen sessizliği. Başkan elini uzattı; aniden bir Ses, salt insan sesinden daha müzikal, derin ve güçlü bir Ses, daha dolgun, daha sıcak, aşk, hasret ve heyecanla titreyen muhteşem, gizemli, doğaüstü bir Ses kafalarının üzerinden konuşmaya başladı. Uzaklaşarak zayıflayan bir tonda çok yavaşça, "Ah Ford, Ford, Ford," diyordu. Midelerinin altındaki sinir örgüsünden çıkarak heyecanla titreten bir sıcaklık, dinleyenlerin bedenlerinin en uzak noktalarına kadar yayıldı; gözlerine yaşlar doldu; kalpleri ve bağırsakları, sanki bağımsız bir yaşamları varmışçasına kıpırdıyor gibiydi. "Ford!" aşkıyla eriyorlardı, "Ford!" diye çözülüyorlar, eriyorlardı. Sonra irkilten bir anilikle "Dinle" diye gümbürdedi Ses. "Dinle." Dinlediler. Kısa bir sessizliğin ardından fısıltıya dönüştü, ama öyle bir fısıltıydı ki, her nasılsa, en yüksek çığlıktan daha derine işliyordu. "Yüce Varlık'ın ayakları," diyerek devam etti ve tekrarladı, "Yüce Varlık'ın ayakları." Fısıltı neredeyse duyulmaz olmuştu. "Yüce Varlık'ın ayakları merdivenlerden iniyor." Bir kez daha sessizlik oldu ve bir anlığına gevşeyen beklenti gerildi, gerildi, neredeyse kopma noktasına ulaştı. Yüce Varlık'ın ayakları -ah, evet, duyuyorlardı, merdivenleri yavaşça indiğini, görünmez merdivenlerden inerek yaklaştığını duyuyorlardı. Yüce Varlık'ın ayakları. Aniden kopma noktası geldi. Gözleri sabitlenmiş, dudakları ayrık, Morgana Rothschild ayağa fırladı.

"Duyuyorum onu," diye haykırdı, "duyuyorum."

"Geliyor," diye bağırdı Sarojini Engels.

Fifi Bradlaugh ve Tom Kawaguchi aynı anda ayağa kalkarak, "Evet geliyor, duyuyorum onu," dediler.

Konuşamayan Joanna, tanıklığını, "Oh, oh, oh," diye bildirdi.

"Geliyor!" diye yırtındı Jim Bokanovski.

Başkan öne eğilerek bir düğmeye dokundu ve çıldırmış zilleri ve nefeslileri, tamtamların ateşini başlattı.

"Ah, geliyor işte," diye yakardı Clara Deterding. "Aayy!" derken boğazı kesiliyormuş gibiydi.

Kendisinin de birşeyler yapma zamanının geldiğini hisseden Bernard ayağa fırlayıp bağırdı: "Onu duyabiliyorum, geliyor." Ama doğru değildi. Hiçbir şey duymuyordu ve ona kalırsa, hiç kimse gelmiyordu. Hiç kimse -müziğe rağmen, tırmanan heyecana rağmen kimsenin geldiği yoktu. Ama kollarını sallayıp en heyecanlılarına katılarak haykırdı ve diğerleri raks edip tepinmeye başladığında o da raks edip tepindi.

Daire şeklinde dans eden bir dans grubu misali, her biri ellerini önündekinin kalçasına koyarak döne döne dans ediyor, bir ağızdan haykırıyor, müziğin ritmine uyarak ayaklarını vuruyor, elleriyle öndekinin kalçasını dövüyordu; on iki çift el tek bir elmişçesine dövüyor, on iki kalça tek bir kalça misali sallanarak şaklıyordu. On iki birleşmiş, bir olmuştu. "Duyuyorum, geliyor, duyuyorum." Müzik hızlandı; ayaklar yeri daha hızlı dövüyor, ritmik eller daha hızlı, daha hızlı iniyordu. Aniden yüksek, sentetik, bas bir ses, gümbürtüyle, yaklaşan günahı diyetini ve dayanışmanın tamama erişini müjdeleyen, Onikisi-bir-yerde'nin gelişini, Yüce Varlık'ın yeniden doğuşunu bildiren sözcükleri söyledi. Ses, "Toplu seks-poplu seks," diyerek ilahi söylüyordu ve bu arada tamtamlar ateşli tezahüratlarını sürdürüyorlardı:

Toplu seks-poplu seks, Ford'la neşelen,
Öp kızları Birleşsinler.
Oğlan kızla huzur bulur;
Toplu seks-poplu seks uçurur.

"Toplu seks-poplu seks," dans edenler duanın kafiyesine uyarak tekrarladılar, "Toplu seks-poplu seks, Ford'la neşelen, öp kızları..." İlahiyi söylerlerken ışıklar yavaşça kararmaya başladı - kararırken de aynı zamanda yoğunlaşıp, sıcak bir kızıla dönüştüler, ta ki sonunda dans edenler, kendilerini bir Embriyo Deposu'nun kızılca karanlığında dans ederken bulana dek. "Toplu seks-poplu seks..." Dansçılar bir süre cenine özgü kan rengi karanlıklarında dönerek tepinmeye, yorulmak bilmez ritimle raks etmeye devam ettiler. "Toplu seks-poplu seks..." Sonra çember gevşeyip dağıldı ve parça parça çözülerek, masayı gezegenler gibi çevreleyen sandalyelerin etrafına - çember, çember içinde - daire şeklinde dizilmiş koltuklara dağıldı. "Toplu seks-poplu seks..." Derin ses yumuşak bir biçimde mırıldayıp cıvıldayarak ilahiye devam ediyordu; sanki kızıl karanlıkta, dev, zenci bir güvercin, rehavet içinde boylu boyunca, sırt üstü ya da yüz üstü uzanmış dansçıların üzerinde hayırsever bir şekilde süzülüyor gibiydi.

Çatıda dikiliyorlardı; Big Henry on biri yeni vurmuştu. Gece sakin ve ılıktı.

"Muhteşem değil miydi?" dedi Fifi Bradlaugh. "Tek kelimeyle muhteşem değil miydi?" Coşkulu bir ifadeyle Bernard'a baktı. Coşku ama bu coşkuda tahrik olmuşluk ya da heyecandan eser yoktu - çünkü heyecan duymak demek henüz tatmin olmamışlık demektir. Fifi'nin coşkusu, yerine getirilmiş görevden duyulan sakin coşkuydu; huzuru, sırf boş bir tatmin ve hiçlikten değil, dengeli yaşamdan, durağan ve dengelenmiş enerjiden kaynaklanıyordu. Doygun ve yaşayan bir huzur.

Çünkü Dayanışma İbadeti, aldığı kadar vermişti de; çekilip alınan, sadece zenginleştirmek içindi. Fifi tamdı, mükemmelleştirilmişti, hâlâ kendini aşmış durumdaydı. Doğaüstü bir şekilde parlayan gözleriyle Bernard'ın suratına bakarak ısrarla, "Sence muhteşem değil miydi?" diye sordu.

"Evet, muhteşemdi," diyerek yalan söyledi ve bakışlarını kaçırdı; kızın ruhanî bir parıltıyla güzelleşmiş yüzüne bakmak bile ironik bir biçimde kendi ayrıklığını hatırlayıp suçlu hissetmesine yetiyordu. Şimdi yine ayin başladığı zamanki denli bedbaht ve yalnız hissediyordu -doldurulmamış boşluğu, ölü tatmin hissi onu daha da yalnızlaştırıyordu. Ayrıktı ve günahlarının diyeti ödenmemişti, diğerleri Yüce Varlık'la bütünleşirken bile böyleydi; Morgana kendisine sarıldığında da yalnızdı - çok daha yalnız, aslında, hayatında daha önce hiç olmadığı kadar çaresizce kendisiydi. O kızılca karanlıktan sıradan elektrik parıltısına çıktığında kendinden utancı, ızdırap derecesine varmıştı. Feci durumdaydı ve belki de (kızın parlayan gözleri suçlayarak bakıyordu), belki de kendi suçuydu. "Gerçekten muhteşemdi," diye tekrarladı; ama tek düşünebildiği Morgana'nın kaşıydı.

ALTINCI BÖLÜM

I

Lenina'nın Bernard Marx hakkındaki yargısı, onun tuhaf, gerçekten *tuhaf* olduğu yolundaydı. Aslında öyle tuhaftı ki, sonraki haftalarda Lenina, birkaç kez New Mexico tatili konusunda fikrini değiştirip Benito Hoover'la Kuzey Kutbu'na gitmek daha mı iyi olur, diye düşünmüştü. Sorun Kuzey Kutbu'nu bilmesiydi, daha geçen yaz George Edzel'le gitmişti ve dahası, orayı sıkıcı bulmuştu. Yapabilecekleri hiçbir şey yoktu ve otel umutsuz denecek kadar eski tarzdı - yatak odalarında televizyon yoktu, kokulu org da yoktu, sadece en iğrencinden sentetik müzik ve iki yüzün üzerindeki konuk için yalnızca yirmi beş tane Hareketli Zemin-Duvar Tenisi Kortu vardı. Hayır, kesinlikle tekrar Kuzey Kutbu'nu görmek istemiyordu. Üstelik Amerika'ya daha önce sadece bir kez gitmişti. O bir kez de hiç yeterli değildi. New York'ta ucuz bir hafta sonu -Jean-Jacques Habibullah'la mı yoksa Bokanovski Jones'la mı gitmişti? Anımsayamıyordu. Her neyse, zaten hiç de önemi yoktu. Tekrar Batı'ya uçma fikri, hem de bir haftalığına, çok cazipti. Dahası, o haftanın en az üç gününde Vahşi Ayrıbölgesi'nde kalacaklardı. Tüm Merkez'de, daha önce Vahşi Ayrıbölgesi'nde bulunmuş insanların sayısı yarım düzineyi geçmezdi. Bir Alfa-Artı psikoloğu olarak Bernard, giriş izni olan tanıdığı birkaç insandan biriydi. Lenina için az bulunur bir fırsattı. Ancak şu da vardı ki, Bernard'ın tuhaflığı o kadar az bulunur türdendi ki, teklifi kabul etmekte tereddüt etmiş, hatta esprili çocuk Benito'yla tekrar Kuzey Kutbu'na gitme riskini göze almayı bile düşünmüştü. En azından, Benito normaldi. Oysa Bernard...

Fanny her tuhaflığı, yapay-kanındaki alkol ile açıklıyordu. Ama Lenina bir akşam Henry'yle birlikte yataktayken, biraz da endişeli bir biçimde yeni aşığından bahsetmişti ve Henry zavallı Bernard'ı bir gergedanla kıyaslamıştı.

"Bir gergedana hiçbir numara öğretemezsin," diye açıklamıştı kısa ve enerjik üslubuyla. "Bazı insanlar gergedana benzerler; şartlandırmaya gerektiği şekilde tepki vermezler. Zavallılar! Bernard da onlardan biri. Ama şansı var ki işinde oldukça iyi. Yoksa Müdür onu bir saniye bile tutmazdı. Fakat," diye teselli eder bir şekilde ekledi, "bence oldukça zararsız."

Oldukça zararsız, belki; ama oldukça da tedirgin edici. Bir kere, şu her şeyi baş başayken yapma takıntısı var. Ki bu da, pratikte hiçbir şey yapmamak anlamına geliyor. Hem zaten insanın baş başayken yapabileceği ne var ki. (Yatmak dışında tabii: ama onu da her zaman yapamazsın.) Evet, ne var ki? Çok az şey. Birlikte çıktıkları ilk öğleden sonra gerçekten de güzeldi. Lenina önce Torquay Country Kulüp'te yüzmeyi, ardından da Oxford Union'da akşam yemeği yemeyi önermişti. Ama Bernard fazla kalabalık olacağını düşünmüştü. Sonra da St. Andrews'da bir tur Elektro-manyetik Golf oynamaya ne dersin? Ancak yine hayır: Bernard'a göre, Elektro-manyetik Golf zaman kaybıydı.

Şaşkınlık içinde, "Öyleyse zaman ne işe yarar ki?" diye sormuştu Lenina.

Göller Bölgesi'nde yürüyüşe çıkmaya yaradığı anlaşıldı; çünkü Bernard'ın şimdi teklif ettiği buydu. Skiddaw'un tepesine inip birkaç saat fundalıkta yürüyüş. "Seninle baş başa, Lenina."

"Ama Bernard, bütün gece baş başa olacağız."

Bernard kızardı ve başka tarafa baktı. "Konuşmak için baş başa kalırız, demek istemiştim," diye mırıldandı.

"Konuşmak mı? Ne hakkında?" Yürüyüp konuşmak tuhaf bir öğleden sonrayı geçirme yöntemine benziyordu.

Sonunda, isteksizce de olsa Bernard'ı Amsterdam'a uçup Kadınlar Ağırsiklet Güreş Şampiyonası'nın Yarı-Yarı-Finalleri'ni seyretmeye ikna etti.

"Kalabalığın arasında," diye homurdandı. "Her zamanki gibi." Bütün öğleden sonra inatla surat asıp oturdu; Lenina'nın arkadaşlarıyla konuşmadı (güreş aralarında dondurmalı *soma* barında düzinelerce arkadaşına rastladılar); tüm ızdırabına rağmen Lenina'nın ısrarla verdiği yarım gramlı ahududu dondurmasını geri çevirdi. "Kendim olmayı yeğlerim," dedi. "Suratsız da olsa kendim olayım. Ne kadar neşeliyse de başka biri olmak istemem."

Lenina, uykuda öğretilmiş parlak bilgeliğini konuşturarak, "Zamanında alınmış bir gram, dokuzundan tasarruftur," dedi.

Bernard sunulan bardağı tahammülsüzce eliyle itti.

"Sinirlenme şimdi," dedi Lenina. "Unutma, bir santimetrekübü bin musibet savuşturur."

"Ah, Ford aşkına, sus!" diye bağırdı.

Lenina omuzlarını silkti. Asil bir tarzda, "Her zaman bir gramı, lanet okumaktan hayırlıdır," diye başladı ve dondurmayı kendisi bitirdi.

Kanal üzerinden uçarak dönerlerken Bernard, ileri motoru durdurup dönen pervanelerle dalgaların otuz metre üzerinde asılı durma konusunda ısrar etti. Hava bozmaya başlamıştı; güneybatıdan esen rüzgâr kuvvetlenmiş, gökyüzü bulutlanmıştı.

"Bak," dedi emir verircesine.

"Ama korkunç," dedi Lenina pencereden uzaklaşarak. Gecenin hızla çöken boşluğundan, altlarında köpük köpük beneklenen karanlık sulardan, telaşlı bulutların arasında beti benzi sararmış ve çıldırmış duran ayın soluk çehresinden dehşete kapılmıştı. "Radyoyu açalım. Çabuk!" Kontrol panelindeki çevirme koluna uzandı ve rasgele çevirdi.

"...içindeki gökler mavi," diye ilahi okuyordu titrek ve tiz erkek sesleri, "hava daima güzel..."

Sonra bir cızırtı ve sessizlik oldu. Bernard akımı kesmişti.

"Denizi huzur içinde izlemek istiyorum," dedi. "O barbarca gürültü sürerken izlemek ne mümkün."

"Ama güzeldi. Ayrıca ben izlemek istemiyorum."

"Ama ben istiyorum," diyerek ısrar etti. "Kendimi sanki..." tereddüt etti, kendini ifade edecek sözcükleri arıyordu, "demek istediğim, daha çok kendim oluyorum sanki. Daha çok kendi başıma, tamamen başka bir şeyin parçası olmaktan çıkıyorum. Salt toplumsal gövdenin bir hücresi olmaktan kurtuluyorum. Sana da böyle hissettirmiyor mu, Lenina?"

Ama Lenina ağlıyordu. "Korkunç, korkunç," diye tekrarlıyordu. "Nasıl böyle toplumsal gövdenin bir parçası olmamayı istemekten söz edebiliyorsun? Sonuçta, herkes herkes için çalışır. Hiç kimseden vazgeçemeyiz. Epsilonlar bile..."

"Evet, biliyorum," dedi Bernard alaycı bir tonla. "Epsilonlar bile faydalıdır ! Ben bile faydalıyım. Keşke olmasaydım!"

Kutsal şeylere saygısızlığı Lenina'yı çok şaşırtmıştı. "Bernard!" diyerek şaşkınlık ve ızdırap dolu bir sesle kınadı. "Nasıl böyle yaparsın?"

Değişik bir tonla, "Nasıl yaparım?" diye tekrarladı düşünce içinde. "Hayır, asıl sorun şu: Nasıl olur da yapamam, ya da daha doğrusu -çünkü sonuçta, niye yapamayacağımı biliyorum- yapabilseydim ne olurdu, özgür olsaydım -şartlandırılmam beni köleleştirmeseydi."

"Fakat, Bernard, sen korkunç şeyler söylüyorsun."

"Özgür olmak istemez miydin, Lenina?"

"Ne demek istediğini anlamıyorum. Ben özgürüm. Zamanımı keyifli geçirmek konusunda özgürüm. Şimdilerde herkes mutlu."

Bernard güldü, "Evet, 'Şimdilerde herkes mutlu'. Çocuklara beş yaşında öğretiyoruz bunu. Ama başka bir şekilde mutlu olmak istemez miydin, Lenina? Başkaları gibi değil, kendi istediğin gibi."

"Ne demek istediğini anlamıyorum," dedi. Sonra ona dönerek, "Ah, geri dönelim, Bernard," diye yalvardı; "Buradan gerçekten nefret ediyorum."

"Benimle olmaktan hoşlanmıyor musun?"

"Tabii hoşlanıyorum, Bernard! Sebebi bu korkunç yer."

"Burada... burada daha çok *baş başa* oluruz diye düşünmüştüm - sadece deniz ve ay. O kalabalıkta ve hatta dairemde olabileceğimizden daha baş başa kalırız, diye düşünmüştüm. Bunu anlamıyor musun?"

"Hiçbir şey anlamıyorum," dedi kararlılıkla, tamamen anlamaz kalmakta kararlıydı. "Hiçbir şey. Hiç anlamadığım bir şey daha var," diye farklı bir tonla devam etti, "bu dehşet verici düşüncelerine kapıldığında niye *soma* almıyorsun? Hepsini unutursun. Izdırap çekeceğine neşelenirsin. *Öyle* neşelenirsin ki," diyerek gülümsedi, gözlerindeki şaşkın endişeye rağmen söylediklerinde davetkâr ve şehvetli bir kandırma amacı vardı.

Sessizlik içinde kıza baktı, yüzü tepkisiz ve son derece ciddiydi - ona dikkatle baktı. Birkaç saniye sonra Lenina, gözlerini kırpıştırarak kaçırdı; küçük, sinirli bir kahkaha attı, söyleyecek bir şey düşünmeye çalıştı, bulamadı. Sessizlik daha da uzadı.

Sonunda Bernard konuştuğunda, sesi alçak ve yorgundu. "Peki öyleyse," dedi, "dönelim." Gazı kökleyerek makineyi füze gibi gökyüzüne tırmandırdı. Dört binde ileri motoru çalıştırdı. Bir iki dakika sessiz uçtular. Sonra Bernard aniden gülmeye başladı. Biraz tuhaf, diye düşündü Lenina; ama yine de kahkahaydı işte.

"Keyfin geri geldi mi?" diye sordu.

Yanıt olarak Bernard bir elini kontrollerden kaldırdı ve ona sarılarak göğüslerini okşadı.

"Ford'a şükürler olsun," dedi kendi kendine, "tekrar normale döndü."

Yarım saat sonra Bernard'ın dairesine döndüler. Bernard bir yudumda dört *soma* tableti yuttu, radyoyla televizyonu açtı ve soyunmaya başladı.

Ertesi gün öğleden sonra çatıda buluştuklarında Lenina anlamlı bir cilvelilikle, "Ee, dün eğlenceli miydi sence?" diye sordu.

Bernard başıyla onayladı. Uçağa atladılar. Küçük bir sarsıntı oldu, sonra havalandılar.

Lenina düşünceli bir şekilde kendi bacaklarına hafifçe vurarak, "Herkes benim acayip dolgun bir kadın olduğumu söylüyor," dedi.

"Hem de nasıl." Ama Bernard'ın gözlerinde acı dolu bir ifade vardı. "Et parçası gibi," diye düşünüyordu.

Bir tür endişeyle bakışlarını kaldırarak, "Ama beni aşırı tombul bulmuyorsun, değil mi?" dedi.

Hayır anlamında başını salladı. Bir yığın et gibi.

"Sence iyiyim." Bir kez daha baş sallandı. "Her bakımdan mı?"

"Mükemmel," dedi yüksek sesle. Ve içinden, "Kendini böyle görüyor. Et parçası olmayı umursamıyor."

Lenina zafer hissiyle gülümsedi. Ama tatmin olmakta aceleci davranmıştı.

"Yine de," diye devam etti, kısa bir aradan sonra, "Hâlâ keşke her şey daha farklı bitmiş olsaydı diye düşünüyorum."

"Farklı mı? Başka sonlar da mı vardı?"

"Sonu yatakta bitsin istemezdim," diye açıkladı.

Lenina şaşkına dönmüştü.

"Hemen ilk gün olmasın isterdim."

"Ama öyleyse ne...?"

Bir sürü anlaşılmaz ve tehlikeli saçmalıktan bahsetmeye başladı. Lenina beyninin kulaklarını tıkamak için elinden geleni yapıyordu, ama arada bir, bir cümle, duyulma konusunda ısrarlı davranıyordu "...dürtülerimi frenlememin etkilerini denemek," dediğini duydu. Sözcükler sanki beyninde bir yayı harekete geçirmişti.

Lenina ciddi bir ifadeyle, "Bugün alabileceğin keyfi asla yarına erteleme," dedi.

Bernard'ın tek söylediği, "On dört yaşından on altı buçuğa kadar haftada iki kezden toplam iki yüz tekrar," oldu. Delice ve abuk sabuk olan konuşma, ipsiz sapsız devam etti. "Tutku nedir öğrenmek istiyorum," dediğini duydu. "Birşeyleri yoğun hissetmek istiyorum."

"Birey hissederse, topluluk sendeler," dedi Lenina.

"Niye biraz sendelemesin ki?"

"Bernard!"

Bernard hiç istifini bozmadı.

"Entelektüel açıdan ve çalışma saatleri süresince yetişkiniz," diye devam ederek, "duygu ve arzular söz konusu olduğundaysa çocukça davranıyoruz," dedi.

"Fordumuz çocukları severdi."

Sözünün kesilmesine aldırmayarak, "Geçen gün durup dururken aklıma geldi de," diye devam etti Bernard, "her zaman yetişkin kalmak mümkün olabilir."

"Anlamıyorum." Lenina'nın ses tonuna kesinlik hakimdi.

"Anlamadığını biliyorum. İşte bu yüzden dün, yetişkinler gibi beklemek yerine çocuklar gibi yatağa girdik biz."

"Ama keyifliydi," diye Lenina ısrarını sürdürdü. "Öyle değil mi?"

"Ah, en büyük keyif," diye yanıtladı, ama öyle kederli bir sesle, öyle derin bir ızdırapla söyledi ki, Lenina bütün zaferinin aniden uçup gittiğini hissetti. Sonuçta, belki de aşırı tombul bulmuştu kendisini.

Lenina gelip de sırlarını paylaştığında Fanny'nin tek söylediği, "Sana söylemiştim," oldu. "Yapay-kanına koydukları alkol yüzünden."

"Yine de," diye ısrar eden Lenina, "ondan hoşlanıyorum," dedi. "Öyle güzel elleri var ki. Ve omuzlarını hareket ettirişi -çok çekici." İç geçirdi. "Ama keşke o kadar tuhaf olmasaydı."

2

Müdür'ün odasının kapısı önünde bir an duraksayan Bernard derin bir nefes aldı, omuzlarını düzelterek canlanmaya ve kendisini, içerde karşılaşacağından emin olduğu soğukluk ve hoşnutsuzluğa hazırlamaya çalıştı. Kapıyı çaldı ve içeri girdi.

Mümkün olduğunca canlı görünmeye çalışarak, "Paraflamanız için bir izin kâğıdı getirdim, Müdür Bey," dedi ve kâğıdı yazı masasının üzerine koydu.

Müdür ters bir şekilde Bernard'a baktı. Ancak kâğıdın üst kısmında Dünya Denetçisi Ofisi'nin mührü ve alt kısmında da kalın siyah yazıyla Mustafa Mond'un imzası vardı. Her şey usulüne uygundu. Müdür'ün seçeneği yoktu. Adını parafladı -Mustafa Mond'un ayaklarının dibinde, sefil görünen iki küçük, soluk harf- ve tam kâğıdı yorum yapmadan ya da güleryüzlü Fordhızı göstermeden geri verecekti ki gözü, izin metninde yazılı bir şeye takıldı.

"New Mexico Ayrıbölgesi için mi?" diyen ses tonunda ve Bernard'a bakan suratında rahatsızlıkla karışık bir şaşkınlık vardı.

Şaşkınlığı anlamlandıramayan Bernard, başıyla onayladı. Sessizlik oldu.

Müdür kaşlarını çatarak sandalyesine yaslandı. Bernard'dan çok kendisiyle konuşarak, "Ne kadar önceydi?" dedi. "Yirmi yıl, sanırım. Hatta yirmi beş. Herhalde senin yaşındaydım..." İç geçirip kafasını salladı.

Bernard son derece rahatsız olmuştu. Müdür gibi basmakalıp, kurallara titizlikle bağlı bir adam böyle bir densizlikte bulunsun! Yüzünü saklayıp koşarak odadan çıkmak istedi. Uzak geçmişten bahseden insanlarda sakıncalı bir taraf görmüyordu; tamamıyla yenmiş olduğu (ya da kendisi öyle sanıyordu) hipnopedik önyargılardan biriydi bu. Müdür'ün uygun bulmadığını bildiği için utanmıştı - uygun bulmuyordu, ama yasağı çiğneyerek kendisi ihanet etmişti. Hangi içsel zorlamayla yapmıştı bunu? Rahatsızlığına rağmen Bernard merakla dinledi.

"Seninle aynı fikirdeydim," diyordu Müdür. "Vahşileri görmek istemiştim. New Mexico iznini alıp yaz tatilimde gittim. O günlerde çıktığım kız da benimleydi. Bir Beta-Eksi'ydi ve sanırım" (gözlerini kapattı), "sanırım sarı saçlıydı." Her neyse, etine dolgun bir kızdı, hem de müthiş, bunu hatırlıyorum. Neyse, oraya gittik, vahşileri gördük ve atlara binip gezdik, bilirsin işte. Ve sonra -neredeyse dönme zamanım gelmişti- sonra... kız kayboldu. At üstünde o iğrenç dağlardan birine çıkmıştık, hava müthiş sıcak ve boğucuydu, öğle yemeğinden sonra yatıp uyuduk. Ya da en azından ben uyudum. Kız tek başına yürüyüşe çıkmış olmalıydı. Her neyse, uyandığımda yanımda değildi. Hayatımda gördüğüm en korkunç fırtına patlamıştı. Bardaktan boşanırcasına yağmur yağıyor, gök gürlüyor, şimşek çakıyordu; atlar iplerinden kurtulup kaçtılar; onları yakalamaya çalışırken düşüp dizimi incittim, güçlükle yürüyebiliyordum. Yine de bağırıp aramayı sürdürdüm. Ama kendisinden hiç iz yoktu. Sonra kendi başına dinlenme evine dönmüş olmalı, diye düşündüm. Sürünerek, çıktığımız yoldan vadiye indim. Dizim müthiş ağrıyordu, *soma*mı da kaybetmiştim. İnmem saatler sürdü. Gece yarısını geçene dek dinlenme evine dönmedim. Orada değildi; yoktu." Sessizlik oldu. Sonra Müdür devam etti, "Ertesi gün aramaya çıkıldı. Ancak onu bulamadık. Çukurun birine düşmüş olmalıydı, ya da bir dağ aslanı parçalamıştı. Ford bilir. Demek istediğim, korkunçtu. Zamanında çok üzülmüştüm. Gereğinden fazla, diyebilirim. Çünkü sonuçta herkesin başına böyle bir kaza gelebilirdi; üstelik, kendisini oluşturan hücreler değişse de toplumsal gövde yaşamayı sürdürür." Ama bu uykuda öğretilmiş teselli pek işe yaramamıştı. Kafasını sallayarak alçak bir sesle, "Bazen rüyamda görüyorum," dedi Müdür. "Fırtınanın gürültüsüyle uyanıp onun gitmiş olduğunu anlıyorum; ağaçların altında sürekli onu arıyorum." Anıların sessizliğine gömüldü.

Bernard neredeyse gıpta ederek, "Korkunç bir şok geçirmiş olmalısınız," dedi.

Bernard'ın sesiyle irkilip nerede olduğunu hatırlayan Müdür suçluluk içinde Bernard'a bir baktı, sonra gözlerini kaçırarak kulaklarına kadar kızardı; sonra tekrar ani bir şüpheyle ona baktı, tüm vakarı ve öfkesiyle, "Sakın kızla herhangi uygunsuz bir ilişki yaşamış olduğumu düşünme," dedi. "Duygusal, uzun sürmüş bir ilişki değildi. Tümüyle sağlıklı ve normal bir ilişkiydi." İzin kâğıdını Bernard'a uzattı. "Bu önemsiz anekdotla niye canını sıktım, bilmiyorum." İtibarına gölge düşürebilecek bir sırrı verdiği için kendine kızan Müdür, hiddetini Bernard'dan çıkardı. Şimdi gözlerindeki bakış gerçekten öldürücüydü. "Bu vesileyle size şunu belirtmek isterim, Mr. Marx," diyerek devam etti, "Çalışma saatleri dışındaki davranışlarınızla ilgili olarak aldığım raporlardan hiç memnun değilim. Bunun beni ilgilendirmediğini söyleyebilirsiniz. Ama ilgilendiriyor. Merkez'in adına gölge düşüremem. Çalışanlarım, özellikle de en üst sınıflardan olanlar, kesinlikle şüpheden arınmış olmalıdırlar. Alfalar, duygusal açıdan çocukça davranmak *zorunda* kalmayacak şekilde şartlandırılmışlardır. Bu bile kendi başına, uyum sağlamak için özel çaba göstermenin gerekçesidir. Kendi eğilimleri bu yönde olmasa bile görevleri çocukça davranmaktır. Sonuç olarak Mr. Marx, sizi uyarıyorum." Müdür'ün sesi şimdi kesinlikle kişisellikten arınmış bir haklılıkla titriyordu -sesi Toplum'un itirazını seslendiriyordu.

"Eğer bir kez daha standart çocukça davranışlardan ayrıldığınızı duyarsam, bir Alt Merkez'e -tercihen İzlanda'ya- transferinizi isteyeceğim. İyi sabahlar." Sandalyesinde dönüp kalemini aldı ve yazmaya başladı.

"Bu ona ders olur," dedi kendi kendine. Ama yanılıyordu. Çünkü Bernard çalımla kapıyı vurup dışarı çıkarken, tek başına ayakta durup, tüm Düzen'e kafa tutmakta olduğunu düşünerek övünüyor, bireysel varlık ve öneminin bilincine varmaktan dolayı sarhoş, uçuyordu. Zulüm düşüncesi dahi kendisini yıldırmamış, moralini bozacağına güçlendirmişti. Izdırapla yüzleşip üstesinden gelebilecek denli güçlü hissediyordu kendisini, İzlanda bile yıldıramazdı. Herhangi bir şeye katlanmak zorunda bırakılacağına bir an olsun inanmadığı için kendine güveni daha da artmıştı. İnsanlar böyle şeyler için transfer edilmezdi. İzlanda sadece bir tehditti. Son derece diriltici, hayat veren bir tehditti. Koridorda yürürken keyiften ıslık çalıyordu.

O akşam KŞM Müdürü ile yaptığı kahramanca görüşmeyi anlatıyordu. "Bunun üzerine, kendisine Dipsiz Geçmiş'e kadar yolun var, dedim ve odadan çıktım. Bu da konuşmanın sonu oldu." Hak ettiği anlayış, teşvik ve hayranlığı bulmayı umarak Helmholtz Watson'a baktı. Ama tek bir söz bile gelmedi. Helmholtz sessizlik içinde oturmuş, yere bakıyordu.

Bernard'ı seviyordu; önemli olduğunu hissettiği konularda konuşabildiği tek insan olduğu için ona minnettardı. Ancak Bernard'ın, nefret ettiği yanları da vardı. Bu böbürlenme, örneğin. Bir de arada bu böbürlenmenin yerini alan sefil kendine acıma krizleri vardı. Olay olup bittikten sonra gösterdiği acınası gözüpekliği ve müthiş soğukkanlılığı. Salt Bernard'ı sevdiği için bunlardan nefret ediyordu. Saniyeler geçti. Helmholtz yere bakmaya devam etti. Bernard aniden utandı ve bakışlarını çevirdi.

3

Yolculuk olaysız geçti. Mavi Pasifik Roketi New Orleans'a iki buçuk dakika erken vardı, Teksas üzerinde bir kasırga yüzünden dört dakika kaybetti, fakat 95 Batı Boylamı'nda elverişli bir hava akımına girdi ve programın kırk saniye kadar gerisinde Santa Fé'ye indi.

"Altı buçuk saatlik bir uçuşta kırk saniye. Hiç fena değil," sonucuna vardı Lenina.

O geceyi Santa Fé'de geçirdiler. Otel mükemmeldi - bir önceki yaz Lenina'nın bir sürü dert çektiği Aurora Bora Palace'la kıyaslanamayacak kadar iyiydi. Her yatak odası; sıvı hava, televizyon, titreşim-vakumlu masaj aleti, radyo, kaynar kafein çözeltisi, sıcak doğum kontrol hapları ve sekiz değişik parfümle donatılmıştı. Hole girdiklerinde sentetik müzik cihazı çalışıyordu ve geriye arzu edilecek başka bir şey kalmıyordu. Asansördeki bir duyuru, otelde altmış adet Hareketli-Zemin-Raketli Duvar Tenisi Kortu olduğunu, parkta hem Engelli hem de Elektro-manyetik Golf oynanabileceğini bildiriyordu.

"İnanılmayacak kadar güzel," diye çığlık attı Lenina. "Neredeyse keşke burada kalsak diye düşüneceğim. Altmış tane Hareketli-Zemin Kortu..."

"Ayrıbölge'de hiç kort olmayacak," diyerek uyardı Bernard. "Parfüm cihazı, televizyon, sıcak su bile yok. Dayanamayacağını düşünüyorsan ben dönene dek burada kal."

Lenina çok gücenmişti. "Elbette dayanabilirim. Buranın harika olduğunu söyledim, çünkü...şey, çünkü ilerleme harikadır, değil mi?"

Bernard kendiyle konuşuyormuş gibi usanmış bir şekilde, "On üç yaşından on yediye kadar haftada bir kereden beş yüz tekrar," dedi.

"Anlayamadım."

"İlerleme harikadır, diyordum. Onun için, gerçekten istemiyorsan Ayrıbölge'ye gelmemelisin."

"Gerçekten istiyorum."

"Peki öyleyse," dedi Bernard. Sözlerinde bir tehdit havası vardı.

İzinlerinin Ayrıbölge Müdürü tarafından imzalanması gerektiği için ertesi sabah müdürün ofisine çıktılar. Epsilon-Artı bir zenci görevli, Bernard'ın kartını alıp içeri götürdü, hemen ardından içeri alındılar.

Müdür sarışın, basık kafalı, kısa boylu bir Alfa-Eksi'ydi, kızıl, ay suratlı, geniş omuzluydu ve hipnopedik bilgelik taslamaya gayet uyumlu, yüksek, gümbürdeyen bir sesle konuşuyordu. İlgisiz bilgi ve istenmemiş tavsiye madeniydi. Bir kere başladı mı durmaksızın gümbürdüyordu.

"...beş yüz altmış bin kilometrekare, dört farklı Alt Ayrıbölge'ye bölünmüş ve her biri yüksek gerilimli telle çevrilmiştir."

Tam o anda Bernard aniden, belli bir sebep olmaksızın, banyosundaki kolonya musluğunu sonuna kadar açık bırakmış olduğunu hatırladı.

"...verilen yüksek gerilim Grand Canyon hidroelektrik istasyonundan sağlanmaktadır."

"Dönene kadar bana bir servete mal olacak." Bernard kolonya-metrenin, karınca misali yorulmak bilmez biçimde dönen ibresini gözünde canlandırdı. "Hemen Helmholtz Watson'a telefon et."

"...beş bin kilometreden fazla tel örgü, altmış bin voltla yüklenmiştir."

Lenina, Müdür'ün dramatik sessizliğinden yola çıkarak kibarca, "Öyle denmez," dedi. Müdür'ün ne dediği konusunda en ufak bir fikri yoktu. Müdür gümbürdemeye başladığında çaktırmadan yarım gramlık *soma* yutmuş, sonucunda, şimdi dinlemeden sakince oturabiliyor, hiçbir şey düşünmüyordu, ancak iri, mavi gözleri can kulağıyla dinliyormuşçasına Müdür'ün yüzüne sabitlenmişti.

Müdür ciddi bir şekilde, "Tel örgüye dokunmak anında ölüm demektir," dedi. "Vahşi Ayrıbölgesi'nden kaçış mümkün değildir."

'Kaçış' sözcüğü hatırlatıcı oldu. Bernard yarı ayaklanarak, "Artık gitsek iyi olacak," dedi. Küçük siyah ibre bir böcek gibi koşturup zamanı kemiriyor, parasını tüketiyordu.

"Kaçış mümkün değildir," diye tekrarlayan Müdür eliyle işaret ederek Bernard'ı tekrar yerine oturttu; izin henüz imzalanmadığı için Bernard'ın itaat etmekten başka şansı yoktu. "Ayrıbölge'de doğanlar -ve unutmayınız ki sevgili genç bayan," derken bir yandan da Lenina'yı yan gözle süzüyor ve uygunsuz bir tıslamayla konuşuyordu, "unutmayınız ki Ayrıbölge'de çocuklar hâlâ doğurulmaktadır, her ne kadar iğrenç gelse de, gerçekten doğmaktadırlar..." (Yüz kızartıcı bir konuya gönderme yaparak Lenina'yı utandırmayı umuyordu, fakat o, yapay zekâsıyla gülümsemekle yetinerek, "Öyle denmez," dedi. Hayal kırıklığına uğrayan Müdür yeniden başladı.) "Yineliyorum, Ayrıbölge'de doğanların kaderi Ayrıbölge'de ölmektir."

Kaderi ölmektir... Geçen her dakika bir desilitre kolonya. Saat başına altı litre. Bernard tekrar denedi, "Biz artık..."

Öne eğilen Müdür işaret parmağıyla masaya vurdu. "Bana Ayrıbölge'de kaç kişinin yaşadığını soruyorsunuz. Yanıtım şu ki" -zafer kazanmışçasına- "yanıtım şu ki bilmiyoruz. Sadece tahminde bulunabiliyoruz."

"Öyle denmez."

"Sevgili genç bayan, ben öyle diyorum."

Altı çarpı yirmi dört - hayır, altı çarpı otuz altıyı bulur. Bernard sararmıştı ve sabırsızlıktan titriyordu. Ama gümbürtü amansız bir biçimde sürdü.

"...altmış bine yakın Kızılderili ve melez... mutlak vahşiler... müfettişlerimiz arada bir ziyaret ederler... onun dışında, uygar dünyayla başka hiçbir bağlantıları yoktur... itici alışkanlık ve geleneklerini halen sürdürmektedirler... evlilik, bilmiyorum anlamını biliyor musunuz, sevgili genç bayan; aileler... şartlandırma yoktur... barbarca batıl inançlar... Hristiyanlık, totemcilik ve atalarına tapınma... Zuñice ve İspanyolca ve Athapascanca gibi yok olmuş diller... pumalar, kirpiler ve diğer vahşi hayvanlar... bulaşıcı hastalıklar... rahipler... zehirli kertenkeleler..."

"Öyle denmez."

Sonunda kurtuldular. Bernard telefona koştu. Çabuk, çabuk; ama Helmholtz Watson'a ulaşması neredeyse üç dakika sürdü. "Şimdiden vahşilerin arasındayız," diyerek sızlandı. "Lanet olası beceriksizlik!"

"Bir gram alsana," dedi Lenina.

Hiddetini yeğleyen Bernard teklifi geri çevirdi. Sonunda, Ford'a şükürler olsun, bağlanmıştı, evet Helmholtz'du; ona her şeyi anlattı, Helmholtz hemen gidip, ilk fırsatta musluğu kapatacağına söz verdi, ama bu fırsatı değerlendirerek dün akşam KŞM Müdürü'nün herkesin içinde söylediklerini de aktardı Bernard'a...

"Ne! Yerimi alacak birini mi arıyor?" Bernard'ın sesi ızdırap doluydu. "Yani karar verildi mi? İzlanda'dan söz etti mi? Etti mi dedin? Fordum! İzlanda..." Ahizeyi yerine koydu ve Lenina'nın yanına döndü. Yüzü sararmıştı, ifadesi son derece kederliydi.

"Sorun nedir?" dedi Lenina.

"Sorun mu?" Tüm ağırlığıyla bir sandalyeye yığıldı. "İzlanda'ya gönderiliyorum."

Geçmişte sık sık büyük bir testten geçmenin, (*soma*sız ve kendi içsel kaynakları dışında başka hiçbir şeyi olmaksızın) büyük acılara, büyük bir zulme maruz kalmanın nasıl bir şey olduğunu merak etmişti; ızdırap çekmeyi çok istemişti. Daha bir hafta önce, Müdür'ün ofisinde, acılara cesaretle karşı koyup metanetle kabullendiğini hayal etmişti. Müdür'ün tehditleri moralini yükseltmiş, kendisini yaşamdan daha büyük hissetmesine sebep olmuştu. Ancak bunun nedeni, şimdi anlamış olduğu gibi, tehditleri pek ciddiye almamış olmasıydı; mesele o dereceye vardığında Müdür'ün herhangi bir şey yapacağına inanmamıştı. Şimdi tehditler yerine getirilmekte olduğu için afallamıştı. O hayalî metanetten, o teorik cesaretten eser bile kalmamıştı.

Kendine öfkelendi - ne salaklık ama! -Müdür'e öfkelendi- diğer şansın kendisine tanınmaması müthiş bir adaletsizlikti, diğer şansını kullanmayı hep istemişti, şimdi kesinlikle emindi bundan. Ve İzlanda, İzlanda...

Lenina kafasını salladı. Alıntı yapan Lenina, "Geçmiş ve gelecek, beni hasta edecek," dedi. "Bir gramımı alırım, öyleyse varım."

Sonunda Bernard'ı dört *soma* tableti yutmaya ikna etti. Beş dakika sonra kökler ve meyvalar gitmiş, anın çiçeği bir gül misali açmıştı. Görevliden gelen bir mesaj, bir Ayrıbölge Koruması'nın, Müdür'ün emriyle bir uçak getirdiğini ve otelin çatısında kendilerini beklediğini bildirdi. Hemen yukarı çıktılar. Gama yeşili üniforma giymiş, kanı sekizde bir zenci olan bir Koruma selam durup sabah programını anlatmaya koyuldu.

On on iki kadar büyük Kızılderili köyünü kuşbakışı izleyip öğle yemeği için Malpais* vadisine iniş yaptılar. Oradaki dinlenme evi konforluydu, ve yukarı köylerde Kızılderililer herhalde yaz bayramlarını kutluyorlardı. Geceyi geçirmek için en iyi yer orasıydı.

Uçakta yerlerini aldılar ve uçak havalandı. On dakika sonra uygarlığı vahşi yaşamdan ayıran sınırı geçiyorlardı. Yokuş yukarı ve aşağı, tuz ve kum çölleri boyunca, ormanların içinden geçerek, kanyonların mor derinliğinde, sarp kayalıklardan, zirvelerden ve tepesi düz, dik kenarlı, yüksek platolardan geçerek karşı konulmaz bir düz çizgi halinde ilerleyen elektrikli tel, amacına ulaşarak zafer kazanmış insanın geometrik sembolü gibiydi. Telin dibinde, bir geyik ya da öküzün, puma, kirpi ya da sırtlanın veya leş kokusuna inmiş açgözlü hindi akbabalarının ilahi adaletin şimşeğiyle yanmak için ölümcül tellere yaklaştığı yerlerde, bir beyaz kemik mozayiği, kahverengi zeminde hâlâ çürümemiş hayvan ölüleri bulunuyordu.

 * İngilizce'de kötü yer anlamına gelmektedir. (Yhn.)

Yeşil üniformalı pilot altlarında, toprak üzerinde duran iskeletleri göstererek, "Asla öğrenmiyorlar," dedi. "Asla da öğrenmeyecekler," diye ekledi ve güldü, sanki elektriğe kapılmış hayvanlar karşısında bir zafer kazanmış gibiydi.

Bernard da güldü; iki gram *soma*dan sonra bu şaka, bir şekilde iyi gelmişti. Güldü ve hemen sonrasında uyuyakaldı, uyurken, Taos ve Tesuque üzerinden; Nambe, Picuris ve Pojoaque üzerinden, Sia ve Cochiti'den, Laguna ve Acoma ve Büyülü Plato'nun üzerinden, Zuñi ve Cibola ve Ojo Caliente'den geçtiler. Sonunda uyandığında uçak yere inmiş, Lenina valizleri küçük kare şeklindeki eve taşıyor, Gama yeşili sekizde-bir zenci ise anlaşılmaz bir dilde, genç bir Kızılderili ile konuşuyordu.

Bernard inerken pilot, "Malpais," dedi. "Burası dinlenme evi. Bu öğleden sonra Kızılderili köyünde bir dans var. Sizi oraya götürür." Asık suratlı genç vahşiyi gösterdi. "Eğlencelidir, umarım." Sırıttı. "Bunların yaptığı her şey eğlencelidir." Ardından uçağa atlayıp motorları çalıştırdı. "Yarın dönerim. Ve unutmayın," diyerek Lenina'ya güvence verdi, "tamamen uysaldırlar; vahşilerin size zararı dokunmaz. Herhangi bir dolap çevirmemeleri gerektiğini bilecek kadar gaz bombası deneyimleri vardır." Gülmeye devam ederek pervaneleri vitese geçirdi, hızlandı ve uzaklaştı.

YEDİNCİ BÖLÜM

Dik kenarlı yüksek plato, aslan rengi tozdan bir boğazda rüzgârsızlıktan kımıldamayan bir gemiyi andırıyordu. Kanal, sarp kıyılar arasında dolanıyor, yeşil bir damar -nehir ve onun tarlaları bir duvardan diğerine eğilip bükülerek vadi boyunca uzanıyordu. Boğazın ortasındaki bu taştan geminin pruvasında, onun bir parçası gibi görünen, çıplak kayanın biçimli ve geometrik yükseltisi, Kızılderili köyü Malpais bulunuyordu. Blok blok üstüne, her bir kat altındakinden küçüktü, yüksek evler, basamaklı ve güdük piramitler misali mavi gökyüzüne uzanıyordu. Diplerinde dağınık, alçak binalar, zikzak çizen duvarlar vardı; üç tarafta uçurumlar, dimdik ovaya iniyordu. Birkaç duman spirali dikey olarak rüzgârsız havaya yükseliyor ve kayboluyordu.

"Garip," dedi Lenina. "Çok garip." Ne zaman birini ya da birşeyleri kınayacak olsa bu sözcüğü kullanırdı. "Hoşlanmadım buradan. Bu heriften de hoşlanmadım." Onları köye çıkarma görevi verilen Kızılderili rehberi gösterdi. Adamın da bu hissi paylaştığı belliydi; önlerinde yürüyen adamın sırtı düşmanca hareket ediyor, onları içten içe aşağılıyordu.

Sesini alçaltarak, "Üstelik de kokuyor," dedi Lenina.

Bernard inkâr etmeye kalkışmadı. Yürümeye devam ettiler.

Aniden, havanın canlanıp, yorulmak bilmez kanın hareketiyle bir nabız gibi attığını hissettiler. Yukarıda, Malpais'de, davullar çalınıyordu. Ayakları o gizemli yüreğin ritmine kapıldı ve adımları hızlandı. Yürüdükleri patika onları uçurumun dibine götürdü. Yüksek plato gemisinin dik kenarları kule gibi üzerlerinde yükseliyordu, küpeşte yüz metre yukarıdaydı.

Pişmanlık içinde, tırmanılmayı bekleyen boş bakışlı kaya-surata bakan Lenina, "Keşke uçağı getirebilseydik," dedi. "Yürümekten nefret ederim. Bir tepenin dibinde dikilirken insan kendisini ufacık hissediyor."

Bir süre platonun gölgesinde yürüdüler, bir çıkıntının etrafından dolandılar ve karşılarında, suyla aşınmış bir oyuktan yukarıya uzanan küpeşte iskelesini gördüler. Tırmanmaya başladılar. Yarığın bir kenarından diğerine zikzak çizen çok dar bir patikaydı. Davullar bazen neredeyse duyulmaz oluyor, bazen de hemen yakında çalıyormuş gibi geliyordu.

Yolun yarısına ulaştıklarında, bir kartal öyle yakından geçti ki kanatlarının rüzgârından buz gibi bir esinti çarptı suratlarına. Bir kaya oyuğunda kemik yığınına rastladılar. Her şeye kasvetli bir gariplik hakimdi ve Kızılderili gittikçe daha kötü kokuyordu. Sonunda yarıktan çıkarak göz kamaştıran güneşe kavuştular. Platonun tepesi taştan, düz bir güverteydi.

"Charing-T Kulesine benziyor," diye yorumunu yaptı Lenina. Ancak bu güven telkin eden benzerliğin keyfini uzun süre çıkaramadı. Yumuşak, patikli ayakların sesini duyup arkalarına döndüler. Boyunlarından göbeklerine kadar çıplak, koyu kahverengi bedenleri beyaz çizgilerle boyanmış (Lenina daha sonra anlatırken, "asfalt tenis kortları gibi," diyecekti), suratları kırmızı, siyah ve toprak boyasıyla kabaca boyanıp insanlıktan çıkmış iki Kızılderili, patika boyunca koşarak yaklaştılar. Siyah saçları tilki kürkü ve kırmızı flanelle örülmüştü. Hindi tüyü pelerinler omuzlarında uçuşuyor; zevksiz bir biçimde kafalarını saran tüylü iri taçlar son derece göz alıcı duruyordu. Kollarındaki gümüş bilezikler ve turkuaz boncuklarla kemiklerden oluşan ağır kolyeleri her adımlarında şıkırdayıp tıkırdıyordu. Tek bir söz söylemeden, geyik derisi mokasenlerinin içinde sessizce koşarak yaklaştılar. Bir tanesi elinde tüylü bir fırça tutuyordu; diğeri ise iki elinde birden, uzaktan üç dört parça kınnabı andıran birşeyler taşıyordu. İplerden biri sinirli bir biçimde debelendi ve Lenina aniden, yılan olduklarını fark etti.

Adamlar gittikçe yaklaştılar; karanlık gözleri Lenina'ya bakıyor, fakat hiçbir tanıma işareti göstermiyorlardı, onu görmüş olduklarını ya da varlığını fark etmiş olduklarını gösteren en küçük bir belirti yoktu. Debelenen yılan, diğerlerine uyarak kendini cansız bıraktı. Adamlar geçip gittiler.

"Hoşlanmadım buradan," dedi Lenina, "Hoşlanmadım."

Lenina, rehberleri talimatları almak üzere içeri girip yanlarından ayrılarak onları köyün girişinde bıraktığında karşılaştığı şeylerden hiç hoşlanmadı. Öncelikle pislik, çöp yığınları, toz, köpekler, sinekler. İğrenerek yüzünü buruşturdu. Mendilini burnuna tuttu.

Öfkeyle karışık bir inanmazlıkla patladı, "Böyle nasıl yaşayabiliyorlar?" (Mümkün değildi.)

Bernard düşünceli bir biçimde omuzlarını silkti. "Yine de," dedi, "son beş ya da altı bin yıldır böyle yaşıyorlar. Herhalde şimdiye kadar alışmışlardır."

"Ama temizlik, forda imandan gelir," diye ısrar etti Lenina.

"Evet, uygar olmak steril olmak demektir," diyen Bernard ironik bir tonla, ikinci hipnopedik temizliğe giriş dersinin son cümlesini bağladı. "Ama bu insanların Fordumuz'dan hiç haberi olmadı, üstelik de uygar değiller. Onun için de hiç anlamı yok..."

Lenina "Ah!" diyerek aniden onun kolunu tuttu. "Bak."

Neredeyse çırılçıplak bir Kızılderili, bitişik bir evin ilk kat terasında duvara dayalı bir merdivenden çok ağır adımlarla iniyordu - son derece ileri yaşın verdiği titrek temkinlilikle basamak basamak iniyordu. Camsı kayadan yapılmış bir maskeyi andıran siyah suratında derin kırışıklar vardı. Dişsiz ağzı içeri çekilmişti. Dudaklarının köşelerinde ve çenesinin her iki yanında birkaç uzun kıl, karanlık teninde neredeyse bembeyaz görünüyordu. Uzun, örülmemiş saçları, ak, ince saç tutamları halinde yüzünün yanlarına dökülmüştü. Beli iyice bükülmüş, vücudu bir deri bir kemik kalmıştı. Çok ağır adımlarla, her basamakta bir sonrakine adım atmadan önce duraklayarak, merdivenden indi.

"Ne olmuş bu adama böyle?" diye fısıldadı Lenina. Gözleri, dehşet ve şaşkınlıktan fal taşı gibi açılmıştı.

Bernard mümkün olduğunca umursamaz görünmeye çalışarak, "Sadece yaşlanmış," yanıtını verdi. O da şaşkına dönmüştü; ama etkilenmemiş görünmek için epey uğraştı.

"Yaşlı mı?" dedi Lenina, "Ama Müdür de yaşlı; bir sürü insan yaşlı; yine de böyle değiller."

"Çünkü bu hale gelmelerine izin vermiyoruz. Onları hastalıklardan koruyoruz. İç salgılarını yapay olarak dengeleyip gençlik seviyesinde tutuyoruz. Magnezyum-kalsiyum oranlarının, otuz yaşlarındaki seviyenin altına düşmesini engelliyoruz. Genç kan nakli yapıyoruz. Metabolizmalarını sürekli canlı tutuyoruz. Onun için de elbette öyle görünmüyorlar. Bir nedeni de," diye ekledi, "çoğu bu yaşlı yaratığın yaşına ulaşamadan çok önce ölüyorlar. Gençlik, neredeyse hiç bozulmadan altmışa kadar sürüyor, sonra küt! ve son."

Fakat Lenina dinlemiyordu. Yaşlanmış adamı izliyordu. Adam ağır ağır indi. Ayakları zemine dokundu. Döndü. İyice derinleşmiş göz çukurlarındaki gözleri, hâlâ müthiş bir şekilde parlıyordu. Gözleri uzun bir süre ifadesiz, hiç şaşırmamış bir biçimde, sanki orada değilmişçesine Lenina'ya baktı. Sonra bükülmüş beliyle topallayarak ağır ağır yanlarından geçti ve uzaklaştı.

"Ama çok kötü," diye fısıldayan Lenina, "Berbat. Buraya gelmemeliydik," dedi. Cebinde *soma*sını arandı -ama şişeyi, beklenmedik bir dikkatsizlikle dinlenme evinde bırakmış olduğunu fark etti. Bernard'ın cepleri de boştu.

Lenina, Malpais'in iğrençliklerine, ayık kafayla katlanmak zorunda kaldı. Dur durak bilmeden, birbiri ardına üzerine geliyorlardı. Bebeklerini emziren iki genç kadını görünce kızarıp yüzünü çevirdi. Ömründe böyle edepsiz bir şey görmemişti. Daha da kötüsü Bernard, incelik göstererek görmezden gelmek yerine bu iğrenç, anaç manzara hakkında aleni yorumlarda bulunmuştu. *Soma*nın etkileri artık kaybolduğu için o sabah otelde göstermiş olduğu zayıflıktan dolayı utanç hisseden Bernard, kendisini güçlü ve gelenekdışı göstermeye çalışıyordu.

Kasti bir küstahlıkla, "Ne kadar güzel, sıcak bir

ilişki," dedi. "Ne kadar da derin bir duygu yaratıyordur! Hep düşünüyorum da insan, annesiz olmakla birşeyleri kaçırmış olabilir. Belki sen de anne olmamakla birşeyleri kaçırıyorsundur, Lenina. Orada, kendi bebeğin kucağında oturduğunu düşünsene..."

"Bernard! Nasıl yaparsın?" Göz iltihabı ve bir cilt hastalığı olan yaşlı bir kadının yanından geçişi, protestosunu böldü.

"Gidelim buradan," diye yalvardı. "Hiç hoşlanmadım buradan."

Ancak o anda rehberleri geri döndü ve izlemelerini işaret ederek evlerin arasında dar bir sokağa girip yolu gösterdi. Bir köşeyi döndüler. Ölü bir köpek bir çöp yığınının üzerinde yatıyordu; guatrlı bir kadın küçük bir kızın saçlarından bit ayıklıyordu. Rehberleri, dayalı bir merdivenin altında durdu, elini dik olarak havaya kaldırdı, sonra da yatay olarak ileri işareti yaptı. Rehberin dilsiz verdiği emirleri yerine getirdiler - merdiveni çıkıp bir holden geçtiler. Hol oldukça karanlıktı; yanmış yağ ve sigarayla karışık, iyice yıpranmış, uzun süre yıkanmamış elbise kokan uzun ve dar bir odaya açılıyordu. Odanın uzak ucunda başka bir hol daha vardı, bu holden içeriye güneş ışığı ve yüksek sesli davulların gürültüsü geliyordu.

Eşikten geçtiler ve kendilerini geniş bir terasta buldular. Altlarında, yüksek evlerin çevirdiği, Kızılderililerle dolu köy meydanı duruyordu. Parlak battaniyeler, siyah saçlardaki tüyler, turkuaz parıltısı ve ateşle parlayan karanlık tenler. Lenina yine mendilini burnuna tuttu. Meydanın ortasındaki açık alanda, örme duvar ve ayakla ezilmiş kilden yapılmış iki yuvarlak platform vardı - yeraltı odalarının damları olduğu belliydi, çünkü her platformun ortasında bir dam ağzı vardı ve aşağının karanlığından yükselen merdivenlerin uçları görünüyordu. Yeraltında çalınan flüt sesleri duyuldu ve neredeyse aynı anda, davulların amansız ve durmak bilmez gümbürtüsünde kayboldu.

Lenina davulları sevmişti. Gözlerini kapayarak kendini davulların yumuşak, tekrarlanan gök gürültüsüne bıraktı ve sonunda dünyada bu derin nabız atışından başka bir şey kalmayana dek bilincini kaplamasına izin verdi. Davullar Lenina'ya, güven veren bir biçimde Dayanışma Ayinleri'nde ve Ford Günü kutlamalarında çıkarılan gürültüleri anımsattı. "Toplu seks-poplu seks," diye fısıldadı kendi kendine. Bu davullar da aynı ritimle çalıyordu.

Aniden patlayan bir şarkıyla irkildiler - yüzlerce erkek sesi sert, metalik bir koro halinde haykırıyordu. Birkaç uzun nota ve sessizlik oldu, davulların gök gürültüsünü andıran sessizliği; sonra tiz, kişneyen bir çınlamayla kadınlar cevap verdiler. Sonra yine davullar, ve bir kez daha erkeklerin, erkekliklerini gösteren derin, vahşi haykırışları.

Garipti - evet. Burası garipti, müzik de garipti, giysiler ve guatr, cilt hastalıkları ve yaşlı insanlar da garipti. Ama bu gösteride hiç de garip bir yan yoktu.

Lenina Bernard'a, "Bana alt sınıfların Toplu İlahilerini hatırlattı," dedi.

Ama biraz sonra bu gösteri, o zararsız ibadeti çok daha az hatırlatır oldu. Çünkü aniden yeraltındaki yuvarlak odalardan bir sürü ölü suratlı canavar çıkmıştı. İğrenç maskeler takmış ya da boyanarak insanlıktan çıkmış bu yaratıklar meydanın etrafında çıplak ayakla, ağır aksak tuhaf bir dans tutturmuşlardı; dolap beygiri gibi dönüp şarkılar söylüyorlar ve her turda gittikçe hızlanıyorlardı; davullar değişmiş, ritimleri hızlanmıştı, öyle ki kulaklarda ateşli bir nabız atışına dönmüştü davullar. Kalabalık da dansçılarla şarkı söylüyor ve sesleri gittikçe yükseliyordu; önce bir kadın çığlık attı, sonra diğerleri onu izledi, sanki öldürülüyormuş gibiydiler; sonra aniden dansçıların lideri sıradan çıkıp ahşap bir sandığa doğru koştu, kapağını kaldırdı ve içinden bir çift kara yılan çıkardı. Kalabalıktan büyük bir feryat koptu ve diğer bütün dansçılar ellerini uzatarak ona doğru koştular. Yılanları ilk gelenlere fırlattı ve daha fazla çıkarmak için elini tekrar sandığa daldırdı. Daha çok, daha çok, kara, kahverengi, karışık renkli yılan çıkarıp fırlattı. Ardından, dans, farklı bir ritimle yeniden başladı. Yılanlar ellerinde, dizlerini ve kalçalarını yumuşakça çalkalayarak yılan gibi dönmeye başladılar. Durmadan dönüyorlardı. Sonra lider bir işaret verdi ve tüm yılanlar meydanın ortasına fırlatıldı; yeraltından yaşlı bir adam çıktı ve yılanların üzerine mısır ekmeği serpiştirdi, diğer dam ağzından çıkan bir kadın ise siyah bir çömlekten su serpti. Sonra yaşlı adam elini kaldırdı, şaşırtıcı, ürkütücü bir biçimde mutlak bir sessizlik oldu. Davullar sustu, hayat durmuş gibiydi. Yaşlı adam, aşağı dünyaya açılan iki dam ağzını işaret etti. Bir tanesinden, aşağıdan görünmez ellerle yavaşça kaldırılan boyanmış bir kartal resmi, diğerinden ise çıplak, çarmıha çivilenmiş bir adam resmi yükseldi. Kendiliğinden duruyormuşçasına havada asılı kaldılar, ortalığı gözler gibiydiler. Yaşlı adam ellerini şaklattı. Önünü örten beyaz pamuklu bir bez dışında çıplak, on sekiz yaşında görünen bir erkek çocuğu kalabalıktan çıkarak yaşlı adamın önünde durdu, ellerini çapraz olarak göğsünde birleştirmiş, başını öne eğmişti. Yaşlı adam çocuğun üzerinde haç işareti yaptı ve uzaklaştı. Çocuk debelenen yılan yığınının çevresinde yavaş adımlarla yürümeye başladı. Bir turu tamamlayıp ikinciyi yarılamıştı ki kalabalığın arasından, çakal maskesi giymiş, elinde örme deriden bir kamçı tutan uzun boylu bir adam çıktı ve çocuğa doğru ilerledi. Çocuk, diğerinin varlığından habersizmiş gibi yürümeye devam etti. Çakal-adam kamçısını kaldırdı; uzun bir beklenti anı geçti, sonra ani bir hareket oldu ve kamçının ıslığı, ardından da ete çarpınca çıkardığı tok, yüksek ses duyuldu. Çocuğun bedeni titredi ama ses çıkarmadı, aynı yavaş, sabit adımlarla devam etti. Çakal tekrar tekrar vurdu, kalabalık her darbede önce nefesini tutuyor, sonra da derin bir şekilde inliyordu. Çocuk yürümeye devam etti. İki, üç, dört tur attı. Kan bedeninden aşağı süzülüyordu. Beş tur attı, altı tur. Birden Lenina elleriyle yüzünü örttü ve ağlamaya başladı. "Ah, durdur onları, durdur onları!" diye yalvarıyordu. Kamçı amansız bir şekilde inmeye devam ediyordu. Yedi turu tamamladı. Sonra çocuk aniden sendeledi ve yine ses çıkarmadan yüzükoyun kapaklandı. Çocuğun üzerine eğilen yaşlı adam uzun beyaz bir tüyle sırtına dokundu, kızıla boyanan tüyü herkes görsün diye bir anlığına havaya kaldırdı, sonra üç kez yılanların üzerinde salladı. Birkaç damla kan damladı ve davullar yine aniden, telaşlı notalarla gümbürdediler; büyük bir bağırtı oldu. Dansçılar ilerleyip yılanları topladılar ve koşarak meydanı terk ettiler. Erkekler, kadınlar ve çocuklar, bütün kalabalık peşlerinden koştu. Bir dakika sonra meydan boşalmıştı, geride sadece yüzükoyun yatan çocuk kaldı, neredeyse hiç kımıldamıyordu. Evlerin birinden üç yaşlı kadın çıktı, biraz güçlükle çocuğu kaldırıp içeri taşıdılar. Kartal ve çarmıhtaki adam bir süre, boşalmış Kızılderili köyünde nöbet tuttular ve yeterince şey görmüş gibi yavaşça dam ağızlarından aşağı dünyaya inerek kayboldular.

Lenina hâlâ ağlıyordu. "Korkunç," diyordu ve Bernard'ın tüm tesellileri boşunaydı. "Çok korkunç! Bütün o kan!" Titredi. "Ah, keşke *soma*m yanımda olsaydı."

İç odadan ayak sesleri geldi.

Lenina kıpırdamıyor, elleri yüzünde, görmeden, ayrı oturuyordu. Sadece Bernard döndü.

Şimdi terasa çıkan delikanlının üzerinde Kızılderili giysileri vardı, ama örülmüş saçı saman rengi, gözleri soluk mavi, teni bronzlaşmış beyaz bir tendi.

Yabancı, hatasız ama tuhaf bir İngilizceyle, "Selam, iyi günler," dedi. "Siz uygarsınız, değil mi? Diğer Taraf'tan, Ayrıbölge'nin dışından geliyorsunuz?"

Bernard şaşkınlık içinde, "Sen de kim...?" diye başlayacak oldu.

Genç adam iç geçirerek başını salladı. "Son derece mutsuz bir kişiyim." Meydanın ortasındaki kan izlerini göstererek heyecanla titreyen bir sesle, "O lanetlenmiş yeri görüyor musunuz?" dedi.

Lenina ellerinin arkasından konuşarak mekanik bir biçimde, "Bir gramı bin musibet savuşturur. Keşke yanımda *soma* olsaydı," dedi.

"Oradaki ben olmalıydım," diyen genç adam devam etti. "Niye benim kurban edilmeme izin vermiyorlar? Ben on tur atardım - on iki tur, on beş. Palowhtiwa sadece yedi tur atabildi. Benden iki kat fazla kan akıtabilirlerdi. Kan rengi kabarırdı denizler." Kollarını açarak bolluk belirten bir hareket yaptı, sonra da çaresiz bir şekilde indirdi. "Ama izin vermiyorlar. Tenim yüzünden benden hoşlanmadılar. Hep böyle oldu. Hep." Genç adamın gözleri doldu; utanıp başını çevirdi.

Şaşkınlık, Lenina'ya *soma* mahrumiyetini unutturdu. Ellerini yüzünden çekti ve ilk defa yabancıya baktı. "Yani siz o kamçıyla dövülmek istediğinizi mi söylemek istiyorsunuz?"

Hâlâ yüzünü Lenina'ya çevirmemiş olan delikanlı doğrulama işareti yaptı. "Köyümüz için - yağmurlar yağsın, mısırlar büyüsün diye. Pookong'u ve İsa'yı memnun etmek için. Ve de acıya, gıkımı çıkarmadan katlanabileceğimi göstermek için. Evet," burada sesi aniden yeni bir titreşim kazandı, omuzlarını gururlu bir şekilde düzeltip çenesini mağrur, meydan okurcasına kaldırarak, "erkek olduğumu göstermek için... Ah!" dedi ve nefesi kesilip sessiz kaldı, soluklanmaya çalıştı. Hayatında ilk defa yanakları çikolata ya da köpek derisi rengi olmayan, saçları sürekli dalgalı ve kestane rengi olan ve yüz ifadesinden, iyi kalpli bir ilgi beslediği (büyüleyici bir yenilik!) anlaşılan bir kız görüyordu. Lenina delikanlıya gülümsedi; son derece hoş bir çocuk, diye düşündü, gerçekten harika bir vücut. Delikanlının yüzüne kan hücum etti, bakışlarını indirdi, sonra bir anlığına yine kaldırdığında Lenina'nın gülümsemeye devam ettiğini gördü ve öyle utandı ki, kaçıp uzaklaşmak ve meydanın diğer tarafında bir şeye bakıyormuş gibi yapmak zorunda kaldı.

Bernard'ın soruları konuyu değiştirdi. Kim? Nasıl? Ne zaman? Nereden? Gözlerini Bernard'ın yüzüne dikerek (çünkü Lenina'nın gülümseyişini görmeyi öylesine bir coşkuyla arzuluyordu ki, ona bakmaya cesaret edemiyordu) kendini anlatmaya çalıştı. Linda ve o - Linda annesiydi (Lenina bu sözcükten rahatsız oldu) - Ayrıbölge'de yabancılardı. Linda, kendisi doğmadan önce, babası olan bir adamla Diğer Taraf'tan gelmişti, bu uzun süre önceydi. (Bernard kulak kesildi.) Annesi, Kuzey'deki dağlarda tek başına yürüyüşe çıkmış ve dik bir yerden düşüp kafasını incitmişti. (Bernard heyecan içinde, "Devam et, devam et," dedi.) Malpais'den birkaç avcı kendisini bulup köye getirmiş. Babası olan adama gelince, Linda onu bir daha görmemiş. Adı Tomakin'miş. (Evet, KŞM Müdürü'nün adı Thomas'dı.) Onu bırakıp uçakla Diğer Taraf'a dönmüş olmalıydı - kötü, kaba, anormal bir adam.

"İşte ben Malpais'de doğmuşum," diyerek bitirdi. "Malpais'de." Ve kafasını salladı.

Köyün kıyısındaki o küçük evin sefalet ve pisliği!

Toz ve çöp dolu bir alan, evi köyden ayırıyordu. Açlıktan bir deri bir kemik kalmış iki köpek, yılışıkça evin kapısındaki çöpü kurcalıyordu. Girdiklerinde, evin alacakaranlığına leş kokusu ve sinek vızıltıları hakimdi.

Delikanlı, "Linda!" diye seslendi.

İçerdeki odadan kısık sesli bir kadın cevap verdi, "Geliyorum."

Beklediler. Zemindeki kaplarda bir öğünün, belki de birkaç öğünün artıkları duruyordu.

Kapı açıldı. Çok şişman, sarışın bir Kızılderili kadın eşiği geçti ve ağzı açık, inanmaz bir ifadeyle gözlerini dikerek yabancılara bakakaldı. Lenina iğrenerek, iki ön dişini kaybetmiş olduğunu fark etti. Hele kalanların rengi... Ürperdi. İhtiyar adamdan da kötüydü. Öyle şişmandı ki. Yüzündeki çizgiler, sarkıklar, kırışıklar. Sarkmış yanaklar, o morumsu lekeler. Burnundaki kırmızı damarlar, kan çanağı gözler. O boyun -o boyun ve kafasına sardığı lime lime olmuş, pislik içindeki battaniye. Ve kahverengi, torba biçimli tüniğin altındaki dev göğüsler, karnın şişkinliği, kalçalar. Ah, ihtiyar adamdan çok daha kötüydü, çok daha kötü! Ve bu yaratık aniden bir çığ gibi patlayarak konuşmaya başladı ve kollarını açarak hızla ona yaklaştı ve -Fordum! Fordum aşkına! çok mide kaldırıcıydı, kusacak gibi oldu - Lenina'yı tutup şiş göbeğine, göğsüne bastırdı ve öpmeye başladı. Ford aşkına! hem de şapur şupur *öpü-*

yordu ve leş kokuyordu, hiç banyo yapmadığı belliydi; Delta ve Epsilon şişelerine konan o iğrenç şeyden kokuyordu (hayır, Bernard'la ilgili söylenenler doğru olamazdı), açık açık alkol kokuyordu. Lenina elinden geldiği kadar çabuk kurtuldu.

Hüngür hüngür ağlayan ve şekilden şekle giren bir surat duruyordu karşısında; yaratık ağlıyordu.

"Ah, hayatım, hayatım." Sözcük seli hıçkıra hıçkıra çağlıyordu. "Ne kadar sevindim bilseniz - bunca yıldan sonra! Uygar bir yüz. Evet ve uygar giysiler. Çünkü bir daha asla gerçek bir asetatlı ipek parçası göremem, diyordum." Parmaklarıyla Lenina'nın gömlek koluna dokunuyordu. Tırnakları simsiyahtı. "Ya bu viskoz kadife şort! Hayatım biliyor musun, buraya üzerimde getirdiğim eski elbiselerimi hâlâ bir kutuda saklıyorum. Sonra size gösteririm. Ama tabii ki asetatı delik deşik oldu. Ne kadar hoş beyaz bir palaskaydı - ama senin yeşil marokeninin daha da güzel olduğunu söylemeliyim. Pek de işime yaramadı ya o palaska." Gözyaşları yine akmaya başladı. "Sanırım John size anlatmıştır. Neler çektiğimi -tek bir gram *soma* da yoktu ki alayım. Arada bir Popé getirdiği zaman içilen bir parça *meskal*. Popé tanıdığım bir çocuktu. Ama sonrasında o kadar kötü oluyorsun ki, *meskal*den sonra, *peyotl* alınca da hasta oluyorsun; üstelik o berbat utanç duygusu, içtiğinin ertesi günü daha da kötü oluyor. Ben de öyle utanıyordum ki. Bir düşünün: ben, bir Beta -çocuğum oluyor: kendinizi benim yerime koyun." (Önerisi bile Lenina'yı ürpertmeye yetti.) "Ancak benim suçum değildi, yemin ederim; çünkü nasıl olduğunu hâlâ bilmiyorum, Malthus alıştırmalarını yaptığım halde - bilirsin, sayılarla, Bir, iki, üç, dört, daima yapıyordum, yemin ederim; ama yine de oldu işte; tabii burada Kürtaj Merkezi diye bir yer de yoktu. Aklıma gelmişken, Kürtaj Merkezi hâlâ Chelsea'de mi?" dedi. Lenina başıyla doğruladı. "Hâlâ Salı ve Cuma günleri projektörlerle mi aydınlatılıyor?" Lenina yine başını salladı. "O muhteşem, pembe camdan kule!" Zavallı Linda yüzünü yukarı kaldırarak kapalı gözlerle, anımsadığı parlak görüntüyü düşündü. "Ve geceleri, nehir," diye fısıldadı. Sıkıca kapadığı göz kapaklarından iri gözyaşları süzüldü yavaşça. "Ve akşamları helikopterle Stoke Poges'dan dönüş. Sonra da sıcak bir banyo ve titreşim-vakumlu masaj... Ama orada." Derin bir nefes aldı, kafasını salladı, gözlerini tekrar açtı, bir iki kez burnunu çekti, sonra parmaklarına sümkürdü ve parmaklarını tüniğinin eteğine sildi. Lenina'nın iğrenerek yüzünü buruşturması üzerine, "Ah, çok özür dilerim," dedi. "Bunu yapmamalıydım. Özür dilerim. Fakat mendilin yoksa ne yapabilirsin ki? Hatırlıyorum da bütün bu pislik, hiçbir şeyin aseptik olmayışı çok moralimi bozardı. Beni buraya ilk getirdiklerinde kafamda berbat bir kesik vardı. Kesiğin üzerine ne koyduklarını hayal bile edemezsiniz. Pislik, sadece pislik koydular. Onlara 'Uygarlık temizliktir,' derdim. Çocuklarla konuşurmuş gibi, 'Streptokok-Mikrop Cehenneme direk, her eve banyo tuvalet gerek,' derdim. Ama anlamazlardı. Nasıl anlasınlar ki? Sanırım sonunda alıştım. Her neyse, zaten sıcak su yokken nasıl temiz olabilirsin? Şu giysilere bak. Bu hayvan yünü asetata hiç benzemez. Yıllar geçse de bir şey olmuyor. Yırtılırsa yamaman gerekiyor. Fakat ben bir Beta'yım; Dölleme Odası'nda çalışıyordum; hiç kimse bana böyle bir şey öğretmedi. Benim işim bu değildi. Üstelik elbise yamamaya hiçbir zaman iyi gözle bakılmazdı. Delinince at ve yenisini al. 'Yama artarsa refah düşer.' Doğru değil mi? Onarmak, antisosyaldir. Ama burada her şey farklı. Delilerin arasında yaşamak gibi. Yaptıkları her şey delice." Etrafına bakındı ve John ile Bernard'ın yanlarından ayrılmış, evin dışındaki toz ve çöpün arasında bir aşağı bir yukarı yürümekte olduklarını gördü. Yine de sır verircesine sesini alçaltarak Lenina'ya doğru eğildi. Lenina doğrulup büzüldü, ama öyle yaklaşmıştı ki embriyozehirin rüzgârından, yanağındaki tüyler oynadı. "Örneğin," diye kısık sesle fısıldadı, "buradaki insanların birlikte olma tarzlarını alalım. Manyakça, söylüyorum sana, manyakça. Herkes, herkese aittir, değil mi? Öyle değil mi?" diye ısrar ederken bir yandan da Lenina'nın kolunu çekiştiriyordu. Lenina çevirdiği başıyla onayladı ve tutmakta olduğu nefesi bırakıp nispeten daha temiz bir nefes almayı başardı. Diğeri devam etti. "Mesela, burada insan, bir kişiden fazlasına ait olamaz. Alışılmış şekilde insanlarla birlikte olursan senin kötü ve antisosyal olduğunu düşünüyorlar. Senden nefret edip lanetliyorlar. Bir keresinde bir sürü kadın, erkekleri benimle görüştüğü için buraya gelip rezalet çıkardılar. İyi de, niye olmasın? Sonra da üzerime saldırdılar... Hayır, çok kötüydü. Sana anlatamayacağım kadar kötüydü." Linda yüzünü elleriyle örtüp ürperdi. "Öyle nefret dolular ki, buradaki kadınlar. Manyaklar, manyak ve acımasız. Ve de tabii ki Malthus alıştırmalarından ya da şişeler veya şişeden alma gibi konulardan hiç haberleri yok. Onun için de durmadan -köpekler gibi doğuruyorlar. Çok iğrenç. Düşünüyorum da ben de... Oh, Fordum, Fordum, Fordum! Yine de John çok huzur verdi bana. O olmasaydı ne yapardım, bilmiyorum. Yine de ne zaman bir erkek yaklaşsa bana, çok kızardı. Minicik bir çocukken bile. Bir keresinde (ama o zaman daha büyüktü) zavallı Waihusiwa'yı öldürmeye kalktı - yoksa Popé miydi? - sırf arada bir onlarla birlikte oluyorum diye. Çünkü ona, uygar insanların böyle davranması gerektiğini asla anlatamadım. Manyaklık bulaşıcı, bence. Her neyse, sanırım John'a

Kızılderililerden geçti bu huy. Çünkü, onlarla büyüdü. Ona kötü davranıp, diğer çocukların yaptığı şeyleri yapmasına izin vermemelerine rağmen. Bu da bir bakıma iyi oldu, çünkü onu biraz olsun şartlandırabilmemi kolaylaştırdı. Yine de ne kadar zor olduğunu bilemezsin. İnsanın bilmediği o kadar çok şey var ki; benim ilgilendiğim konular değildi bunlar. Yani, bir çocuk sana bir helikopterin nasıl çalıştığını ya da dünyayı kimin yarattığını sorarsa -ve sen bir Beta'ysan, oldun olalı Dölleme Odası'nda çalışmışsan, ne yanıt verirsin? Ne yanıt verirsin?"

SEKİZİNCİ BÖLÜM

Dışarda, tozun ve çöplerin arasında (köpekler şimdi dört olmuştu), Bernard ve John bir aşağı bir yukarı yavaş adımlarla yürüyorlardı.

"Anlamak öyle zor ki benim için," diyordu Bernard, "tekrar kurmak. Sanki farklı çağlarda, farklı gezegenlerde yaşıyormuşuz gibi. Anne fikri, bütün bu pislik, tanrılar, yaşlılık, hastalıklar..." Kafasını salladı. "Neredeyse akıl almaz bir şey. Açıklamazsan asla anlayamam."

"Neyi açıklamazsam?"

"Burayı." Köyü gösterdi. "Orayı." Köyün dışındaki küçük evi kastediyordu. "Her şeyi. Tüm yaşamını."

"Anlatılacak ne var ki?"

"En başından. Hatırlayabildiğin kadar önceden başlayarak."

"Hatırlayabildiğim kadar önceden başlayarak." John kaşlarını çattı. Uzun bir sessizlik oldu.

Hava çok sıcaktı. Bir sürü Meksika pidesi ve tatlı mısır yemişlerdi. "Gel ve uzan, bebeğim," dedi Linda. Büyük yatağa birlikte uzandılar. "Şarkı söyle," ve Linda şarkı söylemeye başladı. "Streptokok-Mikrop Cehenneme direk" ve "Uyusun da büyüsün Yumurcak, yakında şişeden çıkacak," diyordu. Linda'nın sesi giderek uzaklaşıyordu...

Büyük bir gürültü oldu, bebek ürkerek uyandı.

Dev gibi, ürkütücü bir adam yatağın yanında dikiliyordu. Linda'ya birşeyler söylüyor, Linda ise gülüyordu. Linda battaniyeyi çenesine kadar çekmişti; ama adam çekerek tekrar açtı. Saçları iki kara ipe benziyordu, kolunda ise üzerinde mavi taşlar olan harika bir gümüş bilezik vardı. Bilezik hoşuna gitmişti, ama yine de korkuyordu; yüzünü Linda'nın vücuduna dayayıp sakladı. Linda elini üzerine koyunca kendini daha güvende hissetti. Linda, çocuğun pek iyi anlamadığı diğer sözcüklerle adama, "John burada, yanımdayken olmaz," diyordu. Adam önce çocuğa, sonra Linda'ya baktı ve yumuşak bir sesle birşeyler söyledi. Linda, "Hayır," dedi. Ama adam yatağın üzerine, çocuğa doğru eğildi, suratı kocaman ve korkunçtu; kara saç-ipler battaniyeye değdi. Linda tekrar, "Hayır," dedi. Çocuk, üzerindeki elin kendisini daha sıki kavradığını hissetti. "Hayır, hayır!" Ama adam çocuğun kollarından birini tuttu, çocuğun canı yandı. Çığlık attı. Adam diğer elini uzatıp çocuğu kaldırdı. Linda çocuğu bırakmıyor, "Hayır, hayır," diye bağırıyordu. Adam kısa ve öfkeli bir şey söyledi ve Linda'nın elleri aniden çözüldü. "Linda, Linda." Tekme atıp debelendi, ama adam çocuğu alıp kapıya götürdü, açtı, diğer odanın ortasında yere bırakıp uzaklaştı ve kapıyı ardından kapattı. Çocuk kalktı ve kapıya koştu. Parmak uçlarında dikilince ahşap kapı mandalına ancak yetişebiliyordu. Mandalı kaldırıp itti, ama kapı açılmadı. "Linda," diye bağırdı. Linda karşılık vermedi.

Büyük bir oda hatırlıyordu, karanlık bir oda; iplerle bağlanmış ahşap birşeyler vardı ve bunların etrafında bir sürü kadın dikiliyordu. Battaniye yapıyorlar, demişti Linda ve gidip köşede çocuklarla oynamasını söylemişti. Bu arada Linda kadınların yanına gitmiş, onlara yardım ediyordu. Uzun bir süre çocuklarla oynadı. Birden insanlar, seslerini yükselttiler, kadınlar Linda'yı iterek uzaklaştırıyordu ve Linda ağlıyordu. Kapıya giden annesinin peşinden gelen çocuk, niye öfkelendiklerini sordu. "Bir şey kırdım da ondan," dedi Linda. Sonra o da öfkelendi. "Vahşi dokumalarını yapmayı nerden bileyim?" dedi. "Vahşi mahlûklar." Vahşinin ne demek olduğunu sordu. Eve döndüklerinde Popé kapıda bekliyordu ve onlarla içeri girdi. Elindeki sukabağından yapılma kabın içi su gibi bir şeyle doluydu; ama su değildi, kötü kokan ve insanın ağzını yakıp öksürten bir şeydi. Biraz Linda içti, biraz Popé içti, Linda kahkaha atıp yüksek sesle konuşmaya başladı; sonra Linda ve Popé diğer odaya geçtiler. Popé gidince çocuk odaya girdi. Linda yatakta öyle derin uyuyordu ki, uyandıramadı.

Popé sık sık geliyordu. Balkabağındaki şeye *meskal* dendiğini söyledi; fakat Linda *soma* denmesi gerektiğini söyledi, tek farkla, bu sonrasında insanı hasta ediyordu. Popé'den nefret ediyordu. Hepsinden - Linda'yı görmeye gelen bütün erkeklerden nefret ediyordu. Bir öğleden sonra çocuklarla oyun oynamış, eve dönüyordu - hava soğuktu, hatırlıyordu ve dağlarda kar vardı - yatak odasından öfkeli sesler duydu. Kadınların sesleriydi ve anlamadığı sözler söylüyorlardı, ama korkunç şeyler olduğunu biliyordu. Sonra aniden bir çatırtı oldu, bir şey devrilmişti; insanların aceleyle hareket ettiklerini duydu, bir çatırtı daha oldu ve dövülen bir katırın sırtından çıkan sese benzer bir şey duyuldu, fakat o kadar kemikli birine vurulmuyordu. Linda çığlık attı, "Hayır yapmayın, yapmayın!" diyordu. Çocuk içeriye koştu. Koyu renk battaniyelere bürünmüş üç kadın vardı. Linda yataktaydı. Kadınlardan biri bileklerini tutuyor, bir diğeri tekmelemesin diye bacaklarının üzerine uzanmıştı. Üçüncü kadın bir kamçıyla Linda'ya vuruyordu. Bir, iki, üç kez; her seferinde Linda çığlık attı. Çocuk ağlayarak kadının battaniyesinin ucunu çekiştirdi. "Lütfen, lütfen." Kadın boştaki koluyla çocuğu yaklaştırmıyordu. Kamçı tekrar indi, Linda tekrar haykırdı. Çocuk, kadının kocaman kahverengi elini kendi ellerinin arasında yakalayıp tüm gücüyle ısırdı. Çığlık atan kadın elini bükerek kurtardı ve öyle bir itti ki, çocuk düştü. Yerde yatarken kamçıyla üç kez çocuğa vurdu. Hayatında hissettiği en büyük acıydı -ateş gibi yakıyordu. Kamçı tekrar şaklayıp indi. Bu kez çığlığı atan Linda'ydı.

O gece annesine sordu: "Ama niye senin canını yakmak istediler?" Ağlıyordu, çünkü kamçının sırtında bıraktığı kırmızı izler hâlâ müthiş acıyordu. Ağlamasının bir nedeni de insanların böyle vahşi ve adaletsiz olmalarıydı. Ağlıyordu, çünkü ufacık bir çocuktu ve onlara karşı koyamıyordu. Linda da ağlıyordu. Linda yetişkindi, ama üçüyle başa çıkabilecek kadar iri değildi. Onun için de durum adil değildi. "Niye canını yakmak istediler, Linda?"

"Bilmiyorum. Nereden bileyim?" Ne dediğini duymak zordu, çünkü yüz üstü uzanmıştı ve yüzünü yastığa koymuştu. "Onlar bizim erkeklerimiz, diyorlar," diyerek devam etti; hiç de çocukla konuşuyor gibi değildi; içindeki biriyle konuşuyordu sanki. Anlamadığı uzun bir konuşmaydı ve sonunda Linda, her zamankinden yüksek sesle ağlamaya başladı.

"Ah, ağlama Linda. Ağlama."

Linda'ya sokuldu. Kolunu boynuna doladı. Linda haykırdı. "Ah, dikkat etsene. Omzum! Ah!" dedi ve sert bir şekilde çocuğu itti. Kafası duvara çarptı. "Salak çocuk!" diye bağırdı, sonra da çocuğu tokatlamaya başladı.

Çocuk bağırıyordu, "Linda, ah, anne, yapma!"

"Annen değilim ben senin. Annen olmayacağım."

"Ama, Linda... Ah!" Yanağını tokatladı.

"Vahşiye döndüm," diye bağırdı. "Küçüklere hayvan gibi saldırıyorum... Sen olmasaydın, Denetçi'ye gidebilirdim, kaçabilirdim. Ama bir bebekle yapamazdım. Çok utanç verici olurdu."

Kendisine tekrar vuracağını anlayınca kolunu kaldırıp yüzünü korumaya çalıştı. "Yapma Linda, lütfen yapma."

"Küçük vahşi!" Çocuğun kolunu indirdi, yüzü şimdi korumasızdı.

"Yapma Linda." Tokadı bekleyerek gözlerini kapadı.

Fakat Linda vurmadı. Bir süre sonra gözlerini açtığında kendisine baktığını gördü. Annesine gülümsemeye çalıştı. Aniden çocuğu kollarıyla sarıp öpücüklere boğdu.

Linda bazen birkaç gün boyunca yataktan çıkmazdı. Üzüntü içinde yatardı. Ya da Popé'nin getirdiği şeyi içer, kahkahalarla güler ve sonra da uyurdu. Bazen de hastalanırdı. Çoğunlukla oğlunu yıkamayı unuturdu ve soğuk Meksika pidelerinden başka yiyecek bir şey olmazdı. Annesinin, ilk kez saçında o küçük hayvanları bulduğu zamanı hatırladı, nasıl da çığlıklar atmıştı.

En mutlu zamanları annesinin kendisine Diğer Taraf'ı anlattığı zamanlardı. "Gerçekten ne zaman canın isterse uçabiliyor musun?"

"Ne zaman canın isterse." Ona, bir kutudan çıkan harika müziği anlatırdı ve oynayabileceğin bütün o güzel oyunları, lezzetli yiyecek ve içecekleri, duvardaki küçük bir şeye basınca çıkan ışığı, görebildiğin ve aynı zamanda işitip hissedebildiğin ve koklayabildiğin resimleri, güzel kokular yaratabildiğin başka bir kutuyu, dağlar kadar yüksek pembe, yeşil, mavi, gümüş rengi evleri, herkesin nasıl hep mutlu olduğunu ve kimsenin dert ve öfke nedir bilmediğini, herkesin herkese ait olduğunu, dünyanın diğer tarafında olanları görüp duyabildiğin kutuları, tertemiz, harika şişelerdeki bebekleri -her şeyin pırıl pırıl ve mis gibi koktuğunu- insanların hiç yalnız kalmayıp birlikte mutlu, neşe içinde, burada, Malpais'deki yaz bayramlarında olduğu gibi yaşadıklarını, ama çok daha mutlu ve her gün, her gün böyle yaşadıklarını anlatırdı... Saatlerce dinlerdi. Bazan, o ve diğer çocuklar fazla oyun oynamaktan yorulunca köyün yaşlılarından biri onlarla diğer dilde konuşur, onlara Dünya'nın yüce Yaratıcısı'ndan, Sağ El ile Sol El arasındaki uzun mücadeleden, Islak ve Kuru arasındaki uzun döğüşten, gece düşünerek büyük bir sis ve bu sisten de bütün dünyayı yaratan Awonawilona'dan, Toprak Ana'dan ve Gök Baba'dan; Ahaiyuta ve Marsailema'dan, Savaş ve Şans ikizlerinden; İsa ve Pookong'dan, Meryem ve Etsanatlehi'den, kendini tekrar gençleştiren kadından; Laguna'daki Siyah Taş'tan ve yüce Kartal ile Acomalı Leydimiz'den bahsederdi. Tuhaf öykülerdi, başka bir dilde anlatıldığı ve tam olarak anlayamadığı için de daha güzel görünüyorlardı. Yatakta uzanıp Cennet'i ve Londra'yı, Acomalı Leydimiz'i ve sıra sıra, tertemiz şişelerdeki bebekleri, göğe yükselip uçan İsa'yı ve uçan Linda'yı, Dünya Kuluçka Merkezi Müdürü'nü ve Awonawilona'yı düşünürdü.

Linda'yı görmeye bir sürü erkek gelirdi. Çocuklar parmaklarıyla John'u gösterir olmuşlardı. Tuhaf diğer dille Linda'ya kötü diyorlar; ona, anlamadığı, ama kötü olduğunu bildiği isimleri yakıştırıyorlardı. Bir gün Linda'yla ilgili bir şarkı söylediler tekrar tekrar. Onlara taş attı. Onlar da ona taş attılar; keskin bir taş yanağını kesti. Kan durmuyordu; her yeri kan olmuştu.

Linda ona okumayı öğretti. Bir kömür parçasıyla duvara resimler çiziyordu -oturan bir hayvan, şişe içinde bir bebek; sonra da sözcükleri yazıyordu. KEDİ PASPASIN ÜZERİNDE. BEBEK KAVANOZUN İÇİNDE. Hızlı ve kolay öğreniyordu. Duvara yazdığı sözcüklerin hepsini okuduğunda, Linda büyük tahta sandığını açıp hiç giymediği küçük, komik, kırmızı pantolonunun altından ince küçük bir kitap çıkardı. John daha önce birçok kez görmüştü bu kitabı. "Büyüyünce okuyabilirsin," demişti Linda. Eh, artık yeterince büyümüştü. Kendiyle gurur duyuyordu. "Korkarım fazla heyecanlı bulmayacaksın," dedi. "Ama elimdeki tek şey bu," diyerek iç geçirdi. "Londra'da kullandığımız okuma makinelerini görebilseydin!" John kitabı okumaya başladı. *Embriyonun Kimyasal ve Bakteriyolojik Şartlandırması. Beta Embriyo-Deposu Çalışanları için Pratik Talimatlar.* Sadece başlığı okuması on beş dakika aldı. Kitabı yere fırlatıp, "İğrenç kitap, iğrenç!" dedi ve ağlamaya başladı.

Çocuklar Linda hakkındaki korkunç şarkılarını söylemeye devam ediyorlardı. Bazen üstü başı döküldüğü için John'la da alay ediyorlardı. Elbiseleri yırtıldığında, Linda yama yapmayı bilmiyordu. Linda Diğer Taraf'ta, insanların elbiseleri delindiğinde atıp yenilerini aldıklarını söylemişti. Çocuklar, "Paspal, paspal!" diye bağırıyordu. "Ama ben okuyabiliyorum, onlar okuyamıyorlar," diyordu kendi kendine. Okumanın ne olduğunu bile bilmiyorlar. Okuma konusunu yeterince düşündüğünde, çocukların alaylarına aldırmıyormuş gibi yapmak kolaylaşıyordu. Linda'dan kitabı tekrar kendisine vermesini istedi.

Çocuklar parmaklarıyla işaret edip şarkı söyledikçe daha sıkı okuyordu. Çok geçmeden bütün sözcükleri oldukça iyi okur hale gelmişti. En uzun sözcükleri bile. Ama anlamları neydi? Linda'ya sordu; ama Linda cevap verebildiği zamanlar bile pek anlayamıyordu. Genellikle de cevap veremiyordu.

"Kimyasal madde nedir?" diye sordu.

"Aa, magnezyum tuzu gibi, Delta ve Epsilonlara tıfıl ve geri kalsınlar diye verilen alkol gibi, ya da kemikler için kalsiyum karbonat benzeri şeyler işte."

"Kimyasal madde nasıl yapılır, Linda? Nereden gelir?"

"Şey, bilmiyorum. Şişelerden alırsın. Şişeler boşalınca Kimya Deposu'ndan daha fazlasını istersin. Sanırım Kimya Deposu'nda çalışanlar yapıyorlardır. Ya da Kimya Fabrikası'ndan istiyorlardır. Bilmiyorum, kimyayla hiç uğraşmadım. Benim işim embriyolarlaydı."

Sorduğu her konuda böyle oluyordu. Linda bir şey bilmiyor gibiydi. Köyün ihtiyarlarının yanıtları daha kesindi.

İnsanların ve tüm yaratılanların tohumu, güneşin ve yeryüzünün ve gökyüzünün tohumları - Awonawilona, bunların hepsini Bereket Sisi'nden yarattı. Şimdi dünyanın dört rahmi var; ve Awonawilona tohumları en alttaki rahime yerleştirdi. Ve tohumlar giderek büyümeye başladılar...

Bir gün (John sonradan bunun onikinci doğum gününden hemen sonra olduğunu hesaplamıştı) eve döndüğünde yatak odasında yerde, daha önce hiç görmediği bir kitap buldu. Kalın bir kitaptı ve çok eski görünüyordu. Cildini fareler kemirmişti; bazı sayfaları kopuk ve buruşuktu. Yerden alıp ön sayfasına baktı: Kitabın adı *William Shakespeare'in Tüm Eserleri* idi.

Linda yatağa uzanmış, bir kupadan berbat, leş kokulu *meskal* içiyordu. "Popé getirdi," dedi. Sesi, başka birinin sesiymişçesine kalın ve kısıktı. "Antilop Kiva'nın sandıklarından birinde duruyormuş. Yüzyıllardır oradaymış. Doğrudur herhalde, çünkü baktım da, saçmalık dolu içi. İlkel. Yine de okumanı ilerletmen için iyi olacaktır." Son bir yudum içti, kupayı yatağın yanına yere bıraktı, öbür tarafına döndü, bir iki kez hıçkırdı ve uykuya daldı.

John kitabı rasgele açtı.

Hayır, fakat yaşamak
Dağınık bir yatağın ekşimiş ter kokusunda,
Çürüme, dalkavukluk ve sevişmeyle ağır ağır pişerek
Leş kokan domuz ahırının üst katında...

Garip sözcükler beyninde dolanıyor; konuşan gök gürültüsü misali gümbürdüyordu; yaz danslarında çalınan davullar misali, eğer davullar konuşabilseydi; Mısır Türküsü'nü söyleyen erkekler misali, muhteşem, öyle muhteşemdir ki ağlatır seni; tüylerine, oymalı çubuklarına, kemik ve taş parçalarına büyü okuyan ihtiyar Mitsima misali - *kiathla tsilu silokwe silokwe. Kiai silu silu tsithl-* ama Mitsima'nın büyüsünden daha iyiydi, çünkü daha anlamlıydı, çünkü onunla konuşuyordu, çok güzel konuşuyordu ve sadece yarısı anlaşılabiliyordu, korkunç muhteşem bir büyüydü, Linda hakkında konuşuyordu; kupası yatağın yanında, yerde duran, uzanmış horlayan Linda hakkında; Linda ve Popé hakkında, Linda ve Popé.

Her geçen gün, Popé'ye nefreti büyüyordu. Bir adam durmadan gülümseyebilir, ama yine de yılanın biri olabilir. Vicdansız, hain, şehvet düşkünü, eşi benzeri olmayan bir yılan. Sözcükler tam olarak ne anlama geliyordu? Sadece tahmin edebiliyordu. Ama büyüleri güçlüydü ve beyninde gümbürdemeye devam ediyorlardı ve her nasılsa daha önce Popé'den gerçekten hiç nefret etmemiş gibiydi; etmemişti çünkü ne kadar nefret ettiğini hiçbir zaman söyleyememişti. Ama şimdi elinde bu sözcükler vardı; davullara, türkülere ve büyüye benzeyen sözcükler. Bu sözcükler ve onların alındığı tuhaf öykü (hiçbir anlam çıkaramıyordu, ama yine de muhteşemdiler) -Popé'den nefret etmesi için bir zemin oluşturuyor, nefretini gerçeğe yaklaştırıyor, hatta Popé'nin kendisini bile daha gerçek kılıyordu.

Bir gün, oyundan döndüğünde, iç odanın kapısı açıktı, yatakta birlikte uzanmış uyuduklarını gördü - Linda bembeyaz, Popé ise onun yanında neredeyse simsiyahtı. Popé'nin bir kolu Linda'nın omuzlarının altında, öbür kara eli Linda'nın göğsündeydi. Saçının örgülerinden biri Linda'nın boynunda, boğazını sıkmaya çalışan bir kara yılan gibi uzanıyordu. Popé'nin sukabağı çanağı ve bir kupa yatağın yanında yerde duruyordu. Linda horluyordu.

Birden kalbinin yok olduğunu ve yerinde bir çukur kaldığını hissetti. İçi boşalmıştı. Boşalmış ve üşüyordu, midesi bulanıyor, başı dönüyordu. Kendini toparlayabilmek için duvara yaslandı. Vicdansız, hain, şehvet düşkünü... Davullar misali, mısır için türkü söyleyen erkekler misali, büyü misali sözcükler, beyninde durmadan uğulduyordu. Üşürken birden ateş basmıştı. Yanakları kanın hücumuyla yanıyor, oda gözlerinin önünde dönüyor ve kararıyordu. Dişlerini sıkarak, "Onu öldüreceğim, onu öldüreceğim," demeye başladı. Birden sözcükler akmaya başladı.

Sarhoş sızmışken, ya da öfkeli
Veya yatağında ensestten keyifli...

Büyü, John'ın yanındaydı, büyü açıklıyor, emir veriyordu. Tekrar dış odaya çıktı. "Sarhoş sızmışken..." Et bıçağı ocağın yanında, yerde duruyordu. Eğilerek aldı ve parmaklarının ucuna basarak kapıya geldi. "Sarhoş sızmışken, sarhoş sızmışken..." Odaya koştu ve bıçağı sapladı -ah, kan!- Popé sıçrayarak uyandığında tekrar sapladı, bir kez daha saplamak için kolunu kaldırdı, ama bileğinin yakalanıp -ah, ah!- büküldüğünü fark etti. Kıpırdayamıyordu, yakalanmıştı. Popé'nin küçük siyah gözleri, çok yakından kendi gözlerinin içine bakıyordu. Bakışlarını kaçırdı. Popé'nin sol omzunda iki kesik vardı. "Ah, kana bak!" diye bağırdı Linda, "Kana bak!" Kan görmeye hiç dayanamıyordu. Popé diğer elini kaldırdı - kendisine vurmak için kaldırdığını sandı John. Darbeyi karşılamak için gerildi. Ama kalkan el, çenesinin altından tutup tekrar Popé'nin gözlerinin içine baksın diye kafasını çevirdi. Uzun bir süre baktı, saatler sürmüştü. Sonra birden -elinde olmadan- ağlamaya başladı. Popé kahkahalara boğuldu. Kızılderili sözcükleriyle, "Git," dedi. "Git, benim cesur Ahaiyuta'm." Gözyaşlarını saklamak için diğer odaya koştu.

İhtiyar Mitsima Kızılderili sözcükleriyle, "On beş yaşına geldin. Artık sana kilden şeyler yapmayı öğretebilirim," dedi.

Nehrin yanına çömelerek birlikte çalışmaya koyuldular.

Mitsima ellerinin arasına bir topak kil alarak, "Öncelikle, küçük bir ay yapalım," dedi. Topağı sıkıp yuvarlak hale getirdi, sonra da bükerek kenarlarını kaldırdı, ay, sığ bir kupaya döndü.

Çocuk, yavaş ve beceriksiz bir şekilde ihtiyar adamın zarif el hareketlerini taklit etti.

"Ay, kupa ve şimdi de bir yılan." Mitsima bir başka kil parçasını alıp yuvarlayarak uzun, esnek bir silindire çevirdi, bir çembere çevirip kupanın kenarına yapıştırdı. Sonra bir yılan daha, bir tane daha, bir tane daha. Çember şeklinde yukarı çıkarak çömleğin kenarlarını işledi; çömlek biraz önce darken şişkinleşti, boğazına doğru yine daraldı. Mitsima elleriyle sıkıp dövdü, okşayıp sıyırdı ve sonunda ortaya çıktı, şekil olarak tanıdık Malpais su kabıydı, ama siyah yerine krema beyazıydı ve hâlâ yumuşaktı. Mitsima'nın yaptığı çömleğin yanında komik bir taklidi, John'un yaptığı çömlek duruyordu. Mitsima yan yana duran iki çömleğe bakınca gülmeden edemedi.

"Bir sonraki daha iyi olur," dedi ve başka bir kil parçasını ıslatmaya koyuldu.

Yaratmak, şekil vermek, parmaklarının maharet ve güç kazandığını hissetmek John'a büyük bir keyif vermişti. Çalışırken kendi kendine şarkı söylüyordu, "A,B,C, Vitamin D. Mezgit suda, yağ ciğerde." Mitsima da bir ayıyı öldürmekle ilgili bir şarkı söylüyordu. Bütün gün çalıştılar, gün boyunca içi, insanı saran yoğun bir mutlulukla doldu.

"Önümüzdeki kış," dedi ihtiyar Mitsima, "Sana yay yapmayı öğreteceğim."

Uzun bir süre evin dışında dikildi; sonunda içerdeki törenler bitti. Kapı açıldı, dışarı çıktılar. İlk Kothlu çıktı, sağ elini değerli bir mücevher tutuyormuşcasına sıkıca kapatmış, ileriye uzatmıştı. Ardından, aynı şekilde sıktığı elini ileri uzatmış halde Kiakimé çıktı. Sessizlik içinde yürüdüler, onları, yine sessizlik içinde erkek ve kız kardeşler, kuzenler ve ihtiyarlar grubu izledi.

Köyden çıkıp plato boyunca yürüdüler. Tepenin kenarında durdular, yüzleri sabah güneşine dönüktü. Kothlu elini açtı. Avucunda bir parça beyaz mısır ekmeği vardı; mısırın üzerine eğilerek nefes alıp verdi, birkaç söz mırıldandı ve bir avuç beyaz tozu güneşe doğru fırlattı. Kiakimé de aynını yaptı. Sonra Kiakimé'nin babası öne çıktı ve tüylü bir dua çubuğunu kaldırarak uzun bir dua okudu, sonra da çubuğu mısır ekmeğinin ardından fırlattı.

İhtiyar Mitsima yüksek bir sesle, "Bitti," dedi. "Artık evliler."

Dönüş yolunda Linda, "Eh, tüm söyleyebileceğim, ufacık bir şey için gereksiz bir telaş bence. Uygar ülkelerde bir erkeğin canı bir kızı çektiğinde tek yaptığı... Ama *sen* nereye gidiyorsun John?"

Annesinin seslenişine kulak asmayıp koşarak uzaklaştı, yalnız kalabileceği bir yer arıyordu.

Bitti. İhtiyar Mitsima'nın sözleri beyninde durmadan yankılanıyordu. Bitti, bitti... Sessizce ve uzaktan, ama yoğun bir şekilde, umutsuzca, çaresizce Kiakimé'yi sevmişti. Ve şimdi bitmişti. On altı yaşındaydı.

Dolunay olduğunda, Antilop Kiva'sında sırlar

söylenir, sırlar tamama erer ve meyva verirdi. Çocuklar kivaya iner ve erkek olup çıkarlardı. Çocukların hepsi korkar, ama bir yandan da sabırsızlanırlardı. Sonunda beklenen gün geldi. Güneş battı, ay yükseldi. John da diğerleriyle gitti. Erkekler kivanın girişinde, karanlıkta dikiliyordu; merdiven, kızıl aydınlatılmış derinliklere iniyordu. Öndeki çocuklar inmeye başlamışlardı. Aniden erkeklerden biri ileri çıkıp John'u kolundan yakaladı ve kuyruktan çıkardı. John kıvrak davranarak kendini kurtarıp diğerlerinin arasındaki yerini aldı. Adam bu kez ona vurdu ve saçını çekti. "Sana göre değil, beyaz kafa! Dişi köpeğin oğluna göre değil," dedi adamlardan biri. Çocuklar güldüler. "Git!" Grubun yakınında dolanırken, adamlar tekrar, "Git!" diye bağırdılar. Bir tanesi yere eğilip bir taş aldı ve fırlattı. "Git, git, git!" Taşlar yağmur gibi yağıyordu. Kan revan içinde, karanlığa doğru uzaklaştı. Kızıl ışıklı kivadan şarkı sesleri geliyordu. Çocukların sonuncusu da merdiveni inmişti. John yapayalnızdı.

Köyün dışında, platonun çıplak düzlüğünde yapayalnızdı. Ay ışığında kaya, beyazlamış kemikleri andırıyordu. Aşağıda, vadide, kır kurtları aya dönmüş uluyorlardı. Çürükleri canını yakıyor, kesikleri hâlâ kanıyordu; fakat acıdan ağlamıyordu; yapayalnız olduğu için, dışlandığı, bu kayalar ve ay ışığından ibaret iskeletler dünyasında yalnız kaldığı için ağlıyordu. Uçurumun kenarına oturdu. Ay arkasında kalmıştı; aşağıya, platonun siyah gölgesine baktı, ölümün siyah gölgesine. Bir adım atması, kendini bırakması yeterli olurdu... Sağ elini ay ışığına tuttu. Bileğindeki kesikten hâlâ kan süzülüyordu. Birkaç saniyede bir ölü ışığın ortasında neredeyse renksiz bir damla, karanlığa süzülüyordu. Damla damla, damla damla. Yarın, yarın, yarın...

Zamanı, Ölümü ve Tanrı'yı keşfetmişti.

'Yalnız, hep yapayalnızdım," diyordu delikanlı.

Bu sözcükler Bernard'ın beyninde ağlamaklı bir yansımaya sebep oldular. Yalnız, yapayalnız... Ani bir sırdaşlıkla, "Ben de yalnızım," dedi. "Son derece yalnızım."

"Yalnız mısın?" John, şaşırmışa benziyordu. "Diğer Taraf'ta insanların daima... Demek istediğim, Linda hep, hiç kimsenin asla yalnız kalmadığını söylerdi."

Bernard utanarak kızardı. Bakışlarını kaçırıp, mırıldanarak, "Anlatmak istediğim, sanırım ben, çoğu insandan farklıyım. Eğer insan şişeden farklı çıkarılmışsa..."

"Evet, mesele tam da bu," diye delikanlı kafasıyla onayladı. "Eğer farklıysan, yalnızlığa mahkûm oluyorsun. Yalnız olana acımasız davranıyorlar. Biliyor musun, beni her şeyden dışladılar. Diğer çocukları geceyi geçirmek üzere dağlara yolladıklarında -bilirsin işte, kutsal hayvanının hangisi olduğunu bulmak için rüyaya yatarsın- benim gitmeme izin vermediler; bana sırların hiçbirini söylemediler. Yine de ben, kendi başıma yaptım," diye ekledi. "Beş gün boyunca hiçbir şey yemedim ve sonra da tek başıma oradaki dağlara çıktım." Eliyle gösterdi.

Bernard, bilmiş bir edayla gülümsedi. "Peki rüyanda bir şey gördün mü?" diye sordu.

Diğeri başıyla onayladı. "Ama sana ne olduğunu söylememem gerekiyor." Bir süre sessiz kaldı; sonra alçak bir sesle, "Bir keresinde," diyerek devam etti, "Diğerlerinden hiçbirinin yapmadığı bir şeyi yaptım: Yazın bir gün öğle saatinde, kollarımı açarak, çarmıhtaki İsa gibi, bir kayaya yaslandım."

"Niye yaptın ki böyle bir şeyi?"

"Çarmıha gerilmenin nasıl bir şey olduğunu merak ediyordum. Güneşin altında asılı kalmanın..."

"Ama niye?"

"Niye mi? Bilmem..." diye tereddüt etti. "Çünkü yapmam gerektiğini hissediyordum. Eğer İsa dayanabildiyse. Bir de, insan bir hata işlemişse... Üstelik de mutsuzdum; bu da başka bir neden."

"Mutsuzluktan kurtulmanın tuhaf bir yolu gibi görünüyor," dedi Bernard. Ama bir kez daha düşününce, o kadar mantıksız olmadığına karar verdi. *Soma* almaktan daha iyiydi...

"Bir süre geçince bayıldım," dedi delikanlı. "Yüz üstü düştüm. Yara izimi görebiliyor musun?" Alnındaki sarı, gür saçları kaldırdı. Sağ şakağındaki yara izi soluk ve buruşuktu.

Bernard baktı, sonra da hafif bir ürpermeyle, hızla bakışlarını kaçırdı. Merhametli olmaktan çok, son derece yufka yürekli olacak şekilde şartlandırılmıştı. Hastalık veya yara düşüncesi bile sadece dehşete düşürmekle kalmıyor, itici ve hatta iğrenç geliyordu. Kir gibi, sakatlık ya da ihtiyarlık gibiydi. Hemen konuyu değiştirdi.

Bernard; küçük evde bu genç vahşinin babasının kim olduğunu anladığı ilk andan beri gizlice stratejisini oluşturmaya çalıştığı planın ilk hareketini yaparak, "Bizimle Londra'ya gelmek ister misin, merak ediyorum," dedi. "İster misin?"

Delikanlının yüzü aydınlandı. "Ciddi misin?"

"Elbette; ama izin alabilirsem."

"Linda da geliyor mu?"

"Bilmem..." Şüphe içinde kalarak tereddüt etti. O iğrenç yaratık mı! Hayır, imkânsızdı. Fakat eğer... Birden Bernard'ın aklına, Linda'nın iğrençliğinin son derece faydalı olabileceği geldi. "Tabii ki!" diye haykırdı, ilk tereddütünü aşırı yüksek sesli bir samimiyetle telafi eder gibiydi.

Delikanlı derin bir nefes aldı. "Tüm yaşamım boyunca hayalini kurduğum şeyin gerçek olacağını düşünmek. Miranda ne diyordu, hatırlıyor musun?"

"Miranda da kim?"

Delikanlı belli ki soruyu duymamıştı. "Mucize!" dedi delikanlı; gözleri parlıyor, yüzü ışıldıyordu.

"Ne kadar çok iyi yürekli varlık var burada! Ne kadar güzel insanoğlu!" Yüzündeki ışıltı birden derinleşti; şişe yeşili viskoz giymiş, gençlik ve cilt besleyicilerle parıldayan, balıketi, iyilik dolu gülümseyen bir meleği, Lenina'yı düşünüyordu. Kekeledi. "Hey cesur yeni dünya,"* diye başladı, sonra aniden duraksadı, kan yanaklarından çekildi; beti benzi sarardı. "Onunla evli misin?" dedi.

"Ne miyim?"

"Evli. Yani -sonsuza dek. Kızılderili dilinde 'sonsuza dek' derler; koparılamaz bir bağdır".

"Ford aşkına, hayır!" Bernard gülmeden edemedi.

John da gülüyordu, ama nedeni başkaydı -salt keyiften gülüyordu.

"Hey cesur yeni dünya," diye tekrarladı. "Hey cesur yeni dünya ki içinde böyle insanlar var. Hemen işe koyulalım."

"Bazen gerçekten tuhaf konuşuyorsun," dedi Bernard. Şaşkınlık içinde delikanlıya bakıyordu. "Neyse, ama yeni dünyayı kendi gözlerinle görene kadar beklesen daha iyi olmaz mı?"

* Miranda, Shakespeare'in *Fırtına* adlı oyununda (V, i, 183'te) bu sözü söyler.

DOKUZUNCU BÖLÜM

Bu tuhaflık ve dehşet dolu günün sonrasında Lenina, tam ve mutlak bir tatili hak ettiğini düşünüyordu. Dinlenme evine döner dönmez altı tane yarım gramlık *soma* tableti yuttu, yatağına uzandı ve ayın sonsuzluğuna yelken açtı. Tekrar bulunduğu zamana dönmesi en azından on sekiz saat alacaktı.

Bernard ise yatakta, düşünceli ve gözleri açık uzanmıştı. Uykuya daldığında gece yarısını bir hayli geçmişti. Epey geçmişti, ama boşuna uykusuz kalmamış, bir plan yapmıştı.

Son derece dakik bir biçimde, ertesi sabah saat tam onda, yeşil üniformalı sekizde-bir zenci helikopterinden indi. Bernard agav otlarının arasında, onu bekliyordu.

"Mrs. Crowne *soma*-tatiline çıktı," diye açıkladı. "Beşten önce dönmez. Bu da bize yedi saat bırakıyor."

Santa Fé'ye uçup bütün işlerini halledip, Lenina uyanmadan çok önce Malpais'e dönebilecekti.

"Burada tek başına emniyette olacak mı?"

Sekizde-bir, "Helikopterler kadar emniyette olur," diyerek güvence verdi.

Makineye binip hemen yola koyuldular. On otuz dörtte Santa Fé Postanesi'nin çatısına indiler; on otuz yedide Bernard, telefonla Whitehall'daki Dünya Denetçisi'nin Ofisi'ne ulaşmıştı; on otuz dokuzda fordhazretlerinin dört numaralı özel sekreteriyle konuşuyordu. On kırk dörtte hikâyesini birinci sekretere anlatıyor, on kırk yedi buçukta Mustafa Mond'un derin, çınlayan sesi kulaklarındaydı.

"Meseleyi," derken kekeliyordu Bernard, "siz fordhazretlerinin, meseleyi bilimsel açıdan ilginç bulacağınızı düşünmüştüm..."

"Evet, bilimsel açıdan yeterince ilginç olduğunu düşünüyorum," dedi derin ses. "O iki kişiyi de alıp Londra'ya dönün."

"Bildiğiniz gibi, fordhazretleri, özel bir izne ihtiyacım olacak..."

"Gerekli emirler," dedi Mustafa Mond, "şu anda Ayrıbölge Müdürü'ne gönderilmekte. Hemen Müdür'ün Ofisi'ne gidin. İyi sabahlar, Mr. Marx."

Sessizlik oldu. Bernard ahizeyi yerine koyup hızla çatıya çıktı.

Gama yeşili sekizde-bire, "Müdür'ün Ofisi'ne," dedi.

On elli dörtte, Bernard, Müdür'le el sıkışıyordu.

"Memnun oldum, Mr. Marx, memnun oldum." Gürleyen sesinde büyük bir hürmetkârlık vardı. "Biraz önce özel emirler almış bulunuyoruz..."

Sözünü keserek, "Biliyorum," dedi Bernard, "biraz önce telefonda fordhazretleriyle konuşuyordum." Sıkılmış ses tonundan, fordhazretleriyle haftanın her günü konuştuğu anlaşılıyordu. Bir sandalyeye oturdu. "Mümkün olduğu kadar hızlı bir şekilde gerekli işlemleri yaparsanız memnun olurum. Mümkün olduğu kadar hızlı," diyerek vurguladı. Keyfine diyecek yoktu.

On biri üç geçe, gerekli bütün belgeler cebindeydi.

Asansör kapısına kadar gelen Müdür'e üstün bir edayla, "Hoşça kalın," dedi.

Yürüyerek otele gitti, banyo yaptı, titreşim-vakumlu masaja girdi, elektrolitik bir tıraş oldu, sabah haberlerini dinledi, yarım saat televizör seyretti, keyifli bir öğle yemeği yedi, iki buçukta da sekizde-birle birlikte Malpais'e uçtu.

Delikanlı, dinlenme evinin önünde dikiliyordu. "Bernard," diye seslendi, "Bernard!" Yanıt gelmedi.

Geyik derisi mokasenleriyle hiç ses çıkarmadan basamakları çıktı ve kapıyı yokladı. Kilitliydi.

Gitmişlerdi! Gitmişler! Şimdiye dek başına gelen en kötü şey buydu. Lenina, gelip kendilerini ziyaret etmesini söylemişti, ama şimdi yoklardı. Basamaklara oturup ağlamaya başladı.

Yarım saat sonra aklına pencereden bakmak geldi. İlk gördüğü şey, kapağında L. C. harfleri yazılı, yeşil bir valiz oldu. Sevinç, içinde bir alev gibi parladı. Yerden bir taş aldı. Kırılan cam, zeminde şangırdadı. Bir an sonra odaya girdi. Yeşil valizi açtı; açar açmaz Lenina'nın parfümü ciğerlerine doldu. Kalbi delice çarpıyordu, bir an bayılacak gibi oldu. Sonra değerli kutuya doğru eğilerek dokundu, kaldırıp ışığa tutarak inceledi. Lenina'nın yedek viskoz kadife şortunun fermuarları önce kafasını karıştırdı, çözünce de keyiflendi. Cırt ve sonra yine cırt; cırt ve yine cırt; büyülenmişti. Lenina'nın yeşil terlikleri o ana kadar gördüğü en güzel şeylerdi. Katlanmış, fermuarlı bir takım kadın iç çamaşırını açtı, kulaklarına kadar kızarıp hemen yerine koydu; ama parfümlü asetat bir mendili kokladı ve boynuna bir eşarp bağladı. Bir kutuyu açıp sıktı ve ortalığı parfümlü bir pudra bulutu kapladı. Elleri pudraya bulanmıştı. Ellerini göğsüne, omuzlarına, çıplak kollarına sildi. Nefis bir parfüm! Gözlerini kapadı; yanağını kendi pudralı koluna sürdü. Yumuşak tenin yüzüne dokunuşu, burun deliklerinde misk kokulu pudra - onun gerçek varlığı. "Lenina," diye fısıldadı. "Lenina!"

Bir sesle irkildi, suçlu bir şekilde döndü. Kurcaladığı eşyaları valize tıkıştırdı ve kapağını kapattı; sonra tekrar kulak kesildi, bakındı. Hayat belirtisi yoktu, çıt bile çıkmıyordu. Fakat kesinlikle bir şey duymuştu - iç geçirme gibi, yer tahtasının gıcırdaması gibi bir sesti. Ayak uçlarına basarak kapıya gitti ve temkinli bir şekilde açtı, önünde geniş bir hol duruyordu. Holün karşı tarafında, aralanmış başka bir kapı vardı. Hole çıktı, kapıyı itip içeriyi dikizledi.

Yorganı açılmış alçak bir yatakta, tek parça fermuarlı pembe pijamalarını giymiş Lenina yatıyordu. Derin uykuda, bukle bukle saçlarının ortasında yüzü öyle güzeldi, pembe ayak parmakları ve ciddi uyuyan suratıyla öyle çocuksu, kıpırtısız elleri ve yumuşak kol ve bacaklarıyla öyle savunmasız, öyle çocuksu bir güvenle uyuyordu ki, John'ın gözlerine yaşlar doldu.

Sonsuz ve oldukça gereksiz bir temkinlilikle - çünkü Lenina'yı *soma*-tatilinden zamanından önce geri getirmek için odada silah atmak gerekirdi - odaya girdi, yatağın kenarında dizlerinin üzerine çömeldi. Uzun uzun baktı, ellerini kavuşturdu, dudakları kıpırdadı. "Onun gözleri," diye mırıldandı,

"Onun gözleri, saçları, yanağı, yürüyüşü, sesi;
Sözlerinle can bulur, Ah! Güzel elleri,
Tüm beyazlar mürekkeptir yanında
Yazarlar kendi utançlarını; yumuşak dokunuşuna kıyasla
Yavru kuğunun tüyü sert kalır..."

Bir sinek Lenina'nın etrafında dönüp vızıldadı; elini sallayıp uzaklaştırdı. "Sinekler," diyerek hatırladı,

"Konabilir sevgili Juliet'in mucizevi beyaz eline
Ölümsüz saadeti çalabilirler dudaklarından,
O dudaklar ki saf ve bakir iffetlerinde bile
Kızarırlar hâlâ, kendi öpüşlerini günah sayar gibi."

Çok yavaş hareket ederek, utangaç ve biraz da tehlikeli bir kuşu okşamak üzere uzanan birinin tereddütlü el hareketini andırır bir şekilde elini uzattı. Titreyen eli havada asılı kaldı, kıpırtısız parmakları iki üç santim yakınında, dokunmanın eşiğindeydi. Cüret edebilir miydi? Bu kutsallığı değersiz elleriyle kirletmeye... Hayır, edemedi. Kuş, fazla tehlikeliydi. Eli aşağı düştü. Ne kadar da güzeldi! Ne kadar muhteşem.

Sonra birden kendini, tek yapması gerekenin, Lenina'nın boynundaki fermuarı tutup asılarak aşağıya kadar çekmek olduğunu düşünürken buldu... Gözlerini kapadı, sudan çıkan bir köpeğin kulaklarını silkelemesini andıran bir hareketle kafasını salladı. Nefret edilesi bir düşünceydi! Kendinden utanıyordu. Saf ve bakir iffeti...

Havada bir uğultu oldu. Bir sinek daha mı ölümsüz saadeti çalmaya çalışıyordu? Eşekarısı mıydı? Bakındı, hiçbir şey göremedi. Uğultu giderek arttı, panjurlu pencerelerin önünde odaklandı. Uçak! Panik içinde ayağa fırladı ve öbür odaya koştu, açık pencereden atladı ve uzun agav otlarının arasındaki patikayı izleyerek tam zamanında, helikopterden inen Bernard Marx'ı karşılamaya yetişti.

ONUNCU BÖLÜM

Bloomsbury Merkezi'nin dört bin odasındaki elektrikli saatlerin tümü, ikiyi yirmi yedi geçtiğini gösteriyordu. Müdür'ün "Sanayinin arı kovanı," diye adlandırmayı sevdiği merkez, gerçekten de arı kovanı gibi çalışıyordu. Herkes çalışmakta, her şey düzenli bir devinim içindeydi. Mikroskopların altında hışımla kuyruklarını sallayan spermler, kafa üstü, yumurtalara dalıyordu. Döllenen yumurtalar yayılıyor, bölünüyor, eğer bokanovskileştirilmişlerse tomurcuklanıp, ayrı embriyolar halinde sülale gruplarına bölünerek çoğalıyorlardı. Sosyal Belirleme Odası'ndan gelen yürüyen bantlar, homurdanarak zemin kata ulaşıyor ve orada, kızılca karanlık ve boğucu sıcakta, karın zarı yastıklarına kurulmuş ceninler, yapay-kan ve hormonlarla tıka basa doyurulup gelişiyorlar, ya da zehir verilip bodur bir Epsilonluğa mahkûm edilerek eriyip gidiyorlardı. Belli belirsiz bir uğultu ve takırtıyla ilerleyen raflar, gözle görülmez bir biçimde indirgenmiş sonsuzluk haftalarını emekleyerek geçip Şişeden Alım Odası'na ulaştıklarında, henüz şişeden alınmış bebekler, ilk dehşet ve şaşkınlık çığlıklarını atıyorlardı.

Yer altındaki katta dinamolar pırlıyor, asansörler bir aşağı bir yukarı dolanıyordu. On bir katlık çocuk yuvalarının tamamında beslenme saati gelmişti. Bin sekiz yüz adet özenle etiketlenmiş bebek, bin sekiz yüz tane biberondan aynı anda, pastörize edilmiş dış salgılarını emiyorlardı.

Onların üstündeki on katın tamamını oluşturan yatakhanelerde, halen öğleden sonra uykusuna gereksinim duyan küçük erkek ve kız çocukları da herkes kadar meşgûllerdi, gerçi bunu bilmiyorlardı, ama uykularında, bilinçsiz bir biçimde, hijyen, sosyallik, sınıf bilinci ve yeni yürümeye başlayanların aşk hayatı derslerini öğreniyorlardı. Onların üzerindeki oyun odalarında ise, hava yağacağa benzediği için, dokuz yüz tane daha büyük çocuk, lego, çamurla model yapma, terlik saklamaca ve erotik oyunlar oynuyordu.

Arı kovanı hareketli, vızır vızır bir neşeyle kaynıyordu. Deney tüplerinin üzerine eğilmiş genç kızlar şen şakrak şarkı söylüyor, Sosyal Belirlemeciler çalışırken ıslık çalıyorlardı. Şişeden Alım Odası'nda boş şişeler üzerine muhteşem şakalar patlatılıyordu! Fakat Henry Foster'la Dölleme Odası'na giren Müdür'ün suratı, odunsu bir ciddiyet ve sertliğe bürünmüştü.

"İbreti alem olsun diye," diyordu. "Bu odada, çünkü burada, Merkez'deki diğer odalardakinden çok daha fazla sayıda üst sınıfa ait çalışan var. Benimle saat iki buçukta burada buluşmasını söyledim."

Henry ikiyüzlü bir cömertlikle, "İşini çok iyi yapıyor," dedi.

"Biliyorum. İşte sana, sert davranmak için başka bir sebep. Entelektüel üstünlüğü, ahlakî sorumlulukları da beraberinde getiriyor. İnsan ne kadar yetenekli olursa, insanları yoldan çıkarma gücü de o kadar büyük oluyor. Birçok insan yoldan çıkacağına, bir tek insan acı çeksin, daha iyi. Meseleyi tarafsızca düşünürseniz siz de anlarsınız ki Mr. Foster, hiçbir suç, davranış bozukluğu kadar bağışlanmaz değildir. Cinayet sadece bireyi öldürür - sonuçta, birey nedir ki?" Elinin tersiyle, sıra sıra mikroskobu, deney tüpünü ve kuluçka makinesini işaret etti. "Kolayca yeni bir birey üretebiliriz -hem de istediğimiz kadar. Uyumsuzluk, bir tek bireyin hayatından çok daha fazlasını tehdit etmektedir; doğrudan, Toplum'un kendisi için bir tehlike oluşturur. Evet Toplum'un kendisi için," diye tekrarladı. "Ah, işte geliyor."

Bernard odaya girmiş, sıra sıra döllendiricinin arasından onlara doğru ilerliyordu. Kaygısız bir kendine güvenden kaynaklanan bir gösteriş havası, sinirliliğini az da olsa gizliyordu. Abes denecek kadar yüksek bir sesle, "Günaydın, Müdür Bey," dedi. Sonra da hatasını düzeltircesine, son derece yumuşak, cikleyen bir sesle, "Buraya gelip sizinle konuşmamı istemiştiniz," dedi.

Müdür, uğursuz bir tonla, "Evet, Mr. Marx," dedi. "Benimle burada buluşmanızı istedim. Anladığıma göre tatilinizden dün gece döndünüz."

"Evet," dedi Bernard.

"Evv-vet," diye tekrarlayan Müdür'ün sesi, vınlayan bir ok gibi 'v'nin üzerinde asılı kaldı. Sonra birden sesini yükseltip, "Bayanlar ve baylar," diyerek gürledi, "bayanlar ve baylar."

Deney tüplerine eğilmiş kızların şarkıları, Mikroskopçuların ıslığı aniden kesildi. Yere iğne düşse duyulabilirdi, herkes etrafına bakındı.

"Bayanlar ve baylar," diyerek bir kez daha tekrarladı Müdür, "işinizi böyle böldüğüm için beni bağışlayın. Son derece sıkıntılı bir görevi yerine getirmem gerekiyor. Toplum'un güvenliği ve istikrarı tehlikededir. Evet bayanlar ve baylar, tehlikede. Bu adam," derken suçlayarak Bernard'ı gösterdi, "önünüzde duran bu adam, kendisine büyük olanaklar tanınan ve de karşılığında büyük hizmetler beklenmesi gereken bu Alfa-Artı, bu meslektaşınız - yoksa öngörülü davranıp eski meslektaşınız mı demeliydim? - kendisine duyulan güvene ihanet etmiştir. Spor ve *soma* konusundaki sapkınca görüşleriyle, seks yaşamında skandal boyutlarına varan aykırılıklarıyla, çalışma saatleri dışında 'şişedeki bir bebek gibi' davranmayı ve Fordumuz'un öğretilerine uymayı reddederek (Müdür burada bir T işareti çıkardı), kendisinin bir Toplum düşmanı olduğunu, bayanlar ve baylar, bütün Düzen ve İstikrar'ı bozmak istediğini, Uygarlığa karşı bir komplocu olduğunu göstermiştir. İşte bu gerekçelerle kendisini kovmayı, yüz kızartıcı sebeplerden dolayı bu Merkez'deki görevinden atılmasını öneriyorum; derhal en önemsiz bir Alt Merkez'e transferi için başvurulmasını öneriyor, cezasının Toplum için son derece faydalı olacak biçimde verilmesini ve önemli herhangi bir nüfus Merkez'inden mümkün olduğu kadar uzağa gönderilmesini talep ediyorum. İzlanda'da, fordsuzca davranışlarıyla başkalarını da yoldan çıkarma fırsatı bulamayacaktır." Müdür sustu; sonra kollarını kavuşturarak etkileyici bir biçimde Bernard'a döndü. "Marx," dedi, "hakkınızda alınan bu kararı hemen şimdi uygulamaya koymamam için herhangi bir gerekçe gösterebilir misiniz?"

"Evet, gösterebilirim," dedi Bernard çok yüksek bir sesle.

Bir parça şaşalayan Müdür yine de üstün bir ifadeyle, "Öyleyse gösterin," dedi.

"Elbette. Ama gerekçem holde bekliyor. Bir saniye." Bernard koşarak kapıya gitti ve ardına kadar açtı. "Gir," emrini verdi ve gerekçe, içeri girerek kendini gösterdi.

Herkesin nefesi kesilmişti, şaşkınlık ve dehşetten mırıldandılar; genç bir kız çığlık attı; daha iyi görebilmek için sandalyeye çıkan biri, spermle dolu iki deney tüpünü devirdi. Göbeği yağ bağlamış, her yeri sarkmış, genç ve sımsıkı bedenlerin, pürüzsüz yüzlerin ortasında, orta yaşlı korkunç ve acayip bir yaratığı andıran Linda, odanın ortasına doğru ilerledi, aralıklı ve simsiyah dişleriyle cilveli bir şekilde gülümseyerek yürüyor, şehvetli bir şekilde kıvırtmaya çalıştığı kocaman kalçaları bir o yana bir bu yana sallanıyordu. Bernard da Linda'nın yanı sıra yürüyordu.

Müdür'ü işaret ederek, "İşte kendisi," dedi.

İçerlemiş bir ifadeyle, "Onu tanımadığımı mı sandın?" dedi Linda; sonra da Müdür'e dönerek, "Seni tabii ki tanıdım; Tomakin, seni nerde görsem tanırdım, binlerce insanın arasında bile olsa. Ama belki sen beni unutmuşsundur. Hatırlamıyor musun, Tomakin? Hatırlamıyor musun? Benim, Linda'n." Kafası bir yana eğik, gülümsemeye devam ederek ona bakıyordu, ama Müdür'ün yüzündeki taşlaşmış iğrenme ifadesine baktıkça, gülümsemesindeki kendine güven giderek kayboldu. Titreyen bir sesle, "Hatırlamıyor musun, Tomakin?" diye yineledi. Gözlerinde acı ve endişe okunuyordu. Leke içindeki sarkmış suratı, tuhaf ve gülünç bir şekilde buruşarak derin bir acıya büründü. "Tomakin!" Kollarını açtı. Kalabalıktan biri kıs kıs gülmeye başladı.

"Ne demek oluyor," diye başladı Müdür, "bu canavarca..."

"Tomakin!" diye koşarak ilerledi, battaniyesi ardından sürükleniyordu, kollarını Müdür'ün boynuna dolayıp yüzünü göğsüne bastırdı.

Önüne geçilmez bir kahkaha gürültüsü koptu.

"...bu canavarca eşek şakası," diye haykırdı Müdür.

Kıpkırmızı bir suratla kendini Linda'nın sarılışından kurtarmaya çalıştı. Linda çaresizce asılıyordu. "Ama ben Linda'yım, Linda'yım." Sesi kahkahadan duyulmuyordu. Gürültüyü bastırarak, "Senin çocuğunu doğurdum," diye haykırdı. Ani ve müthiş bir sessizlik oldu; gözler rahatsız bir şekilde dolanıyor, nereye bakacaklarını bilmiyorlardı. Müdür birden sarardı, mücadele etmeyi bırakıp elleri Linda'nın bileklerinde donakalmış, dehşete kapılmış gözlerle Linda'nın gözlerinin içine bakıyordu. "Evet, bir bebek -annesi de bendim." Bu müstehcen sözcükleri, meydan okurcasına, yenik düşmüş sessizliğe savurdu. Sonra aniden Müdür'den uzaklaştı, utanmıştı, yüzünü elleriyle kapattı, hıçkırarak ağlıyordu. "Benim suçum değildi, Tomakin. Çünkü ben hep alıştırmalarımı yapardım, öyle değil mi? Değil mi? Hep yapardım... Nasıl oldu bilmiyorum... Ne kadar zordu, bilsen Tomakin... Ama çok da rahatlattı beni bu çocuk." Kapıya dönerek, "John!" diye seslendi, "John!"

John hemen içeri girdi, kapıyı geçtiğinde bir anlığına durdu, etrafına bakındı, sonra mokasenli ayaklarıyla yumuşak bir biçimde hızla yürüdü, Müdür'ün önünde dizlerinin üstüne çöküp net bir sesle konuştu: "Babam benim!"

Bu sözcük (baba, müstehcen olmaktan çok -çocuk doğurmanın tiksindiriciliği ve ahlâki çarpıklığından bir derece uzak bir kavramı ima ettiği için- salt kaba sayılıyor, pornografik bir ahlâksızlıktan çok belden aşağı bir terim olarak görülüyordu), bu komik ve edepsizce laf, dayanılmaz hale gelmiş olan gerginliği azaltmıştı. Kahkaha koptu, neredeyse isterik, gürültülü bir kahkahaydı, çan misali aralıklı olarak yükseliyor, hiç de duracak gibi görünmüyordu. Babam benim -ve *baba*, Müdür'ün ta kendisiydi! Babam benim! Ah Fordum, Ford aşkına! Gerçekten de dayanılamayacak kadar müthişti. Haykırış ve kükremenin arkası kesilmiyordu, suratlar gülmekten katılıyor, gözlere yaşlar geliyordu. Sperm dolu altı deney tüpü daha devrilmişti. *Babam* benim!

Rengi sararmış, deli bakışlı Müdür, sersemletici bir biçimde aşağılanmanın ızdırabıyla kıvranarak ters ters etrafını süzüyordu.

Babam benim! Kesilme belirtileri gösteren kahkaha, hiç olmadığı kadar yüksek bir sesle patladı. Ellerini kulaklarına koyan Müdür, hızlı adımlarla odayı terk etti.

ONBİRİNCİ BÖLÜM

Dölleme Odası'ndaki rezaletten sonra Londra'nın bütün üst sınıf insanları, Kuluçka ve Şartlandırma Müdürü'nün önünde - daha doğrusu eski Müdür'ün önünde, çünkü zavallı adam olayın hemen ardından istifa etmiş ve bir daha Merkez'e adımını atmamıştı - dizlerinin üstüne çöküp ayaklarına kapanarak ona "babam" diyen (bu şaka, neredeyse gerçek olamayacak kadar güzeldi) o muhteşem yaratığı görmek için deli oluyordu. Oysa Linda hiçbir etki yaratmamıştı; hiç kimse Linda'yı görmek istemiyordu. Birinin anne olduğunu söylemesi şaka sınırlarını aşıyordu - müstehcenliğe giriyordu. Üstelik Linda gerçek bir vahşi değildi, herkes gibi şişeden alınmış ve şartlandırılmıştı; o yüzden de gerçekten tuhaf fikirleri olamazdı. Son olarak da - ki bu, insanların zavallı Linda'yı görmek istemeyişinin en önemli nedeniydi - görünüşü sorundu. Şişmandı ve gençliğini yitirmişti; dişleri berbattı, teni lekelerle doluydu, hele bir de o vücudu (Ford aşkına!) - midenizi bulanmadan, evet gerçekten bulanmadan ona bakmanız imkânsızdı. O nedenle de seçkin insanlar onu görmemeye kararlıydılar. Linda'ya gelince, o da onları görmeye can atmıyordu. Onun için uygarlığa dönüş, *soma*'ya dönüş demekti, yatakta uzandığı yerde tatil üstüne tatile çıkabilmek demekti, dönüşte de asla bir baş ağrısı ya da kusma nöbeti olmayacak, *peyotl*'dan sonra daima olduğu gibi sanki utanılacak derecede antisosyal bir şey yapmışsın da bir daha başın dik yürüyemeyecekmişsin hissi olmayacaktı. *Soma* bu tatsız oyunların hiçbirini oynamazdı insana. Sunduğu tatil kusursuzdu ve eğer sonraki sabah nahoş olursa, bu, uyuşturucunun kendisinden değil, tatilde alınan zevklerin farklılığından kaynaklanırdı. Bunun da çaresi, tatili sürekli kılmaktı. Açgözlü bir şekilde sürekli daha çok, daha sık dozlar isteyerek yaygara çıkarmaya başladı. Dr. Shaw başta karşı çıkmıştı, ancak daha sonra istediği miktarları vermeye başladı. Günde yirmi grama varan dozlar alıyordu.

Doktor, kendi aralarında konuşurken Bernard'a, "Bu dozlar bir iki ay içinde sonunu getirecek," dedi. "Bir gün solunum sistemi felç olacak. Nefes alamayacak. Tükenecek. Bir bakıma iyi de olur. Eğer gençleştirebilseydik, elbette durum farklı olurdu. Ama yapamıyoruz."

John bu duruma itiraz ettiğinde herkes çok şaşırdı (çünkü *soma*-tatilindeyken, Linda ortalıkta görünmüyordu).

"Ama o kadar büyük dozlar vererek hayatını kısaltmıyor musunuz?"

Dr. Shaw, "Bir bakıma evet," diyerek kabullenmek zorunda kaldı. "Fakat bir bakıma da aslında ömrünü uzatmış oluyoruz." Delikanlı anlamayan gözlerle bakakaldı. "*Soma* zamanın birkaç yılını yitirmenize neden olabilir," diye devam etti doktor. "Ama size zamandan bağımsız tanıdığı büyük, ölçülmez süreleri bir düşünün. Her *soma*-tatili, eskiden atalarımızın sonsuzluk dediği şeyin bir parçasıdır."

John anlamaya başladı. "Dudaklarımız ve gözlerimizdeydi sonsuzluk," diye mırıldandı.

"Ha?"

"Önemli değil."

Dr. Shaw devam etti, "Tabii ki yapılacak ciddi işleri varsa, insanların durmadan uyuşurucu alıp sonsuzluğa uçmalarına izin vermezsiniz. Onun yapacak ciddi bir işi olmadığını düşünecek olursak..."

John ısrarlıydı, "Yine de doğru olduğunu düşünmüyorum."

Doktor omuzlarını silkti. "Yine de, eğer sürekli olarak deli gibi çığlıklar atmasını tercih ederseniz..."

Sonunda John vazgeçmek zorunda kaldı. Linda *soma*sına kavuştu. O günden sonra da Bernard'ın kaldığı binanın otuzyedinci katındaki küçük odasında kaldı. Sürekli yataktaydı. Radyo ve televizyon sürekli açık, ağır parfüm musluğu damlıyordu ve *soma* tabletleri elinin uzanabileceği uzaklıktaydı. O odadaydı, ama aslında hiç de orada sayılmazdı, daima uzaklarda, sonsuz uzaklıkta bir yerlerde tatildeydi. Başka bir dünyadaydı ve bu dünyada, radyodan duyulan müzik, bir sesli renkler labirentine dönüşüyordu. Kayan ve kalp gibi atan bu labirent (muhteşem ve kaçınılmaz dönemeçlerden geçerek) mutlak inancın parlak merkezine uzanıyordu; bu merkezde, televizyon kutusunun dans eden görüntüleri tarif edilmez güzellikte, herkesin şarkı söylediği bir duyusal filmdeki dansçılara dönüşmüştü ve damlayan paçuli parfümü, kokunun ötesinde bir şeydi - güneşti, bir milyon tane seksofondu, sevişen Popé'ydi ve bütün bunların kendisinden çok daha böyleydi ve gerçekti ve de sonsuzdu.

"Hayır, gençleştiremiyoruz. Yine de," diyerek başlamıştı Dr.Shaw, "insanda ihtiyarlık olgusunu görme fırsatım olduğu için çok mutluyum. Beni çağırdığınız için çok teşekkürler." Sıcak bir şekilde Bernard'la el sıkıştı.

Herkes John'ın peşindeydi. John da, sadece resmi velisi olan Bernard'ın izniyle görülebildiğinden, Bernard hayatında ilk defa, sadece normal değil, son derece önemli bir insan muamelesi görmeye başladı. Hiç kimse artık yapay-kanındaki alkolden söz etmiyor, kişisel görünümüyle alay etmiyordu. Henry Foster arkadaş olmak için tavır değiştirmiş; Benito Hoover kendisine altı paket seks hormonlu sakız hediye etmiş; Sosyal Belirleme Asistanı gelip dilenircesine Bernard'ın akşam partilerinden birine davet koparmaya çalışmıştı. Kadınlara gelince, davetiye olasılığından şöyle bir söz etmesi yetiyordu ve istediği kadınla birlikte olabiliyordu.

Fanny zafer kazanmış bir edayla, "Bernard önümüzdeki çarşamba Vahşi'yle görüşmeye çağırdı beni," dedi.

"Çok memnun oldum," dedi Lenina. "Şimdi Bernard konusunda yanıldığını kabullenmek zorundasın. Sence de gerçekten tatlı biri değil mi?"

Fanny başıyla doğruladı. "İtiraf etmeliyim ki, çok hoş bir sürpriz oldu benim için."

Baş Şişeleyici, Sosyal Belirleme Müdürü, üç tane Genel Dölleme İkinci Asistanı, Duygu Mühendisliği Üniversitesi'nden Duyusal Filmler Profesörü, Westminster Cemaat İlahievi Başpapazı, Bokanovskileştirme Yöneticisi - Bernard'ın ünlüler listesi saymakla bitmiyordu.

"Geçen hafta altı kızla birlikte oldum," diye anlatıyordu Helmholtz Watson'a. "Pazartesi bir, Salı iki, Cuma iki daha ve Cumartesi günü de bir kızla birlikte oldum. Zamanım ya da niyetim olsaydı, en azından bir düzine kız daha sırada bekliyordu..."

Helmholtz'un Bernard'ın böbürlenmelerini dinlerken kapıldığı sessizlik öylesine iç karartıcı biçimde onaylamazcaydı ki, Bernard alınmıştı.

"Kıskanıyorsun," dedi.

Helmholtz başını salladı. "Daha doğrusu, üzülüyorum, hepsi bu," diyerek yanıtladı.

Bernard arkadaşının yanından dargın ayrıldı.

"Asla," dedi kendine, "bir daha asla Helmholtz'la konuşmayacağım."

Günler geçti. Başarı, Bernard'ın başını döndürmüş ve bu arada (her iyi uyuşturucunun yapacağı gibi) o zamana kadar hiç de memnun olmadığı dünyayla uzlaştırmıştı. Kendi önemini teslim ettiği sürece, düzen iyiydi. Fakat, başarı kendisini uzlaştırdıysa da, yine de düzeni eleştirme ayrıcalığından vazgeçmeyi reddediyordu. Çünkü eleştiri eylemi, kendi önem hissini pekiştiriyor, daha güçlü hissettiriyordu. Dahası, eleştirilecek şeyler olduğuna gönülden inanıyordu. (Aynı zamanda başarılı olmaktan ve istediği kızlarla birlikte olmaktan da hoşlanıyordu.) Vahşi'nin hatırına gelip kendisine kur yapanların önünde, düzeni ve kuralları çekiştirerek gösteri yapıyordu. İnsanlar nezaketle dinliyorlardı. Ama arkasından başlarını sallıyorlardı. Bu genç adamın sonu kötü olacak, derken, sırası geldiğinde sonunu kötüleştirmek üzere bizzat uğraşacaklarını düşünüyorlar, bu da bu kehaneti daha da olası kılıyordu. "İkinci defa kendisini kurtaracak bir Vahşi bulamayacak," diyorlardı. Ancak bu arada birinci Vahşi orada olduğu için nezakette kusur etmiyorlardı. Nazik oldukları için de Bernard kendisini devleşmiş hissediyordu, devleşmiş ve coşkudan hafiflemişti, havadan bile daha hafifti.

Yukarıyı işaret ederek, "Havadan daha hafif,"

dedi Bernard.

Kafalarının üzerinde yüksekte, gökyüzündeki bir inciyi andıran Meteoroloji Bölümü'nün sabit balonu, güneş ışığında bir gül misali parlıyordu.

"...uygar yaşam," diye buyurmuştu Bernard'ın talimatları, "adı geçen Vahşi'ye bütün yönleriyle gösterilecektir..."

Şu anda uygar yaşam, kendisine kuş bakışı gösteriliyordu, Charing-T Kulesi'nin platformundan kuş bakışı. İstasyon Şefi ve Görevli Meteorologlar kendilerine rehberlik ediyordu. Ama konuşmanın çoğunu Bernard yapıyordu. Başarı sarhoşu, sanki ziyarete gelmiş bir Dünya Denetçisi'ymişcesine davranıyordu. Havadan bile hafifti.

Bombay Yeşil Füzesi gökyüzünden alçaldı. Yolcular indiler. Sekiz tane Dravidyan tek yumurta ikizi hostes, uçak kabininin camlarından dışarı bakıyorlardı.

İstasyon Şefi etkileyici bir sesle, "Saatte bin iki yüz kilometre," dedi. "Ne dersiniz, Sayın Vahşi?"

John bunun çok hoş bir şey olduğunu düşünüyordu. "Yine de, Ariel kırk dakikada dünyanın etrafına bir kuşak bağlayabilir," dedi.

Mustafa Mond'a yazdığı raporda Bernard şöyle diyordu: "Vahşi, uygar buluşlar konusunda şaşılacak kadar az bir hayret ve hayranlık sergilemektedir. Şüphesiz bunun bir nedeni, a -si olan kadından, Linda'dan, daha önce bunları duymuş olmasıdır."

(Mustafa Mond kaşlarını çattı. "Bu salak benim anne sözcüğünün tamamını görmeye dayanamayacak kadar yufka yürekli olduğumu mu düşünüyor?")

"Bunun bir diğer nedeni de ilgisinin, fiziksel çevreden bağımsız bir varlık olduğunda ısrar ettiği ve 'ruh' diye adlandırdığı şeye odaklanmış olmasıdır; oysa kendisine açıklamaya çalıştığım halde..."

Yönetici sonraki cümleleri atladı ve daha ilginç, somut birşeyler bulmak ümidiyle sayfayı çevirmek üzereydi ki gözü, bir dizi gerçekten de sıradışı tümceye takıldı. "...ancak kabul etmem gerekir ki," diye okudu, "uygar çocukluğu fazlasıyla kolay buluşuna, ya da kendi ifadesiyle yeterince zorlu değil deyişine katılıyorum; bu vesileyle siz fordhazretlerinin dikkatini bir konuya çekmek isterim..."

Mustafa Mond'un öfkesi yerini hemen neşeye bıraktı. Bu yaratığın sosyal düzen konusunda kendisine *-kendisine-* ciddi ciddi nutuk çekmesi fikri gerçekten gülünçtü. Herhalde çıldırmıştı. "Bu herife bir ders versem iyi olacak," diye düşündü; sonra da kafasını geriye atıp yüksek sesle güldü. Ancak her ne olursa olsun ders, şu an verilmeyecekti.

Helikopterler için aydınlatma setleri üreten, Elektrik Donanım Şirketi'nin bir kolu olan küçük bir fabrikaydı. Çatının üzerinde, Şef Teknisyen ve İnsan Unsuru Müdürü tarafından karşılandılar (Denetçi'nin genelge biçimindeki tavsiye mektubunun etkileri büyüleyiciydi). Fabrikaya yürüyerek indiler.

İnsan Unsuru Müdürü açıkladı, "Her işlem, mümkün olduğu kadarıyla, tek bir Bokanovski Grubu tarafından yürütülür."

Uygulamada da, seksen üç tane neredeyse burunsuz, küt kafalı Delta soğuk baskı yapıyordu. Elli altı tane dört milli dönen torna aynasını elli altı tane kemerli burunlu, kızıl saçlı Gama kontrol ediyordu. Yüz yedi tane ısıya şartlandırılmış Senegal Epsilonu dökümhanede çalışıyordu. Otuz üç tane leğen kemiği dar, sarımtırak kızıl saçlı, uzun kafalı, her biri sadece yirmi milimetre içinde değişen 1 metre 69 santimetre boyunda dişi Delta, vida kesmekle meşguldü. Montaj odasında, iki Gama-Artı cüce grubu, dinamoları birleştiriyordu. Alçak iki çalışma masası birbirine bakıyordu; aradan geçen taşıyıcı bant ayrı parçalarla yüklüydü; kırk yedi sarışın kafa kırk yedi kumral kafaya bakıyordu. Kırk yedi kısa, ucu kalkık burun, kırk yedi kanca buruna karşı; kırk yedi içe çökmüş çene kırk yedi çıkık çeneye karşı. Bitirilen mekanizmalar on sekiz tane tıpatıp benzer, kıvırcık kumral saçlı kız tarafından kontrol ediliyor, otuz dört tane kısa bacaklı, solak erkek Delta-Eksi tarafından sandıklara dolduruluyor ve altmış üç tane mavi gözlü, sarışın, çilli Epsilon Yarı Moron tarafından beklemekte olan kamyon ve tırlara yükleniyordu.

"Hey cesur yeni dünya..." Hafızasının bir azizliğiyle Vahşi, kendisini Miranda'nın sözlerini tekrarlarken buldu. "Hey cesur yeni dünya ki, içinde böyle insanlar var."

Fabrikadan çıkarlarken İnsan Unsuru Müdürü, "Sizi temin ederim ki, çalışanlarımızla neredeyse hiç sorun yaşamıyoruz. Daima..." diyerek sözlerine son verdi.

Fakat Vahşi aniden yanındakilerden ayrılıp bir defne ağacı kümesinin arkasında, sanki yeryüzü, hava boşluğuna girmiş bir helikoptermişcesine öğürerek kusmaya başladı.

"Vahşi *soma* kullanmayı reddediyor," diye yazdı Bernard, "ve a -si olan kadın Linda'nın sürekli tatilde olmasından son derece rahatsız olmuş görünüyor. Dikkate değer bir konu da şu: a -sinin ihtiyarlığına ve son derece itici görüntüsüne rağmen Vahşi, sık sık gidip onu görüyor ve sıkı bir bağla ona bağlanmış görünüyor - bu da erken şartlandırmanın değiştirilebileceğinin ve hatta doğal dürtülere (bu durumda, nahoş bir nesneden şiddetle kaçınma dürtüsü) zıt biçimde oluşturulabileceğinin ilginç bir örneğini oluşturmaktadır."

* * *

Eton'da Yüksek Okul'un çatısına indiler. Okul Bahçesi'nin karşı tarafında, elli iki katlı Lupton Kulesi, güneş ışığında bembeyaz parıldıyordu. Sollarında Lise binası, sağlarında Okul Cemaat İlahievi, mübarek demir-beton ve vita-glaslarıyla ihtişam içinde yükseliyordu. Dörtgenin ortasında, Fordumuz'un eski, krom-çelikten yapılma tuhaf heykeli yer alıyordu.

Okul Müdürü Dr. Gaffney ve Baş Müdire Miss Keate, uçaktan iner inmez karşıladılar.

Teftiş gezilerine başlar başlamaz Vahşi, endişeli bir biçimde, "Burada çok sayıda ikiz var mı?" diye sordu.

"Yo, hayır," dedi Müdür. "Eton sadece üst sınıftan erkek ve kızlar içindir. Tek yumurta, tek yetişkin. Tabii bu durum eğitimi zorlaştırmaktadır. Sorumluluk almaları isteneceğinden ve beklenmedik acil durumlarla uğraşmaları gerekeceği için, yapabileceğimiz bir şey yok." Derin bir nefes aldı.

Bu arada Bernard, Miss Keate'ten çok hoşlanmıştı. "Eğer Pazartesi, Çarşamba ya da Cuma akşamlarınızdan herhangi biri boşsa," diyordu. Başparmağıyla Vahşi'yi göstererek, "Çok ilginç biridir," dedi. "Tuhaftır."

Miss Keate gülümsedi (gerçekten çok hoş gülümsüyor, diye düşündü Bernard); teşekkür etti; partilerinden birine katılmaktan çok memnun olacaktı. Müdür bir kapıyı açtı.

Alfa-Çifte-Artı sınıfında geçirdiği beş dakika, John'ı bir parça sersemletmişti.

Fısıltıyla Bernard'a, "Göreliliğe giriş de nedir?" dedi. Bernard açıklamaya çalıştı, sonra vazgeçip başka bir sınıfa geçmeyi önerdi.

Beta-Eksi coğrafya odasına giden koridordaki bir kapının gerisinden çınlayan, soprano bir ses, "Bir, iki, üç, dört," sonra da bıkkın bir sabırsızlıkla, "rahat," dedi.

"Malthus alıştırmaları," diye açıkladı Baş Müdire. "Tabii, kızlarımızın çoğu kısırdırlar. Ben de kısırım." Bernard'a gülümsedi. "Ancak yaklaşık sekiz yüz tane kısırlaştırılmamış kızımız var ve düzenli olarak alıştırmalara gereksinim duyarlar."

Beta-Eksi coğrafya odasında John, vahşi ayrıbölgelerinin, elverişsiz iklim ya da jeolojik koşullar veya zayıf doğal kaynaklar nedeniyle uygarlaştırma masraflarına değmeyecek yerler olduğunu öğrendi. Bir çıt sesi oldu; oda karartıldı; birden Müdür'ün kafasının üzerindeki ekranda Acomalı *Penitente* yerlileri belirdi, Leydimiz'in önünde secdeye varıyorlar, çarmıha gerilmiş İsa'nın önünde, Pookong'un kartal simgesinin önünde John'ın daha önce duymuş olduğu şekilde günahlarını itiraf ederek ağlaşıyorlardı. Genç Etonlılar yüksek sesle kahkahalar attılar. Ağlaşıp inlemeye devam eden *Penitente*ler ayağa kalktılar, giysilerinin üst kısımlarını çıkardılar ve düğümlü kırbaçlarla kendilerini dövmeye başladılar. Bir kat daha büyüyen kahkaha, yerlilerin kayıtta yükseltilmiş inlemelerini bile bastırıyordu.

Acı dolu bir şaşkınlıkla, "Ama niye gülüyorlar?" dedi Vahşi.

"Niye?" diyen Müdür otuz iki dişiyle sırıtmaya devam ederek ona döndü. "Niye mi? Çünkü o kadar komik ki."

Sinematografik karanlıkta Bernard, geçmişte zifiri karanlıkta bile cesaret edemeyeceği bir el hareketinde bulunma cüretini gösterdi. Yeni edindiği önemden güç alarak, kolunu Baş Müdire'nin beline doladı. Baş Müdire, salkım söğüt misali kıpırdayarak teslim oldu. Tam gizli bir iki öpücük çalıp, belki de yumuşak bir şekilde mıncıklamaya hazırlanıyordu ki, güneşlikler tekrar açıldı.

Miss Keate, "Devam etsek iyi olacak," dedi ve kapıya yöneldi.

Birkaç saniye geçmişti ki Müdür, "Burası da Uykuda Eğitim Kontrol Odası," dedi.

Her yatakhane için bir tane olmak üzere yüzlerce sentetik müzik kutusu, odanın üç tarafını kaplayan raflara dizilmişti; dördüncü raftaki evrak gözlerinde, üzerine uykuda öğretilen derslerin basılı olduğu kâğıttan ses kayıt ruloları duruyordu.

Bernard Dr. Gaffney'in sözünü keserek, "Ruloyu buraya sokup şu düğmeye basıyorsun," dedi.

Rahatsız olan Müdür, "Hayır, bu düğmeye," dedi.

"O düğme olsun. Sonra rulo açılarak dönüyor. Selenyum devreler ışık itkilerini ses dalgalarına dönüştürür ve..."

"Ve işlem tamamlanır," diye başladı Dr. Gaffney.

Okul Kütüphanesi'ni geçerek Biyokimya Laboratuvarları'na doğru yürürlerken Vahşi, "Shakespeare okuyorlar mı?" diye sordu.

Utançtan kızaran Baş Müdire, "Tabii ki hayır," dedi.

Dr. Gaffney, "Kütüphanemizde sadece kaynak kitaplar bulunur. Eğer kafalarını dağıtmak isterlerse duyusal filmlere gidebilirler. Gençlerimizi kesinlikle tek başına eğlenceye teşvik etmeyiz."

Beş otobüs dolusu şarkı söyleyen ya da sessiz bir şekilde birbirine sarılmış erkek ve kız, cam gibi otoyolda yanlarından geçerek ilerlediler.

"Slough Ölü Yakma Merkezi'nden dönüyorlar," dedi Dr. Gaffney. Bu arada Bernard, fısıltıyla konuşarak o akşam için Baş Müdire ile bir buluşma ayarladı. "Ölüme şartlandırma, on sekiz aylıkken başlar. Her yumurcak, haftanın iki sabahını bir Ölecek Hastalar Hastanesi'nde geçirir. En iyi oyuncaklar oradadır ve ölüm günlerinde kendilerine çikolatalı puding verilir. Ölümü olağan bir olgu gibi kabullenmeyi öğrenirler."

Baş Müdire profesyonel bir tonla ekledi, "Bütün diğer fizyolojik süreçlerde olduğu gibi."

Saat sekizde Savoy'da. Her şey ayarlanmıştı.

* * *

Londra'ya dönerken Televizyon Şirketi'nin Brentford'daki fabrikasına uğradılar.

"Ben gidip bir telefon etsem burada biraz bekler misin?" dedi Bernard.

Vahşi beklerken ortalığı izledi. Gündüz Vardiyası, yeni görev bırakıyordu. Yalnızca bir düzine farklı surat ve boydan oluşan yedi sekiz yüz tane Gama, Delta ve Epsilon'un meydana getirdiği altsınıf işçi kalabalığı, tekraylı tren istasyonunun önünde kuyrukta bekliyordu. Gişe memuru, elinde bileti olan kadın erkek her işçiye karton bir hap kutusu uzatıyordu. Erkek ve kadınlardan oluşan uzun kırkayak, yavaş bir biçimde ilerliyordu.

(*Venedik Taciri*'ni anımsayan) Vahşi, Bernard yanına döndüğünde sordu: "O kutularda ne var?"

Benito Hoover'ın verdiği sakızlardan birini çiğnemekte olan Bernard belli belirsiz, "Günlük *soma* istihkakı," dedi. "İşleri bitince alırlar. Dört adet yarım gramlık tablet. Cumartesileri altı adet."

Şefkatli bir şekilde John'ın kolunu tuttu ve yürüyerek helikoptere döndüler.

Lenina şarkı söyleyerek Soyunma Odası'na girdi.

"Keyfin yerinde galiba," dedi Fanny.

"Yerinde," dedi Lenina. Fermuarı indirdi. "Yarım saat önce. Bernard aradı." İki cırt daha. Şortunu çıkardı. "Beklenmedik bir işi çıkmış." Cırt. "Vahşi'yi akşama duyusal filme götürüp götüremeyeceğimi sordu. Uçmam lazım." Aceleyle banyoya koştu.

Lenina'nın arkasından bakan Fanny, "Şanslı kız," dedi.

Fanny'nin sözlerinde kıskanma yoktu; iyi huylu Fanny yalnızca bir gerçeği ifade ediyordu. Lenina şanslıydı. Vahşi'nin müthiş şöhretinin büyük bir bölümünü Bernard'la paylaşmış olduğu için, önemsiz kişiliğinden ânın son derece popüler ihtişamını yansıtma fırsatı bulduğu için şanslıydı. Genç Kadınlar Ford Birliği, kendisinden deneyimleriyle ilgili bir konferans vermesini istemişti. Afroditeum Kulübü'nün Yıllık Yemeği'ne davet edilmişti. Duyusal Film Haberleri'ne bile çıkmış, görsel, işitsel ve dokunsal olarak gezegendeki yüz milyonlarca insana hitap etmişti.

Seçkin insanların Lenina'ya gösterdiği ilgi de aynı şekilde gurur vericiydi. Dünya Denetçisi'nin İkinci Sekreteri kendisini akşam yemeği ve kahvaltıya davet etmişti. Ford Baş Yargıcı ile ve Canterbury Büyük Cemaat İlahievi Baş Şarkıcısı ile birer hafta sonu geçirmişti. Endüstriyel ve Dış Salgılar Şirketi'nin Başkanı sürekli telefondaydı ve Avrupa Bankası İkinci Başkanı'yla Deauville'e gitmişti.

"Muhteşem, elbette. Ama bir yandan da," diye Fanny'ye itirafta bulunmuştu, "sanki bütün bu ilgiyi sahtekârlıkla kazanmışım gibi geliyor. Çünkü, ilk öğrenmek istedikleri şey, tabii ki bir vahşiyle sevişmenin nasıl bir şey olduğu oluyor. Bilmediğimi söylemek zorunda kalıyorum." Kafasını salladı. "Tabii, erkeklerin çoğu bana inanmıyor. Ama doğru. Keşke öyle olmasaydı," diyerek hüzünlü bir şekilde iç geçirdi. "Müthiş yakışıklı; sence de öyle değil mi?"

"Peki senden hoşlanmıyor mu?" dedi Fanny.

"Bazen hoşlandığını düşünüyorum, bazen de hoşlanmadığını. Benimle yalnız kalmamak için elinden geleni yapıyor; ben girince odadan çıkıyor; bana dokunmuyor; bakmıyor bile. Ama bazen aniden dönünce bana bakarken yakalıyorum; bilirsin işte, erkekler senden hoşlandıkları zaman nasıl bakarlar."

Evet, Fanny bunu çok iyi biliyordu.

"Ne düşünsem bilemiyorum," dedi Lenina.

Bilemiyordu, sadece şaşkına dönmemişti, aynı zamanda içerliyordu.

"Nedeni de şu Fanny, *ben* ondan hoşlanıyorum."

Gittikçe daha çok hoşlanıyordu. Fakat şimdi bir yandan banyo sonrası parfüm sürerken, bir yandan da daha iyi bir fırsatı olacağını düşünüyordu. Neşesi şarkı biçiminde taştı.

"Sımsıkı sar, tatlım, uçur beni;
Öp beni komalara gireyim:

Sarıl bana tatlım, sar beni;
Aşkın alır *soma*nın yerini."

Kokulu org nefis, serinletici bir Bitkisel Capriccio çalıyor, kekik, lavanta, biberiye, mersin, fesleğen ve tarhunlu arpejler saçıyordu; bir dizi cesur modülasyonla baharat tuşlarından ambere uzandı; (arada bir inceden bozuk akor takılarak bir parça krem karamel ve biraz da domuz pisliği çeşnisini andırarak) sandal ağacı, kâfur, sedir ve yeni biçilmiş saman kokusuyla ağır bir havada parçanın başlangıcındaki basit aromalara döndü. Son kekik patlaması da sustuğunda alkışlandı ve ışıklar yandı. Sentetik müzik makinesinde ses kayıt rulosu dönmeye başlamıştı. Hiper-keman, süper-çello ve yapay obua için bestelenmiş bir trio, hoş bir baygınlıkla havayı kapladı. Otuz kırk mezür böyle çaldı, sonra bu enstrümanların üzerine insan sesinin ötesinde bir ses şakımaya başladı; bir gırtlaktan, bir kafadan, bir flüt gibi boşluklu, bir atak armoniyle yüklü biçimde rahatça, Gaspard Foster'ın müzikal tonların sınırında yakaladığı pes kayıttan, (1770'te Parma Dükalık Operası'nda Mozart'ı hayrete düşüren bir tarzda) tarihte gelmiş geçmiş bütün ses sanatçıları içinde sadece Lucrezia Ajugari'nin kulakları yırtarcasına seslendirdiği, en ince do sesinden daha ince, kuş sesli yarasa notasına geçerek söylüyordu.

Basınçlı koltuklarına gömülmüş olan Lenina ve

Vahşi koklayıp dinlediler. Şimdi sıra gözlerle tene gelmişti.

Salonun ışıkları söndü; alev rengi harfler karanlıkta sapasağlam, kendi başlarına havada duruyor gibiydi. BİR HELİKOPTERDE ÜÇ HAFTA. SÜPER-Ş ARKI, SENTETİK-KONUŞMA İLE DOLU, RENKLİ, STEREOSKOPİK DUYUSAL FİLM. SENKRONİZE KOKULU ORG EŞLİĞİNDE.

"Koltuğunun kollarındaki o metal topuzları tut," diye fısıldadı Lenina. "Aksi takdirde duyusal efektlerin hiçbirini hissedemezsin."

Vahşi söyleneni yaptı.

Bu arada alev rengi harfler kaybolmuştu; on saniye boyunca mutlak bir karanlık yaşandı; sonra birden, birbirine sarılmış insan azmanı bir Zenci ile altın sarısı saçları olan genç, küt kafalı bir Beta-Artı kadınının stereoskopik görüntüleri belirdi. Gerçeğinden daha gerçek görünüyorlardı; eğer et ve kemikten olsalardı, bu kadar somut bir biçimde göz kamaştırıcı olamazlardı.

Vahşi irkildi. Dudaklarındaki o tuhaf his! Bir elini dudağına götürdü; gıdıklanma durdu, sonra elini tekrar metal topuzun üzerine koydu ve gıdıklanma tekrar başladı. Bu esnada kokulu orgdan misk kokusu yayılıyordu. Ses kaydındaki bir süper-kumru nefes alıp verircesine "Oo-ooh" diye cıvıldadı; ve saniyede sadece otuz iki kez titreşen, Afrika basından daha derin bir ses karşılık verdi: "A-aah." Stereoskopik dudaklar, "Ooh-ah!

Ooh-ah!" diyerek tekrar birleştiler ve Elhamra'daki altı bin seyircinin yüzlerindeki erojen bölgeler bir kez daha neredeyse dayanılmaz bir galvanik zevkle karıncalandı. "Oooh..."

Filmin olay örgüsü son derece basitti. İlk Oohlar ve Aaahlardan birkaç dakika sonra (bir düet söylenmiş ve o ünlü ayı postunda bir parça sevişilmişti, ayı postundaki her kıl -Sosyal Belirleme Müdür Yardımcısı kesinlikle haklıydı- tek tek hissedilebiliyordu), Zenci bir helikopter kazası geçirdi ve kafa üstü düştü. Çatırt! alınlarda müthiş bir acı hissi! Seyircilerden koro halinde ufflar ve ayylar yükseldi.

Beyin sarsıntısı Zenci'nin şartlandırmasını tepetaklak etmişti. Beta sarışına delice ve duygusal bir tutku beslemeye başladı. Sarışın karşı çıktı. Zenci vazgeçmedi. Mücadeleler, takipler oldu, Zenci, bir rakibine saldırdı. Sonunda da müthiş bir adam kaçırma sahnesi vardı. Beta sarışın gökyüzüne kaçırıldı ve orada tutuldu, ama üç hafta boyunca çıldırmış zenciyle baş başa, son derece antisosyal bir yaşam sürdü. Sonunda bir sürü macera ve hava akrobasisinden sonra üç tane yakışıklı genç Alfa, sarışını kurtarmayı başardılar. Zenci dertop edilip bir Yeniden Şartlandırma Merkezi'ne götürüldü ve film, sarışının, üç kurtarıcısının metresi oluşuyla mutlu ve uygun bir şekilde son buldu. Sevişmelerine biraz ara veren dörtlü, tam kadro bir süper-orkestra ve kokulu orgdan yayılan gardenya kokusu eşliğinde sentetik bir kuartet seslendirdiler. Sonra ayı postu son kez sahne aldı; son stereoskopik öpücük yırtıcı seksofonlar eşliğinde karanlığa gömüldü; son elektrikli gıdıklanma dudaklarda, can çekişen, gittikçe daha yavaş titreyen ve sonunda hareketsiz kalan bir güve misali can verdi.

Ama Lenina için, güve tam anlamıyla can vermemişti. Işıklar yandıktan sonra kalabalığın arasında yavaşça asansörlere doğru ilerlerken bile güvenin ruhu dudaklarında kanat çırpıyor, teninde ince, ürperen arzu ve zevk patikaları bırakıyordu. Yanakları kızarmıştı, gözleri çiğ damlaları gibi parıldıyor, derin nefesler alıyordu. Vahşi'nin kolunu yakalayıp cansız bir halde vücudunun yan tarafına bastırdı. Vahşi bir anlığına fersiz gözlerle ve ızdırap içinde ona baktı, Lenina'yı hem arzuluyor hem de bu arzudan utanıyordu. Lenina'ya lâyık değildi, değildi... Bir an gözleri buluştu. Ne hazineler vaat ediyordu gözleri! Paha biçilmez hazineler. Telaşla gözlerini kaçırıp esir alınmış kolunu kurtardı. Bir an gelir de kendini Lenina'ya lâyık hisseder diye belli belirsiz bir korkuya kapıldı.

"Böyle şeyler seyretmeni doğru bulmuyorum," dedi. Geçmiş ya da müstakbel mükemmellikten uzaklaşma anlarının suçunu Lenina'nın kendisinden alıp olaylara yüklemek için uğraşıyordu.

"Nasıl şeyleri, John?"

"Bu korkunç film gibi şeyleri."

"Korkunç mu?" Lenina gerçekten şaşkına dönmüştü. "Bence harikaydı."

Kızgın bir şekilde, "Adi bir filmdi," dedi. "Rezildi."

Lenina başını salladı. "Ne demek istediğini anlamıyorum." Vahşi niye böyle garipti? Niye her şeyi berbat etmek için elinden geleni yapıyordu ki?

Taksikopterde kafasını çevirip Lenina'ya bakmadı bile. Hiç edilmemiş yeminlere ve uzun süre önce terk edilmiş yasalara bağlı olan Vahşi, başını başka tarafa çevirerek sessizce oturuyordu. Bazen bütün vücudu, son derece gergin, kopmak üzere olan bir telin bir parmağın dokunuşuyla kopması gibi ani, sinirli bir ürpermeyle sarsılıyordu.

Taksikopter Lenina'nın apartmanının çatısına indi. Sevinç içinde "Sonunda," diye düşünerek taksiden indi. Evet, sonunda - Vahşi daha biraz önce son derece tuhaf davranmış olmasına rağmen. Bir lambanın altında durarak el aynasına baktı. Sonunda. Evet, burnu biraz parlıyordu. Fazla pudrayı makyaj pamuğundan silkeledi. Vahşi, taksinin parasını öderken yeterli zamanı vardı. Parlaklığı pudralarken düşünüyordu: "Son derece yakışıklı. Bernard gibi utangaç davranması için hiçbir sebep yok. Ama yine de... Yerinde başka biri olsa iş çoktan biterdi. Neyse, sonunda zamanı geldi." Küçük yuvarlak aynada bir parçası görünen yüz birden kendisine gülümsedi.

Arkasından boğuk bir ses, "İyi geceler," dedi. Lenina topuklarının üzerinde döndü. Vahşi, gözlerini dikmiş sabit bir şekilde bakarak taksinin kapısında dikiliyordu. Herhalde Lenina burnunu pudralarken sürekli onu izlemişti, bekliyordu - ama neyi bekliyordu? ya da belki de tereddüt edip neye karar vereceğini bilemiyor, sürekli düşünüyordu- kim bilir ne muhteşem şeyler düşünüyordu, Lenina hayal bile edemiyordu. "İyi geceler, Lenina," diye tekrarladı ve tuhaf bir şekilde yüzünü buruşturarak gülümsemeye çalıştı.

"Ama John... ben düşünüyordum ki sen... yani, içeri...?"

Vahşi kapıyı kapadı ve bir şey söylemek için sürücüye doğru eğildi. Taksi hızla havaya yükseldi.

Zeminden aşağıya bakan Vahşi, Lenina'nın yukarıya bakan, lambaların ışığında soluk görünen yüzünü görebiliyordu. Ağzı açıktı, bir şey söylüyordu. İyice kısalan görüntüsü hızla uzaklaşıyor, hızla küçülen kare şeklindeki çatı karanlıkta düşüyor gibi görünüyordu.

Vahşi, beş dakika sonra odasına dönmüştü. Farelerin kemirdiği kitabını sakladığı yerden çıkardı, lekeli ve buruşuk sayfalarını kutsal bir özenle çevirdi ve *Othello*'yu okumaya başladı. Othello'nun da *Bir Helikopter'de Üç Hafta*'nın kahramanı gibi zenci olduğunu hatırladı.

Lenina gözlerini silerek asansöre doğru yürüdü. Yirmiyedinci kata giderken çantasından *soma* şişesini çıkardı. Bir gramın yetmeyeceğine karar verdi; ızdırabı bir gramdan fazlasını gerektiriyordu. Ama iki gram alırsa ertesi gün zamanında uyanamama tehlikesi vardı. İkisinin ortasını buldu, avucuna üç tane yarım gramlık tablet boşalttı.

ONİKİNCİ BÖLÜM

Bernard kilitli kapının gerisinden bağırmak zorunda kaldı; Vahşi, kapıyı açmıyordu.

"Ama herkes gelmiş, seni bekliyor."

Kapının diğer yanındaki ses, "Beklesinler," dedi.

"Ama sen de pekâlâ biliyorsun ki John," (bas bas bağırırken birini ikna etmek ne kadar da zordu!), "onları seninle görüşsünler diye davet ettim."

"*Onlarla* görüşmek isteyip istemediğimi önce bana sormalıydın."

"Ama daha önce hep geliyordun, John."

"İşte onun için gelmek istemiyorum artık."

"Sadece benim hatırım için," diye Bernard bağırarak dil döküp kandırmaya çalışıyordu. "Benim hatırım için gelmez misin?"

"Hayır."

"Gerçekten kararlı mısın?"

"Evet."

Çaresizlikten kıvranan Bernard, "Ne yapacağım ben şimdi?" diyerek sızlanıyordu.

İçerden gelen, öfkeden deliye dönmüş ses haykırdı, "Cehenneme kadar yolun var!"

"Ama Canterbury Büyük Cemaat İlahievi Baş Şarkıcısı da geliyor bu gece." Bernard ağlamak üzereydi.

"*Ai yaa tákwa*!" Vahşi, Büyük Cemaat İlahievi Baş Şarkıcısı hakkında hissettiklerini sadece Zuñi dilinde ifade edebildi. Ek olarak, "Háni!" dedi; sonra da (müthiş alaycı bir yırtıcılıkla!): "Sons éso tse-ná." Hemen ardından, aynen Popé'nin yapacağı gibi yere tükürdü.

Sonunda Bernard sıvışıp dairesinde saklanmak ve sabırsız kalabalığa Vahşi'nin o akşam gelemeyeceğini bildirmek zorunda kaldı. Haber haklı bir tepkiyle karşılandı. İnsanlar kandırılıp bu önemsiz ve kötü şöhretli, sapkınca fikirleri olan adama nezaket gösterdikleri için son derece öfkelenmişlerdi. Hiyerarşik konumları ne kadar yüksekse, öfkeleri de o denli büyüktü.

"Bana böyle bir oyun oynamak ha," diyordu Baş Şarkıcı, "*bana*!"

Kadınlara gelince, haklı bir öfkeyle, oyuna getirilip - şişesine yanlışlıkla alkol katılmış sefil, ufak tefek bir adamla birlikte olduklarını - Gama-Eksi vücutlu bir yaratıkla yatağa girdiklerini düşünüyorlardı. Bunun bir tecavüz olduğunu söylüyorlar, seslerini gittikçe yükseltiyorlardı. Özellikle Eton'ın Baş Müdiresi'nin ağzından zehir saçılıyordu.

Sadece Lenina sesini çıkarmıyordu. Bir köşede solgun, mavi gözlerini hiç de alışılmadık bir melankoli kaplamış bir halde oturuyordu. Çevresindekilerden, hiç de paylaşmadıkları bir duyguyla ayrılıyordu. Partiye tuhaf, endişeli bir coşkuyla dolu bir halde gelmişti. Partiye geldiğinde kendi kendine düşünüyordu, "Birkaç dakika sonra onu görüp konuşacağım ve ona, (çünkü partiye geldiğinde kararını vermişti) kendisinden hoşlandığımı, hem de şimdiye kadar hiç kimseden hoşlanmadığım kadar hoşlandığımı söyleyeceğim. Belki o zaman..."

O zaman ne derdi? Yanakları aniden kızardı.

"Geçen gece duyusal filmden sonra niye o kadar tuhaf davrandı? Gerçekten tuhaftı. Ama yine de kesinlikle benden hoşlandığından eminim. Eminim..."

İşte tam o anda Bernard, Vahşi'nin partiye gelmeyeceğini açıkladı.

Lenina birden, Yapay Şiddetli Tutku tedavisinin başlangıcında normal olarak yaşanan bütün hisleri hissetmeye başladı - korkunç bir boşluk hissi, soluk almayı güçleştiren bir korku ve baygınlık. Kalbi durmuş gibiydi.

Kendi kendine, "Belki de benden hoşlanmadığı içindir," diye düşündü. Bu olasılık hemen kesinlik kazandı: John kendisinden hoşlanmadığı için gelmeyi reddetmişti. Hoşlanmıyordu...

Eton'ın Baş Müdiresi, Ölü Yakma ve Fosfor Kazanımı Müdürü'ne, "Gerçekten de biraz *fazla* kalın," diyordu. "Onu gerçekten içime aldığımı düşünüyorum da..."

Fanny Crowne'ın "Evet," diyen sesi duyuldu, "alkol konusu kesinlikle doğru. Tanıdığım biri, o günlerde Embriyo Deposu'nda çalışmış birini tanıyordu. Arkadaşıma anlatmış, arkadaşım da bana anlattı..."

Büyük-Cemaat-Baş-Şarkıcısı'yla aynı görüşü paylaşan Henry Foster, "Rezalet, rezalet," diyordu. "Belki eski Müdürümüzün onu İzlanda'ya transfer etmek üzere olduğunu bilmek sizi ilgilendirebilir."

Bernard'ın, sarf edilen her sözle delinen, şişkin, mutlu kendine güven balonu, bin ayrı yarıktan sızdırıyordu. Solgun, çılgına dönmüş, endişeli ve sefil bir biçimde konuklarının arasında dolaşan Bernard tutarsız özürler kekeliyor, gelecek sefere Vahşi'nin kesinlikle geleceğini garanti ediyor ve oturup karotenli bir sandviç, bir dilim A vitaminli pasta ya da bir bardak yapay şampanya almaları için konuklara yalvarıyordu. Bekleneceği üzere yediler, ama Bernard'ı görmezden geldiler; içtiler ve içerken de ya yüzüne karşı kaba davrandılar ya da kendi aralarında, sanki o orada değilmişçesine yüksek sesle ve saldırgan bir şekilde Bernard'ı çekiştirdiler.

Canterbury Büyük Cemaat İlahievi Baş Şarkıcısı, Ford Bayramı Kutlamaları'nda törenleri yönlendiren o muhteşem sesiyle, "Şimdi de dostlarım," dedi. "İnanıyorum ki artık zamanı geldi..." Ayağa kalktı, mor viskoz yeleğindeki, yediği bir sürü şeyden kalma kırıntıları eliyle süpürerek kapıya doğru yürüdü.

Bernard yolunu kesmek için ileri atıldı.

"Gerçekten gitmeniz gerekiyor mu, sayın Baş Şarkıcı?... Saat daha çok erken. Biraz daha kalacağınızı ümit ediyordum..."

Evet, Lenina kendisine, eğer davetiye gönderilirse Büyük Cemaat Baş Şarkıcısı'nın daveti kabul edeceğini söylediğinde neler ümit etmemişti ki? "Gerçekten de tatlı biri," demişti. Baş Şarkıcı'nın, Piskoposluk İlahievi'nde geçirdiği hafta sonunun anısına kendisine verdiği küçük T biçimindeki, altın fermuar mıhlayıcıyı Bernard'a göstermişti. Bernard zaferini, dağıttığı her davetiyede duyurmuştu: *Canterbury Büyük Cemaat İlahievi Baş Şarkıcısı ve Vahşi ile tanışmak üzere partiyi şereflendirmenizi...* Fakat Vahşi, kendini odasına kilitlemek için, "Háni"! diye ve hatta (Bernard Zuñice anlamadığı için şanslı sayılırdı) "Sons éso tse-nã!" diye haykırmak için bütün akşamların içinden bu akşamı seçmişti. Bernard'ın tüm kariyerinin zirvesi olması gereken bu an, en çok aşağılandığı ana dönmüştü.

"Öyle büyük ümitler beslemiştim ki..." diye kekeleyerek tekrarlarken, yalvaran, deli gözlerle ruhban sınıfının bu yüce üyesine bakıyordu.

Baş Şarkıcı yüksek sesli ve merasim ciddiyetinde bir tonla, "Genç dostum," dedi, genel bir sessizlik oldu. "Size bir tavsiyem olacak." Parmağını Bernard'a doğru salladı. "İşler çığırından çıkmadan önce. Küçük bir tavsiyem olacak." (Cenaze törenine yakışır bir sesle konuştu.) "Kendinize çeki düzen verin, genç dostum, kendinize çeki düzen verin." Bernard'ın üzerinde bir T işareti çıkardı ve uzaklaştı. Başka bir tonla, "Lenina, hayatım," dedi. "Benimle gel."

Gülümsemeksizin emre uyan ve (kendisine bahşedilen onura tamamen kayıtsız bir halde) zerre kadar gurur duymadan Baş Şarkıcı'yı izleyen Lenina odayı terk etti. Diğer konuklar da saygılı bir duraksamadan sonra salonu terk ettiler. Son çıkan kişi kapıyı çarparak kapattı. Bernard tek başına kaldı.

Balonu delik deşik edilerek söndürülen Bernard sandalyenin birine çöktü ve yüzünü elleriyle kapatarak ağlamaya başladı. Yine de birkaç dakika sonra akıl edip dört tane *soma* hapı yuttu.

Yukarıdaki odasında Vahşi, *Romeo ve Juliet*'i okuyordu.

Lenina ve Baş Şarkıcı, İlahievi'nin çatısında helikopterden indiler. Sabırsızlanan Baş Şarkıcı asansör kapılarının önünden seslendi, "Acele et, genç dostum - yani Lenina demek istemiştim." Bir anlığına aya bakmak için oyalanan Lenina bakışlarını indirdi ve çatıda koşarak Baş Şarkıcı'ya yetişti.

Mustafa Mond'un okumayı yeni bitirdiği çalışmanın adı "Yeni Bir Biyoloji Teorisi" idi. Bir süre düşünce içinde, kaşlarını çatarak oturdu, sonra da kalemini alıp kapak sayfasına şöyle yazdı: "Yazarın amaç kavramına matematiksel yaklaşımı yenilikçi ve son derece ustaca, fakat aykırı ve sosyal düzen açısından bakıldığında tehlikeli ve yıkıcı. *Yayınlanamaz.*" Altını çizerek yazmayı sürdürdü. "Yazar gözetim altında tutulacaktır. St. Helena Deniz Biyoloji İstasyonu'na transferi gerekebilir." İmzalarken yazık diye düşündü. Ustalıklı bir çalışmaydı. Ama bir kez amaç türünden açıklamaları kabul etmeye başladınız mı, ne sonuçlar doğurabileceğini bilemezdiniz. Üst sınıf insanlar arasında kafası karışık olanların şartlandırmasını bozabilecek türden bir düşünceydi - Egemen İyilik anlamında mutluluğa olan inançlarını yitirmelerine neden olabilir ve asıl amacın daha derinde bir yerlerde, fiziksel insanın ötesinde bulunduğuna inanmaya yönlendirebilirdi. Yaşamın amacının, mutluluğun sürekli kılınması değil, bilincin yoğunlaştırılması ve arınması, bilginin zenginleştirilmesi olduğunu düşünmeye itebilirdi insanları. Ki Denetçi de bunun büyük olasılıkla doğru olduğunu düşünüyordu. Ancak bugünün şartlarında kabul edilemezdi. Kalemini tekrar alıp "*Yayınlanamaz*" sözcüğünün altına ilk çizgiden daha kalın ve daha koyu ikinci bir çizgi çekti, sonra da derin bir nefes aldı. "İnsan mutluluk konusunu düşünmek zorunda olmasa, yaşam ne kadar eğlenceli olurdu!" diye düşündü.

Gözleri kapalı, yüzü coşkudan parlayan John, şair tavrı takınarak yüksek sesle kendi kendine okuyordu:

"Ah, o sevgili ki meşalelere ışıldayarak yanmayı öğretir!
Bir Etyopyalı'nın kulağındaki şık küpe misali
Asılı durur yanağına gecenin; öyle bir güzellik ki,
Kıyamazsın dokunmaya, yeryüzünde yok eşi..."

Lenina'nın göğsündeki altın T parlıyordu. Büyük Cemaat Baş Şarkıcısı, oyuncu bir tavırla kolyeyi yakaladı ve oyuna devam ederek çekti. Lenina birden uzun sessizliği bölerek, "Sanırım birkaç gram *soma* alsam iyi olacak," dedi.

Bu arada Bernard çoktan derin uykuya dalmış, hayallerindeki özel cennette gülümsüyordu. Ağzı kulaklarına varıyordu. Fakat yatağının üzerindeki elektrikli saatin yelkovanı, her otuz saniyede bir neredeyse duyulmaz bir tıkırtıyla amansızca ilerliyordu. Tık, tık, tık, tık... Ve sabah oldu. Bernard zaman ve uzamın ızdıraplarına geri döndü. Şartlandırma Merkezi'ndeki işine gelirken bindiği takside morali son derece bozuktu. Başarı sarhoşluğu buharlaşmış; ayılarak eski benliğine dönmüştü. Son birkaç haftanın geçici balonuyla kıyaslandığında, eski benliği, beklenmedik bir şekilde çevresindeki havadan çok daha ağır gelmişti.

Vahşi, işte bu balonu sönük Bernard'a umulmadık bir yakınlık gösterdi.

Bernard acıklı öyküsünü anlattığında Vahşi, "Malpais'deki durumuna benziyorsun şu anda," dedi. "İlk konuştuğumuz zamanı anımsıyor musun? Küçük evin dışında. O günkü haline dönmüşsün."

"Çünkü yine mutsuzum; nedeni bu."

"Mutsuzluğu, burada yaşadığın sahte, yalancı mutluluğa yeğlerim."

Bernard acıyla karışık, "Sevdim bunu," dedi. "Hem de her şeyin sebebi sen iken. Partime gelmeyi reddedip herkesi bana düşman ederek!" Söylediklerindeki haksızlığın tutarsız olduğunun farkındaydı; içinden ve sonunda da yüksek sesle, Vahşi'nin en küçük bir kışkırtmayla acımasız düşmanlara dönen dostların değersizliği konusunda söylediği her şeyin doğruluğunu kabul etti. Ancak bu bilgi ve kabullenmelere rağmen, ve arkadaşının gösterdiği yakınlık ve destek şu andaki tek tesellisi olduğu halde, Bernard hissettiği oldukça samimi şefkatle birlikte, Vahşi'ye karşı içten içe bir hınç beslemeye ve ondan küçük intikamlar almayı kurmaya başladı. Büyük Cemaat Baş Şarkıcısı'na hınç beslemek faydasızdı; Baş Şişeleyici veya Sosyal Belirleme Müdür Yardımcısı'ndan intikam almak olanaksızdı. Kurban olarak, Bernard için Vahşi, diğerlerine göre çok daha üstün konumdaydı, çünkü ulaşabileceği biriydi. Bir dostun temel işlevlerinden biri, vermek istediğimiz, ama düşmanlarımıza uygulayamadığımız cezaları (daha yumuşak ve sembolik bir biçimde) çekmektir.

Bernard'ın bir diğer kurban-dostu Helmholtz'du. Bozguna uğramışken gidip, arkadaşının, keyifli zamanlarında sürdürmeye değer bulmadığı dostluğunu tekrar istediğinde Helmholtz hiç tereddütsüz, tek bir söz etmeksizin ve serzenişte bulunmaksızın, sanki hiç tartışmamışlar gibi sundu dostluğunu. Bernard bu yüce gönüllülükten hem duygulandı, hem de kendini aşağılanmış hissetti. Çok eşsiz ve de bu nedenle çok daha aşağılayıcı bir yüce gönüllülüktü bu, çünkü hiçbir yönüyle *soma*dan kaynaklanmıyor, bütünüyle Helmholtz'un kişiliğinden geliyordu. Unutup bağışlayan, yarım gramlık tatildeki Helmholtz değil, her günkü Helmholtz'du. Bernard bekleneceği üzere müteşekkirdi (dostunu tekrar kazanmak müthiş bir rahatlamaydı) ve yine beklenecegi üzere kinlenmişti (cömertliği nedeniyle Helmholtz'dan intikam almak zevk olacaktı).

Yabancılaşmadan sonraki ilk buluşmalarında çektiği acıları anlatıp içini döken Bernard, dostunun tesellilerini kabul etti. Birkaç gün sonra başı dertte olan tek kişinin kendisi olmadığını öğrendiğinde şaşırdı ve bir parça da utandı. Helmholtz da Otorite'yle çatışma içindeydi.

"Sorun bazı şiirlerden kaynaklanıyordu," diye açıkladı. "Üçüncü Sınıf Öğrencileri'ne her zamanki Yüksek Duygu Mühendisliği kursumu veriyordum. On iki derslik kursun yedinci dersi şiirler üzerine. Tam olarak söylemek gerekirse dersin adı Ahlâkî Propaganda ve Reklamda Şiir Kullanımı. Dersi her zaman birçok teknik örnek vererek işlerim. Bu defa öğrencilere, yeni yazmış olduğum kendi şiirimi okuyayım dedim. Delilikten başka bir şey değil tabii, ama bu isteğe karşı koyamadım." Güldü. "Tepkilerinin ne olacağını merak ediyordum. Üstelik," daha ciddi bir tonla ekledi, "biraz propaganda yapmak istedim; onlara şiiri yazdığımda hissettiğim şeyleri hissettirmek istiyordum. Fordum!" Tekrar güldü. "Büyük kıyamet koptu! Müdür beni karşısına alıp hemen kovmakla tehdit etti. Artık mimlenmiş biriyim."

"Peki şiirin hangi konudaydı?" diye sordu Bernard.

"Yalnızlık hakkındaydı."

Bernard kaşlarını kaldırdı.

"İstersen sana okuyabilirim." Helmholtz okumaya başladı:

"Dünkü kurul toplantısı,
Hatırımda, ama patlak bir davul yalnızca,
Şehirde gece yarısı,
Boşluğa çalan flütler,

Bıçak açmaz ağızlar, uyuyan suratlar,
Çalışmayan her bir makine,
Dilsiz, çöp atılmış mekânlar
İnsanların geçtiği -
Neşelenir tüm sessizlikler,
Ağlar (yüksek sesle ya da alçak),
Konuşur - ama ses kimin
Sesi, bilmiyorum.

Susan'ın yokluğu, örneğin,
Yokluğu Egeria'nın
Kolları ve göğüslerinin,
Dudaklarının yokluğu ve ah, evet, kalçalarının,
Yavaşça vücuda gelir;
Kimin? ve sorarım, neyin
Varlığıdır böylesine tuhaf olan,
Öyle bir şey ki aslında olmayan,
Yine de daha sağlam doldurur geceyi
Çiftleştiklerimizden,
Niye sefil gelir ki insanlara bu?

Evet, öğrencilere örnek olarak bunu verdim, onlar da beni Müdür'e şikâyet ettiler."

"Şaşırmadım," dedi Bernard. "Bariz bir şekilde onların uykuda eğitimlerine karşı geliyor. Hatırlasana, yalnızlığa karşı en azından elli bin kere uyarıda bulundular."

"Biliyorum. Ama nasıl bir etki yaratacağını görmek istemiştim."

"Evet, şimdi gördün işte."

Helmholtz gülmekle yetindi. Kısa bir sessizlikten sonra, "Artık yazabileceğim birşeylerim varmış gibi hissediyorum. İçimde varlığını hissettiğim o gücü -o üstün ve gizli gücü- kullanabilmeye başlamış gibi hissediyorum kendimi. Sanki bir şey bana doğru geliyor." Yaşadığı bütün sorunlara rağmen Helmholtz'un son derece mutlu göründüğünü düşündü Bernard.

Helmholtz ve Vahşi, birbirlerine görür görmez ısındılar. Öyle içten bir şekilde ısındılar ki, Bernard keskin bir kıskançlık hissinin içini kemirdiğini hissetti. Bernard bütün o haftalar boyunca, Helmholtz'un hemen kurduğu samimiyeti kuramamıştı Vahşi'yle. Onları izleyip konuşmalarını dinlerken, bazen keşke onları hiç tanıştırmamış olsaydım diye pişmanlığa kapılıyordu. Kıskançlığından utanıyor ve kâh irade gücüyle, kâh *soma* alarak bu hissini bastırmaya uğraşıyordu. Ama iradesi yeterince başarılı değildi ve *soma*-tatilleri arasında zorunluluktan doğan boşluklar oluyordu. İğrenç duygu, bir türlü yakasını bırakmıyordu.

Vahşi'yle üçüncü görüşmesinde Helmholtz, Yalnızlık hakkındaki şiirini okudu.

Okuduktan sonra, "Nasıl buldun şiiri?" diye sordu.

Vahşi başını salladı. Cevabı "Bir de bunu dinle," oldu ve kilitli tuttuğu çekmeceyi açarak fare yeniği kitabını çıkardı ve açıp okumaya başladı:

"Uzansın tek Arap ağacına,
Kuşların en çığırtkanı,
Müjdelesin kötü haberi trompet olsun..."

Helmholtz gittikçe büyüyen bir heyecanla dinliyordu. "Tek Arap ağacı"nı duyunca irkildi; "seni cırtlak müjdeci"de ani bir zevkle gülümsedi; "zalim kanatlı her kuş"u duyunca yanakları kızardı; "ölü müzik"i duyunca benzi sarardı ve beklenmedik bir duyguyla ürperdi. Vahşi, okumaya devam etti:

"Öyle dehşete kapıldı ki kişilik,
Aynı değildi artık benlik;
Tek mizacın çift adına
Ne iki dendi ne de bir.

Kafası karışmış akıl
Tanık oldu kavuşmasına ayrılığın..."

Bernard, "Toplu seks-poplu seks!" diyerek yüksek sesle bir kahkaha attı ve okumayı böldü. "Sadece bir Dayanışma Ayini ilahisi." Birbirini Bernard'ı sevdiklerinden daha çok seven iki arkadaşından intikam alıyordu.

Bu intikam eylemini sonraki iki üç görüşmelerinde sık sık tekrarladı. Basit ama son derece etkiliydi, çünkü hem Helmholtz hem de Vahşi, çok sevdikleri şiirsel kristalin paramparça edilip çamura atılmasından son derece rahatsız oluyorlardı. Sonunda, Helmholtz, eğer bir daha rahatsız etme cesaretini gösterecek olursa Bernard'ı odadan kovmakla tehdit etti. Fakat yine de tuhaftır ki, sonraki araya girme, hem de en utanç verici olanı, Helmholtz'un kendisinden geldi. Vahşi yüksek sesle *Romeo ve Juliet*'i okuyordu - (sürekli olarak kendini Romeo, Lenina'yı da Juliet yerine koyduğu için) canlı ve yoğun bir coşkuyla okuyordu. Helmholtz âşıkların ilk karşılaştıkları sahneyi ilgi ve şaşkınlıkla dinledi. Yaz bahçesindeki sahnenin şiirselliği hoşuna gitmişti; ancak ifade edilen duygular kendisini güldürmüştü. Bir kızı elde etmek adına böylesi bir duruma düşmek oldukça aptalcaydı. Fakat sözel ayrıntıya bakılacak olursa, müthiş bir duygu mühendisliği çalışmasıydı! "Bizim en iyi propaganda teknisyenlerimiz bu ihtiyarın yanında solda sıfır kalıyor," dedi. Vahşi, zafer kazanmışçasına gülümsedi ve okumayı sürdürdü. Capulet ve Leydi Capulet'in Paris'le evlenmesi için Juliet'in gözünü korkutmaya başladıkları üçüncü perdenin son sahnesine kadar her şey iyi gitti. Helmholtz tüm sahne boyunca diken üstünde hissetmişti kendini; fakat Juliet, Vahşi'nin abartılı mimikleriyle haykırdı:

"Hiç mi acıma yok bulutlarda,
Izdırabımın derinliğini anlayacak?
Ah, canım annem, verme beni ellere!
Bir ay ertele bu evliliği, bir hafta;

Veya ertelemezsen, gelinlik yatağımı
O loş kabre kur Tybalt'un yattığı..."

Juliet bunları söylediğinde, Helmholtz kaba ve gürültülü bir şekilde kahkaha atarak patladı.

Baba ve anne (grotesk gülünçlükler), kızlarını istemediği biriyle olmaya zorluyorlardı! Gerzek kız, (en azından o anda) tercih ettiği başka biriyle birlikte olduğunu söylemiyordu! Durumun müstehcen absürdlüğü kesinlikle çok gülünçtü. Kahramanca bir gayretle giderek şiddetlenen kahkaha tufanını bastırmayı başarmıştı; fakat "canım annem" (üstelik de Vahşi'nin kederli ve titrek ses tonuyla) ve ölü yatan Tybalt'tan söz edilmesi -belli ki yakılmamıştı ve bedenindeki fosfor loş bir kabirde ziyan oluyordu- bardağı taşırmıştı. Gözlerinden yaş gelene dek güldü - Helmholtz gülmekten katılırken Vahşi, karşılaştığı bu küstahlık yüzünden sapsarı olmuştu. Kitabının üzerinden Helmholtz'a baktı, kahkaha sürerken öfke içinde kitabını kapattı ve kalkıp incisini domuzun önünden alan birinin tavrıyla çekmecesine kilitledi.

Özür dileyecek kadar soluklanıp Vahşi'nin gönlünü alarak anlatacaklarını dinlemeye ikna eden Helmholtz, "Yine de," diye başladı, "böyle delicesine gülünç şeylere ihtiyaç olduğunu pekâlâ biliyorum; başka bir konuda ustaca yazmak mümkün değildir zaten. Bu ihtiyarı böyle muhteşem bir propaganda teknisyeni yapan şey neymiş? Kendisini heyecanlandıracak o kadar çok delice ve müthiş olay bulmuş ki. Acı çekmiş ve kızgın olmalı insan; aksi takdirde gerçekten ustaca, kavrayıcı ve X ışınına benzeyen sözleri bulamazsın. Ama babalar ve annelere gelince!" Kafasını salladı. "Babalar ve anneler söz konusu olunca ciddi kalmamı bekleyemezsin. Bir çocuğun bir kızı elde edebilmesi ya da edememesi kimi heyecanlandırır ki?" (Vahşi birdenbire acıyla irkildi, ama düşünce içinde yere bakan Helmholtz bunu fark etmedi.) Derin bir nefes alıp, "Hayır," dedi. "İşe yaramaz. Başka türden bir çılgınlığa ve şiddete ihtiyacımız var. Ama neye? Ne olabilir? Nerede bulabiliriz?" Sustu. Sonra kafasını sallayarak, "Bilmiyorum," dedi. "Bilmiyorum."

ONÜÇÜNCÜ BÖLÜM

Henry Foster, Embriyo Deposu'nun alacakaranlığından bir hayalet gibi ortaya çıktı.

"Bu akşam duyusal filme gelmek ister misin?"

Lenina konuşmadan başını salladı.

"Başka biriyle mi çıkıyorsun?" Hangi arkadaşıyla hangi arkadaşının birlikte olduğuyla ilgilenirdi. "Benito mu?" dedi.

Lenina başını yine salladı.

Henry, Lenina'nın mor gözlerindeki yorgunluğu, gözlerindeki ceset bakışının gerisindeki solgunluğu, gülümsemeyen kızıl ağzın kenarlarındaki hüznü fark etmişti. Biraz endişeyle, "Hasta değilsin, değil mi?" diye sordu. O günlerde görülen çok az sayıdaki bulaşıcı hastalıktan birine yakalanmış olmasından korktu.

Ancak Lenina bir kez daha başını salladı.

"Her neyse, gidip doktora görünsen iyi olur," dedi Henry. Neşeli bir şekilde, "Doktora git günde bir, sinire iyi gelir," diyerek uykuda öğrenilmiş bilgeliğini konuşturdu ve Lenina'nın omzunu okşadı. "Belki de Yapay-Hamilelik yaşamaya ihtiyacın vardır," diye öneride bulundu. "Belki de şöyle süper-kuvvetli bir Y. Ş. İ. yaptırsan iyi olur. Biliyorsun, bazen standart yapay-ihtiras pek yeterli..."

İnatçı sessizliğinden vazgeçen Lenina, "Of,

Ford aşkına kapa çeneni!" dedi. Sonra da ihmal edilmiş embriyolarına döndü.

Y. Ş. İ. tedavisi mi! Eğer ağlamanın eşiğinde olmasa gülerdi. Sanki kendi Hiper İhtiras'ı yetmezmiş gibi. Şırıngasını yeniden doldururken derin bir nefes aldı. "John," diye mırıldandı kendi kendine, "John..." Sonra da "Yüce Fordum, bu embriyoya uyku hastalığı aşısını yaptım mı, yoksa yapmadım mı?" dedi. Hatırlayamıyordu. Sonunda ikinci aşıyı yapma riskine girmek istemediğine karar verip sıradaki şişeye geçti.

O andan yirmi iki yıl sekiz ay dört gün sonra, Mwanza Mwanza'da genç ve geleceği parlak bir Alfa-Eksi yönetici, yarım yüzyıldan beri hiç rastlanmayan tripanozomi hastalığından ölecekti. Lenina çalışmaya devam etti.

Bir saat sonra Soyunma Odası'nda Fanny, enerjik bir sesle eleştiride bulunuyordu. "Ama kendini bu hale sokman çok garip. Gerçekten garip," diye tekrarladı. "Üstelik de ne uğruna? Bir erkek uğruna -bir erkek."

"Ama ben onu istiyorum."

"Sanki dünyada milyonlarca başka erkek yokmuş gibi."

"Onları istemiyorum ben."

"Denemeden nasıl bilebilirsin?"

"Denedim."

Omuzlarını silkerek, "Kaç tane denedin ki?" dedi Fanny. "Bir mi, yoksa iki mi?"

"Düzinelerce." Fakat, başını sallayarak, "İşe yaramadı," diye ekledi.

"Evet, ama vazgeçmemelisin," dedi Fanny öğüt verircesine. Yine de kendi merhemine olan güveninin sarsıldığı besbelliydi. "Kolay vazgeçerek hiçbir şey elde edemezsin."

"Ama yine de..."

"Onu düşünme."

"Elimde değil."

"Öyleyse *soma* al."

"Alıyorum."

"Almaya devam et."

"Ama ara verdiğim zamanlarda ondan hoşlanmaya devam ediyorum."

Fanny kararlı bir şekilde, "Durum böyleyse niye gidip onunla birlikte olmuyorsun? O istemiş istememiş önemli değil."

"Ne kadar acayip biri olduğunu bir bilsen!"

"Katı bir tavır koymak için iyi bir sebep işte."

"Söylemesi kolay."

"Saçmalıkla zaman yitirme. Kıpırda." Fanny'nin sesi hoparlör gibiydi; erişkin Beta-Eksilere akşam dersi veren bir profesörü andırıyordu. "Evet, hemen şimdi harekete geç. Hemen şimdi."

"Cesaretim yok," dedi Lenina.

"Tek yapman gereken önce yarım gramlık bir *soma* almak. Ben şimdi banyoya giriyorum." Arkasından havlusunu sürükleyerek uzaklaştı.

* * *

Zil çaldı ve sabırsız bir şekilde öğleden sonra Helmholtz'un geleceğini uman Vahşi (nihayet Helmholtz'a Lenina'dan söz etmeye karar vermiş olduğu için sohbetlerini bir an olsun ertelemeye dayanamazdı) ayağa fırlayıp kapıya koştu.

Kapıyı açarken, "Geleceğin içime doğmuştu, Helmholtz," diye bağırdı.

Beyaz asetatlı saten bir denizci takımı giymiş ve yuvarlak beyaz bir şapkayı çapkınca sol kulağının üzerine yatırmış olan Lenina, eşikte dikiliyordu.

Vahşi, birinden sert bir darbe yemişçesine, "Aa!" dedi.

Yarım gram, Lenina'nın korku ve utangaçlığını yenmesine yetmişti. Gülümseyerek, "Selam John," dedi ve yanından geçerek odaya girdi. Vahşi, otomatik bir hareketle kapıyı kapadı ve onu izledi. Lenina oturdu. Uzun bir sessizlik oldu.

Sonunda Lenina, "Beni gördüğüne memnun olmuşa benzemiyorsun pek," dedi.

"Pek benzemiyor muyum?" Serzenişle Lenina'nın yüzüne baktı; sonra birden önünde diz çöktü ve Lenina'nın elini tutup taparcasına öptü. "Memnun olmuşa benzemiyor muyum? Ah, bir bilsen," dedi fısıldayarak ve sonra gözlerini Lenina'nın yüzüne kaldırma cesaretini göstererek, "Hayranlık abidesi Lenina," diye devam etti, "hayranlığın en üst noktasısın, en yüce güzelliklerine lâyıksın sen dünyanın." Lenina şehvet dolu bir şefkatle Vahşi'ye baktı. "Ah, öyle mükemmelsin ki," (Lenina, dudaklarını aralamış, ona doğru eğiliyordu), "öyle kusursuz ve öyle eşsiz yaratılmışsın ki" (Lenina giderek yaklaşıyordu) "her yaratılanın en güzelinden daha güzelsin." Yaklaşmaya devam ediyordu. Vahşi birden ayaklarının üzerinde doğruldu. "İşte onun için, önce bir şey yapmak istiyordum... Yani, sana lâyık olduğumu göstermek için. Hoş, ne yaparsam yapayım, lâyık olamam ya. Yine de, seni bir parça olsun hak edebildiğimi göstermek için bir şey yapmak istiyordum."

"Niye gerek duyasın ki böyle bir şeye..." diye başladı Lenina, ama cümlesini yarım bıraktı. Sesinde bir parça tedirginlik vardı. İnsan dudaklarını aralayıp öne eğilmiş, giderek yaklaşmaktaysa - ve erkek olacak budala birden ayağa fırlayınca kendini boşluğa uzanır halde bulmuşsa - kanında yarım gram *soma* da dolaşsa rahatsız olması için yeterli gerekçesi vardır.

Vahşi anlaşılmaz bir biçimde mırıldandı, "Malpais'de bir kıza, bir dağ aslanının postunu getirmek gerekirdi -demek istediğim, biriyle evlenmek istediğinde. Ya da bir kurdun."

Lenina birden atıldı, "İngiltere'de dağ aslanı yok ki."

Vahşi, nefret dolu bir kinle ekledi, "Olsaydı bile insanlar helikopterlerden avlarlardı dağ aslanlarını, herhalde zehirli gaz falan kullanırlardı.

Ben bunu yapmazdım, Lenina." Omuzlarını toparlayıp Lenina'ya bakma cesaretinde bulundu ve anlamaz, tedirgin gözlerle karşılaştı. Kafası karıştı, "Her şeyi yaparım," dedi, giderek daha anlaşılmaz konuşuyordu, "Benden istediğin her şeyi. Acı doludur sporlar var, bilirsin. Zevk çıkar ama gösterirsin emek. İşte hissettiğim bu. Demek istediğim, istersen yeri bile süpürürüm."

Sersemleyen Lenina, "Ama burada elektrikli süpürgeler var," dedi. "Süpürmen gerekmez."

"Hayır, elbette gerekmez. Ama bazı kaba işler asilce yapılabilir. Birşeylere asilce katlanmak isterdim. Anlamıyor musun?"

"Ama eğer elektrikli süpürgeler varsa..."

"Meselenin özü bu değil."

"Ve de bu süpürgeleri kullanacak Epsilon Yarı Moronlar varsa," diyerek devam etti, "evet, gerçekten, niye?"

"Niye mi? Senin için, senin için. Sırf sana benim..."

"Peki elektrikli süpürgelerin dağ aslanlarıyla ne ilgisi var?"

"Seni ne kadar çok..."

"Ya dağ aslanlarıyla beni gördüğüne sevinmenin ne ilgisi var...?" Lenina'nın sabrı tükenmişti, çıldırmak üzereydi.

Neredeyse çıldırmış bir halde, "Sevdiğimi göstermek için, Lenina," dedi.

Şaşkınlıkla karışık memnuniyetin ruhsal gelgitinin bir belirtisi olarak Lenina'nın yanaklarına kan hücum etti. "Doğru mu söylüyorsun, John?"

"Fakat öyle demek istememiştim," diye haykıran Vahşi, acı içinde ellerini kavuşturdu. "Ta ki biz... Dinle Lenina; Malpais'de insanlar evlenirler."

"Ne yaparlar?" Sesinde yine aynı tedirginlik duyuluyordu. Şimdi neden söz ediyordu?

"Sonsuza dek. Sonsuza dek birlikte yaşamaya söz verirler."

"Ne korkunç bir fikir!" Lenina gerçekten şok olmuştu.

"Fiziksel güzelliği aşarak, kanın çürüdüğünden daha çabuk yenilenen bir zihinle."

"*Ne?*"

"Shakespeare'de de böyle. Bütün kutsal törenler tamamıyla yerine getirilmeden bekâretinin düğümünü çözersen..."

"Ford aşkına, John, mantıklı konuş. Söylediklerinin tek kelimesini anlamıyorum. Elektrikli süpürgelerle başladın; sonra bekâret. Beni delirteceksin." Ayağa fırladı, Vahşi'nin, aklıyla yaptığı gibi bedeniyle de kendisinden kaçacağından korkarmış gibi bileğinden yakaladı. "Şu soruma yanıt ver: benden gerçekten hoşlanıyor musun, yoksa hoşlanmıyor musun?"

Bir anlık sessizlik oldu; sonra Vahşi çok alçak bir sesle, "Seni dünyadaki her şeyden çok seviyorum," dedi.

"Öyleyse niye söylemedin?" diye haykırdı, öyle hırslanmıştı ki sivri tırnaklarını Vahşi'nin bileğinin derisine geçirdi. "Haftalardır beni perişan ettikten sonra bekâret, aslanlar ve elektrikli süpürgelerden bahsederek saçmalayacağına niye öyle söylemedin?"

Elini bıraktı ve öfkeyle fırlattı.

"Senden bu kadar hoşlanmasaydım canına okurdum," dedi.

Birden kollarını Vahşi'nin boynuna doladı; Vahşi, Lenina'nın dudaklarının yumuşaklığını kendi dudaklarında hissetti. Öyle tatlı ve yumuşak, öyle sıcak ve uyarıcıydı ki, kaçınılmaz bir şekilde *Helikopter'de Üç Hafta*'daki sarılma sahnelerini düşünmeye başladı. Ooh! ooh! stereoskopik sarışın ve aah! gerçeğinden gerçek zenci. Dehşet, dehşet, dehşet... kendini kurtarmaya çalıştı, ama Lenina daha sıkı sarıldı.

"Niye öyle söylemedin?" diye fısıldadı ve ona bakmak için yüzünü geri çekti. Gözlerinde şefkatli bir dargınlık vardı.

"Mağaraların en karanlığı, mekânların en elverişlisi" (vicdanın sesi, şiirsel bir gök gürültüsü ile gümbürdüyordu), "en kötü dahilerimizin dil dökmesi dahi, şehvete dönüştüremez şerefimi. Asla, asla!" Kararını vermişti.

"Seni aptal çocuk!" diyordu Lenina. "Seni öyle çok arzuladım ki. Madem sen de beni arzuladın, niye bana...?"

"Ama Lenina..." diye şikâyet edecek oldu. Lenina kollarını hemen çözüp kendisinden uzaklaşınca bir anlığına, seslendirmediği düşüncelerini algıladığını düşündü. Ama Lenina, beyaz, marka palaskasını çözüp de özenle bir sandalyenin arkasına astığında, yanılmış olabileceğini düşünmeye başladı.

Korku içinde tekrarladı, "Lenina!"

Lenina elini boynuna kaldırdı ve uzun, dikey bir şekilde asıldı, beyaz denizci bluzu eteğine kadar yırtıldı; şüpheleri, gayet somut bir gerçekliğe dönüyordu. "Lenina, sen ne yapıyorsun?"

Cevabını konuşmadan verdi. Cırt, cırt diye fermuarlarını indirdi. Çan biçimli pantolonundan kurtuldu. Lenina'nın fermuarlı iç gömleği, soluk deniz kabuğu pembesiydi. Büyük Cemaatevi Baş Şarkıcısı'nın verdiği altın T, göğsünün üzerinde çıngırdadı.

"Pencere demirlerinin arasından erkeklerin gözlerine serilen o memeler uğruna..." Melodiyle gümbürdeyen sihirli sözcükler, Lenina'yı iki kat tehlikeli ve davetkâr gösteriyordu. Yumuşak, yumuşak, ancak ne kadar da delici! aklı delip geçiyor, kararlılığın içinden bir tünel gibi uzanıyordu. "Kandaki ateşe düşen yeminler, saman gibi yanarlar. Nefsine hakim ol, aksi takdirde..."

Cırt! Yuvarlak pembelik, düzgün kesilmiş bir elma misali ortadan ikiye ayrıldı. Lenina kollarını kurtardı, sonra da önce sağ ayağını ve sol ayağını kaldırdı; iç gömleği, sönmüş bir balon gibi cansız yerde duruyordu.

Ayakkabıları ve çorapları üzerinde, çapkınca yana atılmış yuvarlak beyaz şapkası kafasında, Vahşi'ye doğru ilerledi. "Hayatım. Hayatım! Keşke daha önce söylemiş olsaydın!" Kollarını Vahşi'ye doğru açtı.

Ama kendisi de "Hayatım!" deyip kollarını açacağına, Vahşi dehşet içinde geri çekildi; birden ortaya çıkmış tehlikeli bir hayvanı korkutup kaçırmaya çalışır gibi kollarını Lenina'ya doğru sallıyordu. Geriye dört adım attığında duvara dayanmıştı.

Lenina, "Tatlım!" dedi ve ellerini Vahşi'nin omuzlarına koyup kendi vücudunu Vahşi'nin vücuduna bastırdı. "Sar kollarınla beni," diye emretti. "Sar beni, uçur beni, tatlım." Lenina'nın dağarcığında da şiirler vardı, o da melodili, tılsımlı ve davul sesli şiirler biliyordu. "Öp beni"; gözlerini kapattı, sesi uykulu bir mırıltıya dönüştü, "öp beni, komalara gireyim. Sımsıkı sar beni, bebeğim..."

Vahşi, Lenina'yı kollarından yakaladı, kollarını kendi omuzlarından koparıp aldı, sert bir şekilde kol mesafesine fırlattı.

"Uff, canımı yakıyorsun, canımı...ahh!" Birden suskunlaştı. Korku, hissettiği acıyı unutturdu. Gözlerini açınca yüzünü gördü - hayır, onun yüzü değil, gaddar bir yabancının yüzüydü gördüğü, solgun, allak bullak olmuş, çılgınca ve açıklanamaz bir hiddetle titreyen bir yüzdü. Dehşet içinde, "Fakat sorun ne, John?" diye fısıldadı. Vahşi cevap vermedi, sadece deli gözlerle Lenina'ya bakıyordu. Lenina'nın bileklerini tutan elleri titriyordu. Derin ve düzensiz nefes alıyordu. Neredeyse hiçbir şeyi algılayamayacak denli baygın ve şaşkına dönmüş olan Lenina, birden Vahşi'nin dişlerini gıcırdattığını duydu. Nerdeyse çığlık atarak, "Sorun nedir?" dedi.

Lenina'nın çığlığıyla uyanmış gibi, Lenina'yı omuzlarından yakaladı ve sarstı. "Orospu!" diye bağırdı. "Orospu! Arsız kaltak!"

Vahşi'nin sarsmasıyla gülünç ve titrek hale gelen bir sesle, "Ah, yapma, yapp-ma," dedi.

"Orospu!"

"Lüt-fen."

"Kahrolası orospu!"

"Bir gra-mı bin..." diye başladı.

Vahşi, Lenina'yı öyle bir güçle itti ki, Lenina sendeleyip düştü. Başında tehditkâr bir tavırla dikilerek, "Git," diye bağırdı, "gözüme görünme, yoksa seni öldürürüm." Yumruklarını sıktı.

Lenina yüzünü örtmek için elini kaldırdı. "Hayır, lütfen yapma John..."

"Çabuk. Acele et!"

Bir eliyle yüzünü örtmeye devam eden ve Vahşi'nin her hareketini dehşet dolu gözlerle izleyen Lenina, ayağa kalktı, kamburu çıkmış bir halde banyoya doğru fırladı.

Odadan çıkışını hızlandıran o heybetli tokat, silah gibi patladı.

"Ahh!" Lenina ileri doğru fırladı.

Kendini emniyet içinde banyoya kilitleyen Lenina, yaralarını kontrol edecek zamanı buldu. Arkası aynaya dönük dikilerek kafasını çevirdi. Sol omzunun üzerinden baktığında, inci renkli teninde kızıl duran belirgin el izini gördü. Gayretli bir şekilde morartının üzerini ovuşturdu.

Dışardaki diğer odada Vahşi, bir aşağı bir yukarı volta atıyor, sihirli sözcüklerin davullarıyla ve müziğiyle uygun adım yürüyordu. "Çalıkuşu da yapar bunu ve küçük altın rengi sinek gözümün önünde kapılır şehvete." Sözcükler, kulaklarında çıldırtırcasına gümbürdüyordu. "Ne kokarca, ne de kirlenmiş at, böyle gürültücü bir iştahla şehvetlenir. Üst tarafı kadın olsa da, belden aşağısı Kentauros'tur. Tanrı mirasıdır belden yukarısı. Altıysa zebaniler mekânı. Cehennem orada, karanlık ve sülfür kuyusu da, yanar kuyu durmadan, haşlar, leş kokar, ve ölüm; ayıp, utanmanız yok mu hiç, ayıp, iğrenç, iğrenç! Biraz miskkedisi yağı ver bana, sevgili eczacı, hayalgücüm tatlansın."

"John!" Lenina, sevimli görünmeye çalışan bir sesle banyodan seslendi. "John!"

"Ah yabani ot, öyle mükemmelsin, kokun öyle güzel ki, duyularım can atar kavuşmaya. Bu güzelim kitap, üzerine, orospu, yazılsın diye mi yaratıldı? Tanrı durur bu kelimede, okumaz..."

Ama Lenina'nın parfümü üzerine sinmişti, ceketi, Lenina'nın vücuduna güzel koku veren pudradan beyaz olmuştu. "Arsız kaltak, arsız kaltak, arsız kaltak." Kendiliğinden, amansız bir ritimle çıkıyordu sözcükler. "Arsız..."

"John, elbiselerimi almama izin verir misin?"

Vahşi, çan biçimli pantolonu, bluzu ve iç gömleği yerden aldı.

Kapıyı tekmeleyerek emir verdi: "Aç!"

"Hayır, açmam." Sesinde korku ve meydan okuma vardı.

"Açmazsan nasıl vermemi bekliyorsun elbiselerini?"

"Kapının üzerindeki hava deliğinden uzat."

Önerdiği şeyi yaptı ve huzursuz voltasına döndü. "Arsız kaltak, arsız kaltak. Koca kıçlı, patates parmaklı Şehvet şeytanı..."

"John."

Cevap vermedi. "Koca kıçlı, patates parmaklı."

"John."

"Ne var?" dedi sert bir sesle.

"Bana Malthus kemerimi verebilir misin acaba?"

Lenina oturup diğer odadaki ayak seslerini dinledi, dinlerken de daha ne kadar böyle bir aşağı bir yukarı volta atacağını, Vahşi daireden çıkana kadar beklemek zorunda kalıp kalmayacağını merak ediyordu. Öfkesinin geçmesi için bir süre bekleyip kapıyı açmak ve hızla kaçmak güvenli olur muydu?

Bu huzursuz düşüncelerle uğraşırken, diğer odada çalan telefonun sesini duydu. Yürüme sesi aniden kesildi. Sessizlikle konuşmaya başlayan Vahşi'nin sesini duydu.

"Alo."

....

"Evet."

....

"Kendi adımı gaspetmemişsem, benim."

...

"Evet, dediğimi duymadınız mı? Bay Vahşi'yim ben."

...

"Ne? Kim hasta? Elbette beni ilgilendirir."

...

"Ama ciddi mi durumu? Gerçekten mi kötü? Hemen çıkıyorum..."

...

"Artık eski odasında değil mi? Nereye götürüldü?"

....

"Aman Tanrım! Adresi nedir?"

...

"Park Caddesi Üç Numara mı -tamam? Üç mü? Teşekkürler."

Lenina yerine konan ahizenin tıkırtısını duydu,

ardından da aceleci adımları. Kapı çarptı. Sessizlik oldu. Gerçekten gitmiş miydi?

Sonsuz bir tedbirlilikle kapıyı bir santim kadar araladı; aralıktan içeriyi gözetledi; odanın boşluğundan cesaret alıp biraz daha araladı ve kafasının tamamını uzattı. Sonunda parmaklarının ucuna basarak ilerledi, kalbi küt küt atarak birkaç saniye bekledi, kulak kesilerek dinledi, ön kapıya fırladı, açtı, çıktı ve kapıyı vurarak koşmaya başladı. Ancak asansöre girip boşlukta inmeye başlayınca kendini emniyette hissetti.

ONDÖRDÜNCÜ BÖLÜM

Park Sokağı Caddesi Ölecek Hastalar Hastanesi, çuhaçiçeği rengi çinilerle kaplı altmış katlı bir binaydı. Vahşi taksikopterden inerken, neşeli renklere boyanmış bir uçan cenaze arabası konvoyu pırpır ederek çatıdan yükseldi ve hızla Park'ın üzerinden geçerek batıya, Slough Krematoryumu'na doğru yöneldi. Asansör kapısındaki görevli, Vahşi'ye gerekli bilgileri verdi ve onyedinci kattaki 81. Koğuş'a indiler (görevli, bu koğuşun Hızlı İlerleyen İhtiyarlık koğuşu olduğunu söyledi).

Güneş ışığı ve sarı boyayla parlayan yirmi yataklı büyük bir odaydı ve yatakların tamamı doluydu. Linda yalnız ölmüyordu -başka insanlar ve modern teknoloji eşliğinde ölüyordu. Odanın havası, neşeli sentetik melodilerle sürekli canlı tutuluyordu. Her yatağın ayakucunda, ölümcül hastaların tam karşısında bir televizyon kutusu duruyordu. Televizyonlar, akan bir musluk misali sabahtan geceye dek açık tutuluyordu. Odanın havasındaki parfüm her on beş dakikada bir otomatik olarak değiştiriliyordu. Vahşi'yi kapıda karşılayan hemşire anlatıyordu: "Burada bütünüyle hoş bir atmosfer yaratmaya çalışıyoruz - birinci sınıf bir otelle duyusal film sarayı arası bir şey, anlayacağınız."

Bu nazik açıklamaları duymazdan gelen Vahşi, "Nerede o?" dedi.

Hemşire alındı. "Aceleniz var," dedi.

"Umut var mı?" diye sordu.

"Yani, ölmeme umudu mu?" (Vahşi, başıyla doğruladı.) "Hayır, tabii ki yok. Eğer biri buraya gönderilirse, hiç..." Vahşi'nin solgun yüzündeki ızdırabı görerek hayrete düşen hemşire, konuşmayı bıraktı. "Niye? Sorun nedir?" dedi. Ziyaretçilerde böyle bir durum görmeye alışık değildi. (Zaten öyle çok ziyaretçi de gelmezdi ya. Hoş, ziyaretçi gelmesi için herhangi bir neden de yoktu.)

"Hasta değilsiniz, değil mi?"

Başıyla olumsuzladı. Güçlükle duyulabilen bir sesle, "Annem o benim," dedi.

Hemşire hayret içinde, dehşete kapılmış gözlerle Vahşi'ye baktı, sonra da bakışlarını kaçırdı. Boynundan saç diplerine kadar kıpkırmızı oldu.

Sıradan bir ses tonuyla konuşmaya çalışan Vahşi, "Beni onun yanına götürün," dedi.

Kıpkırmızı olan hemşire öne düşerek yolu gösterdi. Hâlâ canlı ve kırışıksız olan yüzler (ihtiyarlık öyle şiddetli bir biçimde çökerdi ki, yanakları yaşlandıracak zamanı olmazdı - sadece kalbi ve beyni yaşlandırırdı) yanlarından geçerken dönüyordu. İkinci çocukluğunu yaşayan boş, meraksız gözler, Vahşi'nin hareketlerini izliyordu. Onlara bakan Vahşi, ürperdi.

Linda, uzun yatak sırasının en sonundaki duvara bitişik yatakta yatıyordu. Sırtı yastıklarla desteklenmiş Linda, Güney Amerika Riemann-Zeminde Tenis Şampiyonasının Yarı Finallerini izliyordu, ayakucundaki ekranda maçlar, sesi kısılmış ve özet yayın halinde veriliyordu. Küçük şekiller, parlak camdan sahanın karelerinde akvaryum balıkları gibi oraya buraya koşturuyorlardı - başka bir dünyanın sessiz, ama kıpır kıpır sakinleriydiler.

Linda izliyor ve belli belirsiz, anlamaz bir ifadeyle gülümsüyordu. Solgun, şiş suratında embesilce bir mutluluk ifadesi vardı. Arada bir göz kapakları kapanıyordu ve birkaç saniyeliğine kestiriyor gibiydi. Sonra ufak bir irkilmeyle yine uyanıyordu - karşısında Tenis Şampiyonası'nın akvaryum kıpırtılarını görüyor, "Sar beni, uçur beni, tatlım," şarkısının Süper-Vox-Wurlitzeriana yorumunu duyuyor, başının üzerindeki vantilatörden gelen mine çiçeği esintisini kokluyordu - işte bütün bunlara, ya da daha çok, kanındaki *soma*nın dönüştürerek güzelleştirdiği bir rüyanın fragmanlarına uyanıyor ve bir kez daha çocuksu bir mutlulukla, kararmış, aralıklı dişlerinin arasından gülümsüyordu.

"Şey, benim gitmem gerekiyor," dedi hemşire. "Çocuk grubum birazdan burada olur. Üstelik Üç Numara da var." Koğuşun diğer ucunu gösterdi. "Her an gidici. Neyse, siz rahatınıza bakın." Çevik adımlarla uzaklaştı.

Vahşi yatağın yanına oturdu.

Linda'nın elini tutarak, "Linda," diye fısıldadı.

Adını duyan Linda döndü. Boş bakan gözleri, tanımanın sevinciyle parıldadı. John'ın elini sıktı, gülümsedi, dudakları kımıldadı; sonra birden kafası öne düştü. Uyuyordu. Oturup Linda'yı izlemeye koyuldu -Linda'nın yorgun bedeninde, Malpais'deki çocukluğu süresince üzerine titreyen o genç, parlak yüzü aradı ve buldu, (gözlerini kapayarak) annesinin sesini, hareketlerini, birlikte yaşadıkları tüm olayları anımsadı. "Streptokok-Mikrop Cehenneme direk..." Ne kadar güzel şarkı söylerdi! Ya o çocuk tekerlemeleri, ne kadar sihirli ve tuhaf, ne kadar gizemliydiler!

A, B, C, vitamin D:
Mezgit suda, yağ ciğerde.

Sözcükleri ve Linda'nın onları söyleyişini hatırlarken göz kapaklarının gerisinde sıcak gözyaşlarının biriktiğini hissetti. Bir de okuma dersleri vardı; Yumurcak tasta, kedi paspasta; ve Embriyo Deposu Beta Çalışanları için Başlangıç Talimatları. Linda'nın; ateşin başında ya da yazın küçük evin çatısında, Ayrıbölge'nin dışındaki Diğer Taraf ile ilgili anlattığı hikâyeleri dinleyerek geçirdiği uzun akşamları anımsadı; o harika Diğer Taraf, ki bir iyilik ve güzellik cenneti olarak anısı hep canlı ve bütün kalmış, hafızasından silinmemiş; bu gerçek Londra'nın, uygar erkek ve kadınların gerçekliği bu cenneti kirletememişti.

Aniden tiz seslerin yarattığı bir gürültüyle gözlerini açtı ve aceleyle gözlerindeki yaşları silerek etrafına bakındı. Sekiz yaşındaki tek yumurta ikizleri arkası gelmez bir sel halinde odaya giriyordu. İkiz üstüne ikiz, ikiz üstüne ikiz, odaya doluşuyorlardı - kâbus gibiydi. Suratları, tekrarlanan tek surat - çünkü hepsi aynı suratı paylaşıyordu - yassı burun ve patlak gözlerle bakıyordu. Üniformaları hakiydi. Hepsinin ağızları açıktı. Bas bas bağırarak ve konuşarak içeri giriyorlardı. Çok kısa bir süre içinde, koğuşta kurtlar misali kaynıyorlardı. Sürüler halinde yatakların arasında dolaşıyor, yatakların tepesine çıkmaya ve altından geçmeye çalışıyor, televizyon kutularına bakıp hastalara yüzlerini gözlerini oynatıyorlardı.

Linda, ikizleri şaşırtıp irkiltmişti. Bir grup ikiz yatağın ayakucunda durup bilinmeyenle karşılaşmış hayvanlara özgü korkakça ve aptal bir merak içinde Linda'yı izlemeye başladılar.

"Aaa, baksana, bak!" Alçak, korku dolu bir sesle konuşuyorlardı. "Bu kadının nesi var böyle? Niçin bu kadar şişman?"

Daha önce hiç Linda'nınki gibi bir yüz görmemişlerdi -genç ve sıkı derili olmayan bir yüz, formda ve dimdik kalmayan bir vücut görmemişlerdi. Koğuştaki bütün ölümcül ve altmışlarındaki insanların yüzleri, kız çocuklarının yüzlerini andırıyordu. Oysa Linda kırk dördünde, her yeri sarkmış, buruşmuş bir canavara benziyordu.

"Korkunç, değil mi?" cinsinden fısıltılı yorumlar duyuldu. "Dişlerine bak!"

Aniden yatağın altından çıkıp John'ın sandalyesiyle duvar arasına giren buldog suratlı bir ikiz, gözlerini Linda'nın uyuyan suratına dikip bakmaya başladı.

"Bence..." diyerek söze başladı, fakat cümlesi tiz bir çığlıkla bitti. Vahşi, ikizi yakasından yakalayıp havaya kaldırarak sandalyenin üzerinden aşırdı ve kulağına bir tokat attı. Çocuk uluyarak uzaklaştı.

Çığlıkları duyan Baş Hemşire imdada yetişti.

Sert bir şekilde, "Ne yaptınız ona?" diye sordu. "Çocuklara vurmanıza izin veremem."

"Tamam, öyleyse onları bu yataktan uzak tutun." Vahşi'nin sesi öfkeden titriyordu. "Bu şımarık pis veletler burada ne arıyorlar? Utanç verici bir durum!"

"Utanç verici mi? Ne demek istiyorsunuz? Burada ölüme şartlandırılıyorlar. Size şunu da söyleyeyim," diyerek haşin bir şekilde Vahşi'yi uyardı, "eğer şartlandırılmalarını bir kez daha bozarsanız görevlileri çağırıp sizi buradan attırırım."

Vahşi ayağa kalkıp kadına doğru birkaç adım attı. Hareketleri ve yüz ifadesi öyle tehdit doluydu ki, hemşire korkudan geriye doğru yuvarlandı. Büyük bir çabayla kendini kontrol eden Vahşi, konuşmadan döndü ve tekrar yatağın kenarına oturdu.

Güvenini yeniden kazanan Baş Hemşire, bu kez biraz tiz bir sesle ve daha az kendinden emin bir tonla, "Sizi uyardım, hareketlerinize dikkat edin," dedi. Yine de fazla meraklı ikizleri uzaklaştırıp odanın diğer tarafına götürdü ve bir başka meslektaşının düzenlediği fermuar avlamaca oyununa soktu.

Diğer hemşireye, "Gidip kafein çözeltini iç, hayatım," dedi. Yetkisini kullanmak, kendine güvenini geri getirmişti, şimdi kendini daha iyi hissediyordu. "Şimdi çocuklar!" diye seslendi.

Linda huzursuz bir biçimde kıpırdandı, gözlerini bir an açıp anlamaz şekilde etrafına baktı ve bir kez daha uykuya daldı. Yanında oturmakta olan Vahşi, birkaç dakika önceki ruh halini tekrar yakalayabilmek için uğraştı. Sanki sözcükler, ölü geçmişe hayat kazandırabilecek bir büyüymüşçesine, kendi kendine tekrarladı: "A, B, C, vitamin D." Ama büyü işe yaramıyordu. Güzel anılar gelmemekte direniyordu; sadece kıskançlıklar, çirkinlikler ve ızdıraplar hortluyordu. Kesik omzundan kan süzülen Popé, çirkin uyuyan Linda ve yatağın yanı başında yere dökülmüş olan *meskal*ın etrafında vızıldayan sinekler, bir de Linda yanlarından geçerken çocukların ettiği sözler... Of, hayır, hayır! Gözlerini kapadı, bütün bu anıları inkâr etmek için başını salladı. A, B, C, vitamin D... Dizlerine oturduğu Linda'nın, kendisine sarılarak ninnilerle uyutmaya çalıştığı ve salladığı, tekrar tekrar ninni söylediği zamanları düşünmeye çalıştı. A, B, C, vitamin D, vitamin D, vitamin D...

Süper-Vox-Wurlitzeriana, zırlayan bir kreşendo ile yükseldi; koku dolaşım sisteminde mine çiçeği, yerini ağır bir nane kokusuna bıraktı. Linda kımıldandı, uyandı, birkaç saniye şaşkın gözlerle arı finalistlere baktı, sonra kafasını kaldırıp bir iki kez yeni parfümlenmiş havayı kokladı ve birden gülümsedi - çocuksu bir haz vardı gülümseyişinde.

"Popé!" diye mırıldandı ve gözlerini kapadı. "Ah, çok hoşuma gidiyor öyle yapman, çok..." Derin bir nefes alıp kendini tekrar yastıklara bıraktı.

"Ama, Linda!" Vahşi yalvarırcasına konuşuyordu. "Beni tanımıyor musun?" Çok uğraşmıştı, elinden geleni yapmıştı; Linda niye unutmasına izin vermiyordu? Cansız elini nerdeyse şiddetle sıktı, Linda'yı bu rezil şehvet rüyasından, bu adi ve nefret edilesi anılardan çıkaracakmış gibi sıkıyordu -çıkarıp şimdiye, gerçeğe, sersemleten bu ana, bu berbat gerçekliğe geri getirebilecekmiş gibi sıkıyordu. Berbat bir gerçeklikti ama yüceydi, anlamlıydı, son derece önemliydi çünkü çok yaklaşmış olan o şey, bunları daha da korkutucu kılıyordu. "Beni tanımıyor musun, Linda?"

Linda'nın belli belirsiz cevap verircesine elini sıktığını hissetti. Gözlerine yaşlar doldu. Linda' nın üzerine eğilerek öptü.

Dudakları kımıldadı. Tekrar "Popé!" diye fısıldadı. Vahşi, suratına bir kova dışkı fırlatılmış gibi hissetti kendini.

Birden içindeki öfke kabarmaya başladı. Tekrar bir setle karşılaşan kederinin ateşi başka bir çıkış yolu bulmuş, ızdırap dolu bir öfke ateşine dönüşmeye başlamıştı.

"Fakat ben John'ım!" diye bağırdı. "John'ım ben!" Acı dolu bir öfkeyle Linda'yı omzundan yakalayıp sarstı.

Linda gözlerini kırpıştırarak açtı; John'ı gördü ve tanıdı -John!- ama gerçek olan bu yüzü, bu gerçek ve zorba elleri, hayali bir dünyaya yerleştirmişti -nane kokusu ve Wurlitzeriana'nın içsel ve özel eşdeğerleri arasına, rüyasındaki evreni oluşturan biçim değiştirmiş anıların ve tuhaf şekilde değişmiş hislerin arasına yerleştirmişti. John olduğunu anlamıştı, oğluydu, ama onun, Popé ile birlikte *soma*-tatilini geçirmekte olduğu cennet Malpais'deki bir münasebetsiz olduğunu düşünüyordu. Vahşi kızmıştı, çünkü Linda Popé'yi severdi; Linda'yı sarsıyordu, çünkü Popé orada yatakta, Linda'nın yanındaydı -sanki yanlış olan bir şey varmış gibi, sanki tüm uygar insanlar aynı şeyi yapmıyormuş gibi. "Herkes herkese aittir..." Linda'nın sesi aniden neredeyse duyulamayan, soluksuz bir homurtuya dönüştü: ağzı açık kaldı: ciğerlerini havayla doldurmak için çaresizce çırpındı. Fakat nefes almayı unutmuş gibiydi. Haykırmaya çalıştı - ama sesi çıkmadı; çektiği acı, yalnızca gözlerindeki dehşetten anlaşılabiliyordu. Ellerini boğazına götürdü; sonra havayı tırmaladı - soluyamadığı, artık kendisi için var olmayan havayı.

Vahşi ayakta, Linda'nın üzerine eğilmişti. "Ne var Linda? Sorun nedir?" Sesi yalvarıyordu, içini rahatlatmak için yalvarıyor gibiydi.

Linda'nın bakışında, sözlerle anlatılamayacak bir dehşet vardı - dehşet ve John'a öyle geliyordu ki, serzeniş de vardı. Linda yatakta doğrulmaya çalıştı, ama tekrar yastıkların üzerine yığıldı. Yüzü allak bullak olmuş, dudakları morarmıştı.

Vahşi dönüp koğuşun diğer tarafına koştu.

"Çabuk, çabuk!" diye bağırdı. "Acele edin!"

Fermuar avlayan ikizlerden oluşan bir çemberin ortasında duran Baş Hemşire etrafına bakındı. İlk andaki şaşkınlığı yerini hemen azarlamaya bıraktı. "Bağırmayın! Küçükleri düşünün," diyerek kaşlarını çattı. "Çocukların şartlandırmasını boza... Ne yapıyorsunuz?" Vahşi çemberi bozmuştu. Çocuğun biri bağırdı, "Dikkatli olsanıza!"

"Çabuk! Acele edin!" Hemşireyi kolundan yakalamış, peşi sıra sürüklüyordu. "Acele edin! Bir şey oldu. Öldürdüm onu."

Koğuşun ucuna ulaştıklarında Linda ölmüştü.

Vahşi, bir an, donuk bir sessizlik içinde bekledi, sonra yatağın yanında dizlerinin üstüne çöktü ve yüzünü elleriyle kapayarak hıçkıra hıçkıra ağlamaya başladı.

Hemşire kararsız dikiliyordu, bir yatağın kenarında diz çökmüş adama bakıyor (skandaldı bu!), bir koğuşun diğer ucunda fermuar avlama oyununu bırakmış, yassı burunları ve patlak gözleriyle 20. Yatak etrafında ortaya konan rezaleti izleyen çocuklara bakıyordu. Onunla konuşmalı mıydı? Kendisini toparlamasına yardımcı mı olmalıydı? Nerede olduğunu, bu masum çocuklara nasıl kötülük ettiğini hatırlatsa mıydı? Bu iğrenç böğürtüleriyle -sanki ölüm korkunç bir şeymişçesine ve sanki insan hayatı bu kadar önemliymişçesine- bütün ölüm şartlandırmalarını mahvediyordu. Konu hakkında en kötü fikirlere kapılmalarına ve bütünüyle yanlış, son derece antisosyal tepkiler geliştirmelerine neden olabilirdi.

Hemşire öne çıktı ve Vahşi'nin omzuna dokundu. Alçak, öfkeli bir sesle, "Kendinizi toparlayamaz mısınız?" dedi. Fakat etrafına bakınca yarım düzine ikizin ayağa kalkıp, o tarafa doğru geldiklerini gördü. Çember bozuluyordu. Biraz sonra... Hayır, fazla riskliydi; bütün Grup'un şartlandırması iki üç ay gerileyebilirdi. Tehdit altındaki gruba doğru koşmaya başladı.

Neşeli, yüksek bir sesle, "Evet, bakalım şimdi kim çikolatalı pasta yemek ister?"

Bütün Bokanovski Grubu koro halinde "Ben!" diye haykırdı. 20. Yatak tamamen unutuldu.

"Ah Tanrım, Tanrım, Tanrım..." Vahşi kendi başına tekrarlıyordu. Beynini kaplayan keder ve vicdan azabının kaosunda tek mantıklı söz buydu. "Tanrım!" diye yüksek sesle fısıldadı. "Tanrım..."

Süper-Wurlitzer'ın cıvıltıları arasından tiz, belirgin ve yakından gelen bir ses duyuldu: "Ne diyor bu adam?"

Vahşi sert bir hareketle sıçradı ve ellerini yüzünden çekerek etrafına baktı. Her birinin sağ elinde uzun bir pasta olan ve tıpatıp suratlarının çeşitli bölgelerine sıvı çikolata bulaşmış beş tane haki renkli ikiz, sıra halinde dikilmiş, patlak gözlerle Vahşi'ye bakıyorlardı.

Gözleri Vahşi'nin gözleriyle buluşunca, hepsi aynı anda sırıttılar. İçlerinden biri pastasının çubuğuyla işaret eti.

"Kadın öldü mü?" dedi.

Vahşi sessizlik içinde bir süre onlara baktı. Sonra sessizce ayaklarının üzerinde doğruldu ve yine sessizce, yavaş adımlarla kapıya doğru yürümeye başladı.

Yanı sıra gelen meraklı ikiz "Öldü mü?" diye tekrar sordu.

Vahşi, çocuğa baktı ve yine konuşmaksızın çocuğu iterek uzaklaştırdı. İkiz yere yuvarlandı ve hemen ulumaya başladı. Vahşi kafasını bile çevirmedi.

ONBEŞİNCİ BÖLÜM

Park Caddesi Ölecek Hastalar Hastanesi'nin hizmet personeli, seksen dört tane kızıl saçlı dişi ve yetmiş sekiz tane esmer, uzun kafalı erkek ikizden oluşan iki Bokanovski Grubu'na ayrılmış yüz altmış iki tane Deltadan oluşuyordu. Saat altıda iş günleri bittiğinde Hastane'nin girişinde toplanırlar ve Nöbetçi İkinci Muhasebeci kendilerine günlük *soma* haklarını dağıtırdı.

Asansörden çıkan Vahşi, kendini Deltaların tam ortasında buldu. Ama aklı başka yerdeydi - ölümü, üzüntüsünü ve vicdan azabını düşünüyordu; mekanik bir şekilde ne yaptığını bilmeden kalabalığın arasına dalarak omuzlarıyla kendisine yol açtı.

"Kimi itiyorsun sen? Nereye gittiğini sanıyorsun?"

Alçak ve yüksek olmak üzere ayrı bir sürü gırtlaktan yalnızca iki çeşit ses çıkıyor, ya cırlıyor ya da homurdanıyorlardı. Tren vagonları misali dizilmiş aynalardan yansıyormuşçasına sonsuz sayıda tekrarlanan iki surat, biri köse, çilli ve portakal rengi bir hale ile çevrilmiş; diğeri zayıf, iki günlük pis sakallı, gaga burunlu kuş maskesi, hiddetle Vahşi'ye dönüyordu. Sözleri ve kaburgalarında hissettiği dirsek darbeleri, Vahşi'nin dalgınlığını delip geçiyordu. Bir kez daha uyanarak kendini dış gerçeklikle karşı karşıya buldu, etrafına baktı, gördüklerini tanıyordu - derin bir dehşet ve iğrenme hissiyle, günlerini ve gecelerini dolduran bitmek bilmez delilikten, her tarafta kaynayan ayırt edilemez aynılık kâbusundan tanıyordu. İkizler, ikizler... Linda'nın ölümünün üzerinde kurtlar misali kaynıyorlardı. Yine kurtlar, ama bu kez daha iri ve yetişkindiler, üzüntüsüyle pişmanlığının üzerinde sürünüyorlardı. Durup dehşet dolu ve şaşkın gözlerle çevresindeki haki güruha baktı. Tam ortalarında, bir kafa yukarıda dikiliyordu. "Ne kadar çok iyi yürekli yaratık toplanmış burada!" Ezgili sözcükler, Vahşi'yi alaylı biçimde taklit ediyordu. "Ne muhteşem bu insanoğlu! Hey cesur yeni dünya..."

Yüksek bir ses, "*Soma* dağıtımı!" diye bağırdı. "Sırayla lütfen. Siz ordakiler, acele edin."

Bir kapı açılmış, girişe bir masa ve sandalye çıkarılmıştı. Ses, siyah demirden bir para kutusu taşıyarak içeri giren genç, neşeli bir Alfa'ya aitti. O anı bekleyen ikizlerden keyif mırıltıları yükseldi. Vahşi'yi tamamıyla unuttular. Şimdi dikkatleri, delikanlının masaya koyduğu ve kilidini açmakla uğraştığı siyah para kutusuna yoğunlaşmıştı. Kutunun kapağı açıldı.

Yüz altmış iki kişi hep birden, havai fişek gösterisi seyrediyormuşcasına, "Oo-oh!" dedi.

Delikanlı, kutudan bir avuç dolusu hap kutusu çıkardı. Kesin bir tonla, "Şimdi, ilerleyin lütfen," dedi. "Sırayla ve itişip kakışmadan."

İkizler sırayla, itişip kakışmadan ilerlediler. Önce iki erkek, bir dişi, sonra iki erkek daha, üç dişi daha...

Vahşi ayakta dikilerek izliyordu. "Hey cesur yeni dünya, Hey cesur yeni dünya..." Beynindeki melodilerin tonu değişmiş gibiydi. Üzüntüsü ve ızdırabıyla alay etmişlerdi, hem de ne iğrenç bir biçimde! Zebaniler gibi kahkaha atarak, sefalete ve kâbusun bulantılı çirkinliğine yoğunlaşmışlardı. Şimdi de aniden askere çağrı borusu çalmaya başladılar. "Hey cesur yeni dünya!" Miranda, güzellik olasılığını duyuruyordu, kâbusu bile güzel ve yüce bir şeye dönüştürebilme olasılığını bildiriyordu. "Hey cesur yeni dünya!" Bir meydan okumaydı bu, bir emirdi.

"İtişmeye hemen son verin!" diye öfke içinde bağırdı muhasebeci. Para kutusunun kapağını küt diye çarptı. "Eğer hemen terbiyenizi takınmazsanız dağıtımı durdururum." Deltalar homurdanıp biraz da itişerek durdular. Tehdit işe yaramıştı. *Soma*dan mahrum kalmak korkunç bir düşünceydi!

Delikanlı, "Şimdi oldu," dedi ve para kutusunu yeniden açtı.

Linda tüm yaşamını köle olarak geçirmiş ve ölmüştü. Diğerleri özgür yaşamalı, dünya güzelleştirilmeliydi. Bir tür diyet, bir görevdi. Vahşi birden ne yapması gerektiğini anladı. Sanki bir panjur kalkmış, perde açılmış ve zihni aydınlanmıştı.

"Şimdi," dedi muhasebeci.

Haki bir başka dişi öne çıktı.

Vahşi, yüksek, çınlayan bir sesle, "Durun!" diye bağırdı. "Durun!"

Önündekileri iterek masaya ulaştı; Deltalar şaşkınlık içinde ona bakıyordu.

Muhasebeci alçak sesle, "Fordum!" dedi. "Vahşi'ymiş." Korkuyordu.

Ciddi bir sesle, "Dinleyin, rica ediyorum," dedi Vahşi. "Bana kulak verin..." Daha önce hiç topluluk önünde konuşmamıştı, kendini ifade etmekte zorlanıyordu. "O korkunç maddeyi kullanmayın. Zehir o, zehir."

Muhasebeci, "Bakın, Bay Vahşi," dedi. Yatıştırmaya çalışarak gülümsüyordu. "İzin verirseniz..."

"Bedeniniz gibi ruhunuzu da zehirler."

"Evet, ama lütfen izin verin de dağıtıma devam edeyim. Aferin size." Yırtıcılığıyla tanınan bir hayvanı okşayan birinin temkinli yumuşaklığıyla Vahşi'nin koluna dokundu. "Lütfen izin verin de..."

"Asla!" diye haykırdı Vahşi.

"Ama bakın, efendim..."

"O korkunç zehrin hepsini çöpe atın."

"Hepsini çöpe atın" sözcükleri, Deltaların idrak katmanlarını delerek geçip bilinçlerinin özüne ulaştı. Kalabalıktan öfkeli bir homurtu yükseldi.

Tekrar ikizlere dönen Vahşi, "Sizi özgürlüğünüze kavuşturmaya geldim," dedi. "Sizi..."

Nöbetçi Muhasebeci daha fazla dinlemedi; girişten çıkmış, telefon rehberinde bir numara arıyordu.

"Kendi dairesinde değil," diye özetledi Bernard. "Benimkinde değil, seninkinde değil. Afroditeum'da değil, Merkez'de değil, Üniversite'de yok. Nereye gitmiş olabilir?"

Helmholtz omuz silkti. Vahşi'yi her zamanki buluşma yerlerinden birinde bulmayı umarak işlerinden dönmüşlerdi, ancak John'dan eser yoktu. Durum can sıkıcıydı, çünkü Helmholtz'un dört kişilik sportikopterine atlayıp hemen Biarritz'e uzanmayı planlamışlardı. Vahşi çok geçmeden dönmezse, akşam yemeğine gecikeceklerdi.

"Beş dakika daha tanıyalım," dedi Helmholtz. "O zamana kadar dönmezse, biz de..."

Çalan telefon, sözünü yarıda kesti. Ahizeyi kaldırdı. "Alo. Benim." Uzun bir dinleme arasından sonra, "Arabasına binmiş Ford aşkına!" dedi. "Hemen geliyorum."

"Ne oluyor?" dedi Bernard.

"Park Caddesi Hastanesi'nden tanıdığım biriydi arayan," dedi Helmholtz. "Vahşi oradaymış. Çıldırmış galiba. Her neyse, acil bir durum. Benimle geliyor musun?"

Birlikte aceleyle asansörlere koştular.

* * *

Hastaneye girdiklerinde Vahşi, "Fakat köle olmak hoşunuza gidiyor mu?" diyordu. Yüzü kızarmış, gözleri haklı bir öfke ve heyecanla parlıyordu. "Bebekler gibi yaşamaktan hoşlanıyor musunuz? Evet, bebekler gibi zırlayıp kusuyorsunuz," diye ekledi. Hayvanlara özgü salaklıklarından sabrı tükenen Vahşi, şimdi de kurtarmaya geldiği insanlara hakaretler yağdırıyordu. Hakaretler, kalın salaklık zırhlarına çarpıp dağılıyordu, gözlerinde donuk ve somurtkan bir kinle, boş bir ifadeyle Vahşi'ye bakıyorlardı. "Evet, kusuyorsunuz," diye haykırdı. Üzüntü ve vicdan azabı, merhamet ve görev - bunların tümü şimdi unutulmuştu ve bekleneceği üzere, bu insan müsveddesi canavarlara duyulan şiddetli bir nefrete yenik düşmüştü. "Özgür ve insan olmak istemiyor musunuz? İnsanlık ve özgürlüğün ne olduğunu anlamıyor musunuz?" Hiddetten akıcı konuşuyor, sözcükler kolayca ve hızla geliyordu. "Anlamıyor musunuz?" diye tekrarladı, ama sorusuna yanıt alamadı. "Peki öyleyse," diyerek sert bir tonla devam etti. "Size öğreteyim; isteseniz de istemeseniz de sizi özgür kılacağım." Ve Hastane'nin iç avlusuna bakan bir pencereyi açarak *soma* haplarıyla dolu küçük kutuları avuç avuç alıp avluya fırlatmaya başladı.

Haki güruh bir süre sessiz kaldı, bu gereksiz sapkınlık gösterisini şaşkınlık ve dehşet içinde, taş kesilmiş bir halde izlediler.

"Delirmiş," diye fısıldadı Bernard, gözleri fal taşı gibi açılmıştı. "Onu öldürecekler, öldürecekler..." Birden güruhtan bir bağırtı yükseldi; tehditkâr bir şekilde dalgalanarak Vahşi'ye doğru hareket ettiler. Bernard, "Ford yardımcısı olsun," dedi ve bakışlarını kaçırdı.

Helmholtz, "Ford, kendi kendine yardım edenlerden yardımını esirgemez," dedi ve bir kahkaha atarak, bir heyecan kahkahasıydı bu, kalabalığın arasına daldı.

"Özgürsünüz, özgürsünüz!" diye haykıran Vahşi, bir eliyle avluya *soma* fırlatmaya devam ediyor, diğer eliyle de kendine saldıranların tıpatıp suratlarına yumruk atıyordu. "Özgürlük!" Birden Helmholtz Watson yanında bitiverdi -"Sevgili dostum Helmholtz!"- o da yumruk sallıyordu- "Sonunda insan oldunuz!" -arada da avuç avuç zehiri camdan fırlatıyordu. "Evet, insan oldunuz! insan!" ve sonunda zehir bitti. Para kutusunu alıp siyah boşluğunu kalabalığa gösterdi. "Artık özgürsünüz!"

Uluyan Deltalar, iki kat öfkeyle saldırdılar.

Meydan savaşını kenardan tereddüt içinde izleyen Bernard, "İşleri bitti," dedi ve ani bir dürtüyle onlara yardım etmek üzere öne atıldı; sonra bir an düşünüp durdu, sonra utanıp yine öne çıktı ve daha sonra yine düşünüp durdu, aşağılayıcı bir kararsızlıkla kıvranarak bekledi -eğer yardım etmezse öldürülebileceklerini, ama ederse kendisinin de ölebileceğini düşünüyordu - tam bu anda (Forda şükürler olsun!), gaz maskesi takmış, patlak gözlü ve domuz burunlu polisler içeri girdiler.

Bernard polisleri karşılamak için fırladı. Kollarını sallıyordu, harekete geçmişti, birşeyler yapıyordu. Beş on kez "Yardım edin!" diye bağırdı, yardım ettiğine kendini inandırabilmek için giderek yüksek sesle bağırıyordu. "Yardım edin! *Yardım edin*! YARDIM EDİN!"

Polisler Bernard'ı kenara iterek işlerine koyuldular. Omuzlarına kayışlarla tutturulmuş püskürtme makineleri taşıyan üç polis, havaya yoğun *soma* buharı püskürtüyordu. İki polis de seyyar Sentetik Müzik Kutusu'yla uğraşıyordu. Güçlü bir aneztetikle doldurulmuş su tabancaları taşıyan dört polis kalabalığın arasına dalmıştı, her püskürtmede kavgacıların azgın olanlarından birini etkisiz hale getiriyorlardı.

"Çabuk, çabuk!" diye haykırdı Bernard. "Acele etmezseniz öldürecekler onları. Acele...Ah!" Gevezeliğinden sıkılan bir polis, su tabancasıyla Bernard'a ateş etmişti. Bir iki saniye yalpalayarak ayakta duran Bernard'ın bacakları kemiklerini, tendonlarını ve kaslarını yitirdi, pelteye ve hatta suya dönüştü, sonunda da külçe gibi yere yığıldı.

Birden, Sentetik Müzik Kutusu'ndan gelen bir Ses konuşmaya başladı. Aklın Sesi, Keyifliliğin

Sesi'ydi. İki Numaralı (Orta Şiddetli) Sentetik İsyan Bastırma Konuşması'nın ses bantı, alette dönmeye başladı. Aslında var olmayan bir yüreğin ta derinlerinden gelen Ses, öyle dokunaklı bir şekilde, öyle yumuşak bir serzeniş tonuyla, "Dostlarım, Dostlarım!" demişti ki, polislerin, gaz maskelerinin ardındaki gözlerine bile geçici olarak yaşlar doldu. "Bütün bunların anlamı nedir? Niye hep birlikte iyi ve mutlu olamıyorsunuz? İyi ve mutlu," diye tekrarladı. "Huzur içinde, barış içinde." Ses titredi, fısıltıya dönüştü ve bir anlığına kesildi. Müthiş bir ağırbaşlılıkla, "Ah, hepinizin mutlu olmanızı isterim," diye başladı. "Hepinizin mutlu olmanızı isterim! Lütfen, lütfen iyi olun ve..."

Ses ve *soma* buharı iki dakika içinde etkisini göstermişti. Yarım düzine ikiz, aynı anda, hep beraber kucaklaşarak gözlerinde yaşlarla birbirlerini öpüyorlardı. Hemholtz ile Vahşi bile ağlamak üzereydiler. Muhasebeden hap kutularıyla dolu yeni bir kutu getirildi, çabucak dağıtıldı. İkizler, Ses'in son derece şefkatli bariton vedaları eşliğinde, kalpleri paralanırcasına zırlayarak dağıldılar. "Hoşça kalın, benim sevgili dostlarım. Ford sizinle olsun! Hoşça kalın, sevgili dostlarım. Ford sizinle olsun. Hoşça kalın, sevgili dostlarım..."

Deltaların sonuncusu da bölgeyi terk ettiğinde, polis yayını durdurdu. Melaike Ses sustu.

Polis komiseri, "Sessiz bir şekilde gelecek misiniz, yoksa sizi bayıltmamız mı gerekecek?" diye sordu. Tehditkâr bir şekilde su tabancasını doğrulttu.

"Ah, sessizce geliyoruz," dedi Vahşi. Sırayla kesik yanağını, çizilmiş boynunu ve ısırılmış sol elini tuttu.

Mendilini burnuna tutmaya devam eden Helmholtz, başını sallayarak doğruladı.

Uyanık ve bacaklarını hissetmeye başlamış olan Bernard, mümkün olduğu kadar çaktırmadan kapıya doğru ilerlemek için bu anı seçti.

Komiser, "Hey oradaki, merhaba," dedi ve domuz maskeli bir polis koşarak yanına gelip Bernard'ın omzuna elini koydu.

Bernard içerlemiş bir masumiyetle döndü. Kaçmak mı? Aklından bile geçirmemişti kaçmayı. Komisere, "Gerçi *beni* niye götüreceksiniz, anlamıyorum ya," dedi.

"Tutukluların arkadaşı değil misiniz?"

"Şey..." dedi Bernard ve duraksadı. Hayır, inkâr edemezdi. "Niye arkadaşları olmayacak mışım?" diye sordu.

"Gelin öyleyse," diyen Komiser önde, onlar arkada kapıdan geçip polis arabasına yürüdüler.

ONALTINCI BÖLÜM

Üçünün götürüldüğü oda, Denetçi'nin çalışma odasıydı.

"Fordhazretleri biraz sonra aşağı inecekler," diyen Gama kâhya, üçlüyü kendi başlarına bıraktı.

Helmholtz yüksek sesle kahkaha attı.

"Mahkemeden çok kafein çözeltisi partisine benziyor," dedi ve kendini, içi hava dolu koltuklardan en lüksüne bıraktı. Dostunun yemyeşil, mutsuz suratını görünce, "Neşelensene, Bernard," dedi. Fakat Bernard'ın neşelenmeye niyeti yoktu; cevap vermeksizin ve Helmholtz'un yüzüne bile bakmadan gidip odadaki en rahatsız sandalyeye oturdu. Sandalyesini, yetkililerin gazabını biraz olsun azaltır umuduyla özenle seçmişti.

Bu arada Vahşi, huzursuz bir şekilde odada dolanıyor, belli belirsiz, üstünkörü bir merakla raflardaki kitaplara, numaralanmış evrak gözlerine konmuş ses kayıt bantlarına ve okuma makinesi bobinlerine göz gezdiriyordu. Pencerenin altındaki masanın üzerinde, üstü yumuşak, siyah taklit deriyle kaplanmış, iri, altın rengi T harfleriyle damgalanmış büyük bir cilt duruyordu. Kitabı eline alıp açtı. HAYATIM VE ESERLERİM, YAZAN FORDUMUZ. Kitap, Detroit'ta Fordgil İlim Yayma Derneği tarafından yayınlanmıştı. İş olsun diye sayfaları çevirdi, arada bir, bir cümle ya da paragraf okuyordu. Tam kitabın kendisini hiç ilgilendirmediği sonucuna varmıştı ki, kapı açıldı ve Batı Avrupa Bölgesi'nden sorumlu Dünya Denetçisi çevik adımlarla içeri girdi.

Mustafa Mond üçüyle de el sıkıştı; fakat konuşmasına Vahşi'ye hitap ederek başladı. "Demek uygarlıktan pek hoşlanmadınız, Bay Vahşi," dedi.

Vahşi, Denetçi'ye baktı. Kendini yalan söylemeye, kabadayılık taslamaya, somurtkan bir biçimde tepkisiz kalmaya hazırlamıştı; fakat Denetçi'nin yüzündeki güleryüzlü zekâdan aldığı güvenle dobra dobra gerçeği söylemeye karar verdi. "Hayır." Başını salladı.

Bernard irkilip dehşete kapıldı. Denetçi ne düşünecekti? Uygarlıktan hoşlanmadığını belirten birinin dostu olarak mimlenmek - üstelik açık açık, hem de Denetçi'nin yüzüne söylemişti - korkunç bir şeydi. "Fakat John," diyecek oldu. Mustafa Mond'un bir bakışı sefil bir şekilde susması için yetti.

"Tabii," diyen Vahşi kabullenmek zorunda kalarak devam etti, "bazı güzel yanları da yok değil. Örneğin, yayınlanan bütün o müzikler..."

"Bazen bin tane telli çalgı mırıldanır kulaklarımda, bazen de insan sesleri."

Vahşi'nin yüzü ani bir zevkle aydınlandı. "Siz de mi okudunuz?" dedi. "Bu kitabı burada, İngiltere'de kimsenin bilmediğini düşünüyordum."

"Neredeyse hiç kimse bilmez. Ben çok az sayıdaki insandan biriyim. Yasaklanmıştır. Fakat burada yasaları ben koyduğum için, çiğneyebilirim de." Bernard'a dönerek, "Cezadan muafım ben, Mr. Marx," diye ekledi. "Korkarım bu sizin için geçerli değil."

Bernard, daha da umutsuz bir ızdıraba gömüldü.

"Fakat niye yasaklandı?" dedi Vahşi. Shakespeare okumuş bir insanla karşılaşmanın heyecanıyla, geçici bir süre için başka her şeyi unutmuştu.

Denetçi omuzlarını silkti. "Çünkü eski; asıl nedeni bu. Burada eski şeyler işimize yaramaz."

"Muhteşem olsalar bile mi?"

"Özellikle de muhteşemseler. Güzellik çekicidir ve biz insanlarımızın eski şeylere kapılmalarını istemeyiz. Yeni şeyleri sevmelerini isteriz."

"Ama yeni şeyler öyle aptalca ve korkunç ki. İçinde sürekli dolanan helikopterlerin olduğu, insanların öpüşmelerini hissedebildiğiniz o oyunlar." Suratını buruşturdu. "Keçiler ve maymunlar!" İğrenme ve nefretini açıklayacak sözcükleri, yalnızca *Othello*'da bulabilmişti.

Denetçi, parantez içinde konuşurcasına mırıldandı: "Yine de güzel ve uysal hayvanlar."

"Niye bunların yerine *Othello*'yu izlemelerine izin vermiyorsunuz?"

"Size söyledim ya, eskiler. Üstelik, anlamaz insanlar."

Evet, doğruydu. Helmholtz'un *Romeo ve Juli*-

et'e nasıl güldüğünü anımsadı. Kısa bir suskunluktan sonra, "Öyleyse *Othello*'ya benzeyen yeni bir şey olsun, o zaman anlayabilirler."

Uzun bir sessizliğe son veren Helmholtz, "İşte hepimizin uzun süredir yazmak istediği de bu," dedi.

"Ve de asla yazmayacağınız şey," dedi Denetçi. "Çünkü eğer gerçekten *Othello*'ya benzerse kimse anlayamaz, ne kadar yeni olursa olsun. Yeni olursa da, *Othello*'ya benzeyemez."

"Neden olmasın?"

"Evet, neden?" diye tekrarladı Helmholtz. Durumun tatsız gerçeklerini o da unutmuştu. Sadece endişe ve korkudan mosmor olan Bernard, diğerlerinin varlığının bilincindeydi; diğerleri, kendisini göz ardı ediyordu. "Neden olmasın?"

"Çünkü bizim dünyamız Othello'nunkiyle aynı değil. Çelik olmadan araba yaratamazsınız - aynı şekilde, sosyal çalkantı olmadan da trajedi yaratamazsınız. Dünya şu anda istikrara kavuşmuş durumda. İnsanlar mutlu; istediklerini alıyorlar ve ulaşamayacakları şeyleri de asla istemiyorlar. Refahları yerinde; emniyetteler; hiç hastalanmıyorlar; ölümden korkmuyorlar; ihtiras ve ihtiyarlıktan habersiz ve bundan da çok memnunlar; veba gibi bir illet olan anne ve babaları yok; güçlü duygular hissedecekleri eşleri, çocukları ve sevgilileri yok; şartlandırmaları uyarınca davranmaları gerektiği gibi davranmak zorundalar. Herhangi bir sorun çıkması durumunda da *soma* var. Siz de tutup, özgürlük adına pencereden savurdunuz, Bay Vahşi. Özgürlük!" Güldü. "Bir de Deltaların, özgürlüğün ne olduğunu bilmelerini bekliyordunuz! Şimdi de *Othello*'yu anlamalarını bekliyorsunuz! Vah güzel çocuğum vah!"

Vahşi bir süre sustu. "Yine de," diye inatla ısrarını sürdürdü, "*Othello* güzel, o duyusal filmlerden daha güzel."

"Elbette güzel," dedi Denetçi. "Fakat istikrar karşılığında ödememiz gereken bedel işte bu. Mutluluk ile eskiden insanların güzel sanatlar dediği şey arasında seçim yapmak gerekiyor. Biz, güzel sanatlardan fedakârlıkta bulunduk. Onun yerine duyusal filmlerimiz ve kokulu orgumuz var."

"Ama hiçbir şey ifade etmiyorlar."

"Kendilerini ifade ediyorlar. Dinleyicilere hoş duygular ifade ediyorlar."

"Ama... ama gerizekâlının biri anlatıyor öyküyü."

Denetçi güldü. "Dostunuz Mr. Watson'a kabalık ediyorsunuz. Kendisi, en seçkin Duygu Mühendislerimizden biridir..."

Helmholtz iç karartıcı bir tonla, "Haklı ama," dedi. "Çünkü gerçekten ahmakça. Söylenecek bir şey yokken yazmak..."

"Kesinlikle. Fakat bu, en büyük yaratıcılığı gerektiriyor. Mümkün olan en az çelikle bir dört-teker yapıyorsunuz - elinizde salt duygudan başka hiçbir malzeme olmaksızın sanat eseri yaratıyorsunuz."

Vahşi kafasını salladı. "Hepsi çok korkunç görünüyor bana."

"Elbette görünecek. Izdırap karşılığında kazanılan şeylerle kıyaslandığında, şu andaki mutluluk çok sefil kalır. Ve tabii ki istikrar, istikrarsızlık kadar gösterişli değildir. Mutlulukta, şanssızlığa karşı verilen mücadelenin ihtişamlarından hiçbiri yoktur. Günahla mücadelenin, veya ihtiras ya da şüphe nedeniyle ölümüne alt üst oluşların görkemini bulamazsınız mutlulukta. Mutluluğun yüce bir yanı yoktur."

Kısa bir suskunluğun ardından, "Sanırım öyle," dedi Vahşi. "Fakat o ikizler kadar da korkunç olması gerekmiyor!" Montaj masalarında uzun sıralar halinde dikilen tıpatıp cücelerin, Brentford tekraylı istasyonunun girişinde kuyrukta bekleyen ikiz sürülerinin, Linda'nın ölüm döşeğinin çevresinde kaynayan insan-kurtların ve kendisine saldıranların sonsuz tekrarlanan suratının görüntülerini hafızasından silmek istercesine elini gözlerinin önünden geçirdi. Bandajlı sol eline bakıp ürperdi. "Korkunç!"

"Fakat ne kadar yararlı! Görüyorum ki Bokanovski Gruplarımızdan hoşlanmamışsınız; ancak sizi temin ederim ki bu gruplar, her şeyin üzerine inşa edildiği temeli oluşturmaktadır. Bu gruplar, devlet denen jeti sapmasız rotasında, dengede tutan ciroskoptur." Denetçi'nin derin sesi heyecandan titriyordu; el hareketleri tüm uzamı ve karşı konulamaz makinenin atılımını anlatıyordu. Mustafa Mond'un söylevi, neredeyse sentetik standartlara ulaşmıştı.

"Merak ediyordum," dedi Vahşi, "niye yaptınız onları? O şişelerden her istediğinizi elde etmeniz mümkün. Bu aşamadayken niye herkesi Alfa Çift Artı yapmıyorsunuz?"

Mustafa Mond güldü. "Gırtlağımız kesilsin istemiyoruz da ondan," dedi. "Mutluluğa ve istikrara inanıyoruz. Alfalardan oluşan bir toplum, eninde sonunda istikrarsız ve sefil olmaya mahkûmdur. Çalışanlarını sadece Alfaların oluşturduğu bir fabrikayı düşünün - yani ayrı olan ve akrabalık bağları olmayan, iyi bir mirasa sahip, özgür (sınırlar dahilinde) iradesiyle seçim yapabilecek ve sorumluluk alabilecek bireylerden oluşsun. Bir düşünün!" diye tekrarladı.

Vahşi düşünmeye çalıştı, ama pek başarılı olamadı.

"Abes bir durum olurdu. Alfa olarak şişeden alınmış, Alfa olarak şartlandırılmış bir insan, Epsilon Yarı Moronların işini yapmak zorunda kalsaydı çıldırırdı - çıldırır ya da her şeyi kırıp dökmeye başlardı. Alfalar, Alfa işi yaptırmak koşuluyla, tamamıyla sosyalleştirilebilirler. Epsilonlara özgü özverileri yalnızca Epsilonlardan bekleyebilirsiniz, çünkü Epsilonlar için bunlar özveri değil, en az direniş sınırıdır. Şartlandırması, koşması beklenen çizgiyi zaten çizmiştir. Elinde değildir, yazgısı önceden belirlenmiştir. Şişeden alındıktan sonra da şişede kalmaya devam eder -çocuksu ve embriyonik saplantılarla dolu görünmez bir şişede. Elbette her birimiz," düşünceli bir biçimde devam etti, "bir şişede geçiririz yaşamımızı. Ama eğer Alfa isek, şişelerimiz görece büyüktür. Daha dar bir alanla sınırlandırılsaydık, sürekli acı çekmemiz gerekirdi. Üst sınıfların yapay şampanyasını alt sınıfların şişelerine dökemezsiniz. Teorik açıdan bariz bir gerçektir bu. Fakat pratikte de böyle olduğu kanıtlanmıştır. Kıbrıs deneyinin sonucu inandırıcıydı."

"Bu deney neydi?" dedi Vahşi.

Mustafa Mond gülümsedi. "Buna yeniden şişeleme deneyi de denebilir. F. S. 473 yılında başladı. Yöneticiler, Kıbrıs adasının tüm sakinlerini boşaltıp özel olarak hazırlanmış, yirmi iki bin Alfadan oluşan bir grup yerleştirdiler. Tüm kültürel ve endüstriyel donanım kendilerine devredildi ve kendi işlerini kendileri idare etmek üzere bırakıldılar. Sonuç, tüm teorik öngörüleri tam olarak doğrular nitelikteydi. Toprak uygun şekilde işlenmemişti; bütün fabrikalarda grevler çıkmış, yasalar hiçe sayılmış, emirlere karşı konulmuştu. Düşük seviyeli işlerde görev verilen bütün insanlar, yüksek seviyeli işler için sürekli entrikalar çeviriyor, buna karşılık olarak da yüksek seviyede çalışan insanlar, ne pahasına olursa olsun konumlarını korumak için entrikalar çeviriyorlardı. Altı yıl geçtiğinde birinci sınıf bir iç savaşa girdiler. Yirmi iki bin insandan on dokuz bini öldüğünde, kurtulanlar hep birlikte dilekçe yazıp, Dünya Denetçileri'nden adanın yönetimini tekrar üstlenmelerini istediler. Denetçiler isteneni yaptılar. İşte bu da dünyanın görüp göreceği tek Alfa toplumunun sonu oldu."

Vahşi derin bir nefes aldı.

"Optimum toplum," dedi Mustafa Mond, "buzdağı örneğine göre kurulur - dokuzda sekizi su seviyesinin altında, dokuzda biri üstünde."

"Su seviyesinin altındakiler mutlu mu pekiyi?"

"Üstündekilerden daha mutludurlar. Buradaki dostlarınızdan daha mutlular, örneğin." Parmağıyla işaret etti.

"O berbat işlere rağmen mi?"

"Berbat mı? Onlar öyle düşünmezler. Aksine işlerini severler. İşleri hafiftir, çocuk oyuncağıdır. Beyinleri ya da kasları asla zorlanmaz. Yedi buçuk saat hafif, yormayan iş, sonra da *soma* istihkakları, oyunları, sınırsız çiftleşmeleri ve duyusal filmler. Başka ne isteyebilirler ki? Doğru," diye ekledi, "daha kısa çalışma saatleri isteyebilirler. Biz de onlara daha kısa çalışma saatleri verebiliriz. Teknik olarak, alt sınıfların iş gününü üç ya da dört saate indirmek çok basit bir şeydir. Ama bu onları daha mutlu eder miydi? Hayır, etmezdi. Yüz elli yıldan daha uzun bir süre önce denenmişti. İrlanda'nın tamamında dört saatlik iş günü uygulanmıştı. Sonuç ne oldu? Kargaşa ve *soma* tüketiminde büyük bir artış, hepsi bu. O üç buçuk saatlik boş zaman bir mutluluk kaynağı olmaktan o kadar uzaktı ki, insanlar o boş zamandan kurtulmaya çalışıyorlardı. Buluşlar Ofisi, emekten tasarruf planlarıyla dolup taşmakta. Binlercesi var." Mustafa Mond eliyle bolluk işareti yaptı. "Peki niye uygulamaya koymuyoruz? Emekçilerin kendi menfaatleri için; onlara fazla boş zaman ızdırabı çektirmek zalimlikten başka bir şey olmaz. Tarımda da böyle bu. İstesek her ürünü sentetik olarak üretebiliriz. Ama üretmiyoruz. Nüfusun üçte birini tarlada tutmayı yeğliyoruz. Kendi menfaatleri gereği - çünkü gıdayı topraktan elde etmek, fabrikada üretmekten daha uzun sürüyor. Üstelik istikrarımızı da düşünmek zorundayız. Değişmek istemiyoruz. Her değişim, istikrar için bir tehdit unsurudur. İşte size yeni buluşları uygulama konusunda temkinli davranmamız için bir sebep daha. Salt bilim konusunda yapılan her buluş, yıkıcılık potansiyeli taşır; bazen her bilim dalına olası bir düşman muamelesi yapmak gerekir. Evet, bilime bile."

"Bilim mi?" Vahşi kaşlarını çattı. Bu sözcüğü tanıyordu. Ama gerçek anlamını çıkaramıyordu. Shakespeare ve köyün yaşlıları bilimden hiç söz etmemişlerdi, Linda'nın söylediklerinden hayal meyal bir fikir edinebilmişti: bilimle helikopter yapılırdı, bilim, Mısır Dansları'na gülmene sebep olurdu, yüzdeki kırışıklıkları ve dişlerin dökülmesini önleyen bir şeydi. Denetçi'nin kastettiği şeyi anlayabilmek için kendini zorladı.

"Evet," diyordu Mustafa Mond, "bu da istikrar maliyetinde bir başka kalem. Mutlulukla uyuşmayan tek şey sanat değil, bilim de uyuşmuyor. Bilim tehlikelidir; büyük bir özenle ağzına gem vurmak ve zincire bağlı tutmak zorundayız."

Şaşkına dönen Helmholtz, "Ne?" dedi. "Fakat sürekli, bilimin her şey olduğunu söylüyoruz. Beylik bir hipnopedik öğretidir bu."

"On üç yaşla on yedi yaş arasında haftada üç kez," diye tamamladı Bernard.

"Ve de Üniversite'de yürüttüğümüz bütün bilim propagandası..."

Alaycı bir şekilde, "Evet; ama ne tür bilim?" dedi Mustafa Mond. "Siz hiç bilimsel eğitim almadınız, onun için bir yargıya varamazsınız. Ben kendi zamanımda oldukça iyi bir fizikçiydim. Fazlasıyla iyiydim - bütün bilimlerimizin bir yemek pişirme kitabından başka bir şey olmadığını anlayacak kadar iyiydim. Geleneğe uygun yemek pişirme teorisini kimsenin sorgulamasına izin verilmeyen bir kitap ve yemek tarifleri listesine, aşçıbaşından özel izin almaksızın ek yapılamaz. Şu anda aşçıbaşı benim. Ama bir zamanlar meraklı bir aşçı yamağıydım. Kendi başıma birşeyler pişirmeye başladım. Aykırı yemeklerdi, yasak yemekler. Aslında biraz da gerçek bilimdi." Denetçi sustu.

"Sonra ne oldu?" dedi Helmholtz Watson.

Denetçi iç geçirdi. "Sizin başınıza gelecekler, az kalsın benim de başıma geliyordu. Bir adaya gönderilmek üzereydim."

Bu sözler üzerine canlanan Bernard, sert ve yakışıksız bir biçimde davranmaya başladı. "Beni bir adaya göndermek mi?" Ayağa fırlayıp koşarak geldi ve Denetçi'nin önünde durarak el kol hareketleriyle konuşmaya başladı. "Beni gönderemezsiniz. Hiçbir şey yapmadım ben. Diğerleri yaptılar. Yemin ederim diğerleriydi." Suçlarcasına Helmholtz ve Vahşi'yi gösterdi. "Ah, lütfen beni İzlanda'ya göndermeyin. Görevimi yapmaya söz veriyorum. Bana bir şans daha verin. Lütfen bir şans daha tanıyın." Gözlerinden yaşlar gelmeye başladı. "Söylüyorum size, onların suçuydu," diyerek ağlıyordu. "İzlanda olmasın. Ah, lütfen fordhazretleri, lütfen..." Ani ve aşağılık bir hareketle Denetçi'nin önünde dizlerinin üstüne çöktü. Mustafa Mond kendisini yerden kaldırmaya çalıştı, ama Bernard alçakça yalvarmakta ısrarlıydı; sözcük selinin ardı arkası kesilmiyordu. Sonunda Denetçi dördüncü sekreterini telefonla aramak zorunda kaldı.

"Üç adam getirin," emrini verdi, "ve Mr. Marx'ı

bir yatak odasına koyun. Sağlam bir *soma* buharı uygulayın, sonra da yatağa yatırıp kendi başına bırakın."

Dördüncü sekreter dışarı çıkıp üç tane yeşil üniformalı uşakla geri geldi. Bağırmaya ve zırlamaya devam eden Bernard, dışarı çıkarıldı.

Kapı kapanırken, "Duyan da boğazı kesilecek sanır," dedi Denetçi. "Oysa birazcık aklı olsa, cezasının aslında bir ödül olduğunu anlardı. Bir adaya gönderiliyor. Anlamı şu, dünyanın her tarafından gelen en ilginç erkek ve kadınlarla tanışacağı bir yere gönderiliyor. Şu ya da bu nedenle cemaat hayatına aykırı düşecek kadar bireyselliğinin farkına varmış bir sürü insan. Düzenden memnun olmayan, kendi bağımsız düşünceleri olan insanlar. Kısacası, biri olmayı başaran herkes. Size neredeyse imreniyorum, Mr. Watson."

Helmholtz güldü. "Öyleyse siz niye bir adada değilsiniz?"

"Çünkü ben, sonunda bunu tercih ettim," dedi Yönetici. "Bana seçenek tanıdılar; ya saf bilimle uğraşmaya devam edebileceğim bir adaya gönderilecektim, ya da zaman içinde başarılı olarak gerçek bir Denetçilik pozisyonuna yükselebileceğim Denetçiler Konseyi'ne katılacaktım. Bunu seçtim ve bilimden vazgeçtim." Kısa bir sessizlikten sonra, "Bazen, bilimden vazgeçtiğim için pişmanlık duyuyorum," diye ekledi. "Mutluluk zor zanaat - özellikle de konu başkalarının mutluluğu olunca. İnsan eğer sorgulamaksızın kabullenmeye şartlandırılmamışsa, mutluluk, gerçekten çok daha zor bir uğraş." Derin bir nefes aldı, yine sustu, sonra daha canlı bir ses tonuyla konuşmayı sürdürdü. "Ne yapalım, görev görevdir. İnsan kendi tercihlerine başvuramaz. Ben gerçekle ilgilenirim, bilimi severim. Ne var ki gerçek, bir tehdittir, bilim ise kamu için bir tehlike oluşturur. Faydalı olduğu kadar da tehlikelidir. Bize, tarih boyunca ulaşılan en istikrarlı dengeyi sunmuştur. Çin'deki istikrar bile, kıyaslandığında son derece güvensiz kalır; ilkel anaerkil toplumlar dahi bizden daha sağlam değillerdi. Tekrarlıyorum, bu, bilim sayesinde olmuştur. Ama bilimin yaptıklarını bilimin bozmasına izin veremeyiz. Bu yüzdendir ki bilimsel araştırmaların kapsamını sınırlamaktayız -bu yüzden az daha bir adaya gönderiliyordum. Bugünün acil sorunları dışında başka bir şeyle uğraşmasına izin vermiyoruz bilimin. Diğer bütün araştırmaları büyük bir özenle geri çeviriyoruz. Tuhaftır," dedi ve bir süre sustu, "Fordumuz'un yaşadığı dönemlerde insanların bilimsel ilerleme konusunda yazdıklarını okuyorum da. Sanki başka hiçbir şeye bakılmaksızın, bilimin sonsuza dek ilerlemesine izin verilebileceğini düşünüyorlarmış gibi görünüyor. Bilgi en yüce iyilikmiş, gerçek ise en yüce değer; diğer her şey ikincil ve önemsizmiş. Doğru, o zamanlar bile düşünceler değişmeye başlamış. Bizzat

Fordumuz'un kendisi, vurguyu gerçek ve güzellikten alıp rahatlık ve mutluluğa taşımak için büyük uğraşlar vermiştir. Seri üretim bu değişimi zorunlu kılmıştır. Evrensel mutluluk, çarkları sabit bir şekilde döndürür; gerçek ve güzellik bunu yapamaz. Tabii, kitleler siyasi iktidarı ele geçirince, mutluluk, gerçekle güzelliğin yerini aldı. Ancak yine de sınırsız bilimsel araştırmaya izin veriliyordu. İnsanlar, egemen erdemler gerçek ve güzellikmişçesine konuşmaya devam ediyorlardı. Ta ki Dokuz Yıl Savaşları'na kadar. İşte o zaman başka havadan çalmaya başladılar. Etrafında şarbon bombaları patlıyorken gerçek ya da güzellik veya bilginin esamisi bile okunmaz. Dokuz Yıl Savaşları'ndan sonra bilim kontrol edilmeye başladı. O günlerde insanlar, iştahlarının bile kontrol altına alınmasına razıydılar. Huzurlu bir yaşam uğruna her şeyden ödün verilebilirdi. O günden beri de kontrolü sürdürmekteyiz. Tabii, gerçek için pek iyi olmadı bu. Ama mutluluk için çok iyi oldu. Bedelsiz hiçbir şey yoktur. Mutluluğun bedelinin ödenmesi gerekir. Siz bu bedeli ödüyorsunuz, Mr. Watson -ödüyorsunuz, çünkü güzellikle fazla ilgileniyorsunuz. Ben de gerçekle fazla ilgilenmiştim; ben de bedelini ödedim."

Uzun bir sessizliğe son vererek, "Ama siz bir adaya gitmediniz," dedi Vahşi.

Denetçi güldü. "İşte öyle ödedim. Mutluluğa hizmet etmeyi seçerek. Başkalarının mutluluğuna, kendiminkine değil." Kısa bir aradan sonra devam etti. "Dünyada bu kadar çok ada olduğu için şanslıyız. Onlar olmasa ne yapardık, bilmiyorum. Herhalde hepinizi ölüm odalarına kapatmak zorunda kalırdık. Aklıma gelmişken, Mr. Watson, tropik bir iklim olsun ister miydiniz? Marquesas Adası, örneğin; yoksa Samoa mı? Yoksa daha canlandırıcı bir yer mi istersiniz?"

Helmholtz içi hava dolu koltuğundan kalktı. "Bütünüyle kötü bir iklimi tercih ederim," dedi. "Eğer iklim kötü olursa insan daha iyi yazabilir, diye düşünüyorum. Mesela, bol rüzgârlı ve fırtınalı bir yer..."

Denetçi, başını sallayarak hoşuna gittiğini gösterdi. "Cesaretinizi seviyorum, Mr. Watson. Gerçekten çok seviyorum. Ancak resmi olarak da bir o kadar sakıncalı buluyorum." Gülümsedi. "Falkland Adaları'na ne dersiniz?"

"Evet, sanırım iyi olur," dedi Helmholtz. "Şimdi de izin verirseniz, gidip zavallı Bernard'ın nasıl olduğuna bakmak istiyorum."

ONYEDİNCİ BÖLÜM

Yalnız kaldıklarında, "Sanat, bilim -epey yüklü bir bedel ödemişsiniz mutluluğunuz için," dedi Vahşi. "Başka bir şey?"

"Evet, din de var tabii," diye yanıtladı Denetçi. "Tanrı denen bir şey vardı - Dokuz Yıl Savaşları'ndan önce. Ama az daha unutuyordum, herhalde siz Tanrı konusunu iyi biliyorsunuzdur."

"Şey..." diye Vahşi tereddüt etti. Yalnızlıktan ve geceden söz etmek istiyordu, ay ışığında soluk görünen platodan, uçurumdan, loş karanlığa dalıştan, ölümden söz etmek istiyordu. Konuşmak istiyordu; fakat sözcükleri bulamıyordu. Shakespeare'de bile bulamıyordu.

Bu arada Denetçi odanın diğer tarafına geçmiş, kitap raflarının arasında duvara gömülü büyük bir kasanın kilidini açıyordu. Ağır kapı yaylanarak açıldı. Karanlıkta el yordamıyla arayan Denetçi, "Sürekli ilgimi cezbeden bir konu olmuştur benim için," dedi. Siyah kalın bir cildi çekip çıkardı. "Mesela, bunu okumuş olamazsınız."

Vahşi, kitabı aldı. Yüksek sesle okudu: "*Eski ve Yeni Ahitleri içeren Kutsal Kitap.*"

"Bunu da." Kapağı olmayan küçük bir kitaptı.

"*İsa'nın Taklidi.*"

"Bunu da okumamışsınızdır." Bir cilt daha uzattı.

"*Dinsel Deneyimin Türleri.* Yazan William James."

Yerine dönüp oturan Denetçi, "Böyle bir sürü kitabım var," diyerek devam etti. "Eski pornografik kitaplardan oluşan büyük bir kolleksiyonum var. Tanrı kasada, Ford raflarda." Kahkaha atarak ifşa ettiği kütüphanesini işaret etti -raflar dolusu kitap, gözler dolusu okuma makinesi bobini ve ses kayıt bantları.

Kızgın bir sesle konuşan Vahşi, "Eğer Tanrı'yı biliyorsanız niye onlara anlatmıyorsunuz?" diye sordu. "Tanrı hakkındaki bu kitapları niye vermiyorsunuz insanlara?"

"Onlara *Othello*'yu neden vermiyorsak, bunları da aynı nedenle vermiyoruz: eskiler de ondan; yüzlerce yıl öncesinin Tanrı'sını anlatıyorlar. Şimdinin Tanrı'sını değil."

"Ama Tanrı değişmez ki."

"İnsanlar değişir ama."

"Ne fark eder?"

"Öyle bir fark eder ki," dedi Mustafa Mond. Yeniden ayağa kalkıp kasaya gitti. "Kardinal Newman adında bir adam vardı," dedi. "Kardinal," diye açıkladı, "Büyük Cemaat Şarkıcısı gibi biriydi."

"'Bendeniz, güzel Milano'muzun kardinali, Pandulph.' Shakespeare'de okumuştum."

"Şüphesiz okumuşsunuzdur. Evet, dediğim gibi, Kardinal Newman adında biri vardı. Ah işte, kitap da burada." Çekip çıkardı. "Hazır değinmişken bunu da çıkarayım. Maine de Biran diye biri yazmış. Bu adam bir düşünürdü, eğer düşünürün anlamını biliyorsanız."

Vahşi hazırcevap bir biçimde, "Yeryüzü ve gökyüzündeki şeylerden daha azını hayal eden biri," dedi.

"Çok doğru. Biraz sonra size hayalini kurduğu şeylerden birini okuyacağım. Bu arada, bu eski Büyük Cemaat Baş Şarkıcısı'nın söylediklerini dinleyin." Kitabın bir kâğıt parçasıyla işaretlenmiş yerini açtı ve okumaya başladı. "'Sahip olduğumuz şeyler bize ne kadar aitse, biz de o kadar kendimize aitiz. Kendimizi biz yaratmadık, kendimizden üstün olamayız. Bizler kendimizin efendileri değiliz. Biz Tanrı'ya aitiz. Öyleyse meseleye kendi mutluluğumuzun penceresinden bakamaz mıyız? Kendimize ait olduğumuzu düşünmek, mutluluk ya da rahatlık sebebi olabilir mi? Genç olanlar ve refalı içinde yaşayanlar böyle düşünebilirler. Böyleleri, her şeye sahip olmanın yüce bir şey olduğunu düşünebilirler; çünkü kimseye bağımlı olmamayı, görünmeyen hiçbir şeyi düşünmek zorunda olmamayı, sürekli birşeyleri kabullenmenin sıkıcılığından, sürekli dua etmekten ve başkalarının iradelerini etkileyişlerinin sorumluluğundan muaf olmayı kendi tarzları sayarlar. Ancak zaman geçtikçe onlar da bütün insanlar gibi, bağımsızlığın insanlara özgü bir şey olmadığını -bunun doğal bir durum olmadığınıbir süre idare edebileceğini, ama bizi güven içinde sona taşıyamayacağını anlarlar...'"Mustafa Mond sustu, ilk kitabı bırakıp diğerini aldı ve sayfalarını çevirdi. "Bunu dinleyin, örneğin," dedi ve derin sesiyle tekrar okumaya başladı: "'İnsan yaşlanır; içinde o derin zayıflık hissini, kayıtsızlığı, rahatsızlığı hisseder, bütün bunlar ilerleyen yaşla gelir; böyle hissedince de sadece hasta olduğunu düşünür, bu can sıkıcı durumun belli bir nedeni olduğunu düşünerek korkularını bastırır ve hastalıktan kurtulduğu gibi bu durumdan da kurtulmayı ümit eder. Boş düşünceler! Yaşlılığın bir hastalık olduğu, korkunç bir hastalık olduğu düşünceleri. Yaşları ilerledikçe insanları dine yönelten şeyin ölüm ve ölümden sonraki şeylerin korkusu olduğunu söylerler. Fakat kendi deneyimim beni şu inanca yöneltti: böyle korku ve düşüncelerden apayrı olarak, dinî duygular biz yaşlandıkça gelişme eğilimi gösterirler, çünkü ihtiraslarımız ateşini yitirdikçe, hayal güçlerimiz ve duygularımız köreldikçe aklımız daha rahat işler hale gelir, bir zamanlar aklımızı çelen imgeler, arzular ve heveslerden arındıkça Tanrı, gizlendiği bulutların arkasından görünür, ruhumuz bütün aydınlıkların kaynağı olan bu varlığı hisseder, görür ve ona yönelir, bu yöneliş doğal ve kaçınılmazdır; duygular dünyasına canlılığını ve cazibesini veren her şeyi artık yitirmekte olduğumuz için, o muazzam varoluş artık içsel ya da dışsal etkilerle desteklenmediği için, kalıcı bir şeye, bizi asla yanıltmayacak bir şeye tutunma ihtiyacı hissederiz - bir gerçekliğe, mutlak ve ebedî bir gerçeğe tutunmak isteriz. Evet, kaçınılmaz bir biçimde Tanrı'ya yöneliriz; bu dinî duygu, doğası gereği öyle saftır ve bunu yaşayan ruha öyle bir mutluluk verir ki, diğer bütün yitirdiklerimizi telafi eder.'" Mustafa Mond kitabı kapattı ve sandalyesinde arkaya yaslandı. "Bu düşünürlerin yeryüzü ve gökyüzünde hayalini kurmadıkları birçok şeyden biri işte bu" (elini salladı), "bizler, modern dünya. Yalnızca gençken ve refah içindeyken Tanrı'dan bağımsız olunabilir; bağımsızlık insanları güven içinde sona taşıyamaz. Evet, şimdi sonuna kadar genç kalıyoruz ve refah içinde yaşıyoruz. Sıra neye geliyor? Şurası kesin, Tanrı'dan bağımsız olabiliriz. Dinî duygular tüm yitirdiklerimizi telafi edecektir. Ancak telafi edilecek bir kaybımız yok; dinî duygular gereksiz. Gençlik arzuları asla körelmezken niye gençlik arzularının yerini alacak birşeylerin peşinde koşalım? Bütün eski maskaralıkları sonuna kadar yaşayabiliyorken niye heveslerin yerini alacak bir şey arayalım? Zihinlerimiz ve bedenlerimiz yaşamdan zevk almayı sürdürürken niye tutunacak bir şeye gereksinim duyalım? Teselliye niye ihtiyaç duyalım *soma*mız varken? Kalıcı bir şeye ne hacet, sosyal düzen varken?"

"Öyleyse Tanrı'nın olmadığına mı inanıyorsunuz?"

"Hayır, büyük olasılıkla bir tane var."

"Öyleyse niye...?"

Vahşi'nin sözünü kesti. "Fakat farklı insanlara farklı gösteriyor kendini. Modernlik öncesi çağlarda kendini, bu kitaplarda tarif edilen biçimde gösteriyordu. Şimdi ise..."

"Şimdi nasıl gösteriyor kendini?" dedi Vahşi.

"Kendini yokluk şeklinde gösteriyor; sanki hiç yokmuş gibi."

"Bu sizin suçunuz."

"Uygarlığın suçu diyelim. Tanrı; makinelerle, bilimsel tıp ve evrensel mutlulukla uyuşamaz. Kendi seçimini yapman gerekir. Bizim uygarlığımız, makineleri, tıbbı ve mutluluğu seçti. İşte bu nedenle bu kitapları kasada kilitli tutmak zorundayım. Müstehcen şeyler bunlar. İnsanlar şok olurdu eğer..."

Vahşi sözünü kesti. "Ama Tanrı'nın varlığını hissetmek *doğal* değil midir?"

Denetçi alaycı bir biçimde, "İnsanın pantolonunun fermuarını çekmesi doğal mıdır diye de sorabilirdiniz," dedi. "O eski adamlardan adı Bradley olan bir diğerini hatırlatıyorsun bana. Felsefeyi, insanın içgüdüsel olarak inandığı şeyler için kötü nedenler bulmak olarak tanımlamış. İnsan herhangi bir şeye içgüdüsel olarak inanırmış gibi! İnsan birşeylere inanır, çünkü onlara inanmaya şartlandırılmıştır. İnsanın kötü nedenlerle inandığı şeyler için başka kötü nedenler bulmak

-işte felsefe budur. İnsanlar Tanrı'ya inanırlar çünkü öyle şartlandırılmışlardır."

"Yine de," diyen Vahşi, ısrarını sürdürdü, "tek başınayken Tanrı'ya inanmak doğaldır -yalnız başına, gecenin bir yarısında, ölümü düşünerek..."

"Fakat şimdilerde insanlar hiç yalnız kalmıyorlar," dedi Mustafa Mond. "İnsanların yalnızlıktan nefret etmelerini sağlıyoruz ve yaşamlarını hiç yalnız kalmayacak şekilde düzenliyoruz."

Vahşi, kederli bir ifadeyle başını salladı. Malpais'de acı çekmişti, çünkü kendisini köyün toplumsal olaylarından soyutlamışlardı; uygar Londra'da acı çekiyordu, çünkü toplumsal olaylardan kaçma şansı yoktu, huzurlu ve yalnız kalamıyordu.

Sonunda Vahşi, "*Kral Lear*'daki o bölümü hatırlıyor musunuz?" dedi: "'Tanrılar adildir, tensel günahlarımızı ayağımıza dolarlar; seni bulduğu o karanlık, uğursuz yer, gözlerine mal oldu' ve Edmund yanıtlar -hatırlarsınız, yaralıdır, ölmek üzeredir- 'Gerçeği söyledin; doğru. İşte yine buradayım, başladığım yerde.' Ya buna ne diyeceksiniz? İşleri idare eden, cezalandıran, ödüllendiren bir Tanrı'nın varlığını göstermiyor mu bu?"

Denetçi de kendi sorusuyla karşılık verdi, "Gösteriyor mu? Kısır bir kadınla istediğiniz kadar tensel günahı işleyebilirsiniz, üstelik de oğlunuzun metresinin gözlerinizi oyması tehlikesi olmadan. 'İşte yine buradayım, başladığım yerde.' Bugün yaşasaydı Edmund nerede olurdu? Havalı bir koltukta oturmuş, kolu bir kızın belinde, seks hormonlu sakızını çiğneyip duyusal film izliyor olurdu. Tanrılar adildir. Hiç kuşkusuz. Son tahlilde görünen o ki, tanrıların yasalarını, toplumları idare eden kişiler dikte ederler; İlahi Takdir düşüncesi, insanlardan çıkar."

"Emin misiniz?" dedi Vahşi. "O havalı koltukta oturan Edmund'ın da yaralanmış, kan kaybından ölmekte olan Edmund denli ağır cezalandırılmamış olduğundan emin misiniz? Tanrılar adildir. Tensel günahlarını onu konumundan düşürmekte kullanmadılar mı?"

"Konumu neydi ki düşmüş olsun? Mutlu, sıkı çalışan, tüketen bir vatandaş olarak mükemmel sayılır. Tabii bizimkinden başka bir standart seçerseniz, o zaman alçalmış olduğunu söyleyebilirsiniz. Bir kurallar kümesine bağlı kalmak zorundasınız. Merkezkaçlı-Zıplayan kukla kurallarıyla Elektro-manyetik Golf oynayamazsınız."

"Fakat değer, özel talepte yatmaz. Bir değerin saygınlığı ve kıymeti, ona ulaşmaya çalışan kadar, o değerin kendisinde de yatar."

"Yapmayın lütfen," diyerek itiraz eden Denetçi, "biraz abartmıyor musunuz?" dedi.

"Kendinizi Tanrı düşüncesinden soyutlamasaydınız, tensel günahlarla alçalmazdınız. Her şeyi sabırla karşılamak ve cesaretle hareket etmek için bir nedeniniz olurdu. Kızılderililerin bunu başardığına tanık oldum."

"Eminim olmuşsunuzdur," dedi Mustafa Mond. "Ne var ki biz Kızılderili değiliz. Uygar bir insanın, gerçekten tatsız herhangi bir şeye katlanmasına hiç gerek yoktur. Harekete geçmeye gelince, Ford esirgesin insanları, bu düşünceyi benimsemekten. İnsanlar kendi başlarına hareket etmeye başlasalardı, tüm sosyal düzen alt üst olurdu."

"Benliği inkâr konusunda ne diyeceksiniz? Bir Tanrı'nız olsaydı, benliği inkâr için iyi bir nedeniniz olurdu."

"Fakat sanayi uygarlığı, ancak benliği inkâr etmemekle mümkün olabilir. Hijyen ve ekonominin izin verdiği ölçüde sonuna kadar nefsi tatmin. Aksi takdirde çarklar durur."

"Namusluluk için bir gerekçeniz olurdu!" dedi Vahşi. Utançtan bir parça yanakları kızardı.

"Fakat namus demek tutku demektir, namusluluk demek sinirsel gerginlik demektir. Tutku ve sinirsel gerginlik ise istikrarsızlık demektir. İstikrarsızlık ise medeniyetin sonu demektir. Bolca tensel günah olmadan kalıcı bir uygarlık kuramazsınız."

"Fakat Tanrı, yüce, güzel ve kahramanca olan her şeyin gerekçesidir. Eğer Tanrı'nız olsaydı..."

"Sevgili genç dostum," dedi Mustafa Mond, "uygarlığın kahramanlık ya da yüceliğe hiç ihtiyacı yoktur. Bunlar, politik yetersizliğin belirtileridir. Bizimki gibi düzenli bir toplumda, hiç kimsenin kahraman ya da yüce olma fırsatı olmaz.

Böylesi bir olgunun yaşanması için, koşulların bütünüyle dengesiz olması gerekir. Savaşların yaşandığı, bölünmüş ittifakların olduğu yerlerde, baştan çıkmamak için mücadele verilen yerlerde, uğruna savaşılacak ya da savunulacak aşkların olduğu yerlerde yücelik ve kahramanlığın bir anlamı olabilir elbette. Fakat şimdi savaşlar yaşanmıyor. Birini çok fazla sevmemeniz için büyük özen gösteriliyor. Bölünmüş bir ittifak söz konusu bile olamaz; öylesine şartlandırılırsınız ki, sizden beklenenleri yapmamak elinizde değildir. Yapmanız beklenen şeyler genelde öyle keyiflidir ve öyle çok sayıda doğal dürtünüz özgürce tatmin edilir ki, baştan çıkmamak için mücadele edilecek hiçbir şey bulamazsınız. Olur da, şanssızlık bu ya, tatsız herhangi bir şey olursa, daima *soma* alarak gerçeklerden uzaklaşabilirsiniz. Öfkenizi yatıştıracak, sizi düşmanlarınızla uzlaştıracak, sizi sabırlı ve dayanıklı kılacak *soma* hep yanınızdadır. Geçmişte bütün bunları, sadece büyük bir çaba göstererek ve yıllar süren ahlâk eğitimiyle başarabilirdiniz. Şimdiyse iki üç tane yarım gramlık tablet almanız yeterli. Artık herkes erdemli olabilmektedir. Ahlakınızın en azından yarısını, küçük bir şişede yanınızda taşıyabilirsiniz. Gözyaşlarından arındırılmış Hristiyanlık - işte *soma* bu."

"Ama gözyaşları gereklidir. *Othello*'nun söylediklerini hatırlamıyor musunuz? 'Böyle bir huzur gelecekse her fırtınanın ardından, essin rüzgârlar ta ki ölümü uyandırana dek.' İhtiyar Kızılderililerin bize anlattığı, Mátsaki'nin Kızı'yla ilgili bir hikâye vardı. Kıza talip olan delikanlılar, bütün bir sabah boyunca kızın bahçesini çapalamak zorundaymış. Kolay görünüyormuş; ama büyülü sinekler ve sivrisinekler varmış. Delikanlıların çoğu ısırılmaya ve sokulmaya dayanamamışlar. Fakat dayanabilen bir tanesi kızı almış."

"Çok hoş!" dedi Denetçi. "Fakat uygar ülkelerde, uğrunda çapa yapmadan kızları elde edebilirsiniz; üstelik sokan sinek ya da sivrisinekler de yoktur. Yüzyıllarca önce köklerini kazıdık."

Vahşi kaşlarını çatarak başını salladı. "Köklerini kazıdınız. Evet, kesinlikle sizin tarzınız. Katlanmayı öğrenmek yerine tatsız olan her şeyin kökünü kazımak. Hangisi daha onurludur usumuzca, acımasız kaderin sapan taşları ve oklarına katlanmak mı, yoksa silah kuşanıp karşı koyarak son vermek mi dert yağmuruna... Ama siz bunların hiçbirini yapmıyorsunuz. Ne katlanıyor, ne de karşı koyuyorsunuz. Yalnızca sapan taşlarını ve okları siliyorsunuz yeryüzünden. Kolayına kaçıyorsunuz."

Birden suskunlaşıp annesini düşünmeye koyuldu. Otuzyedinci kattaki odasında, Linda'nın ruhu, bir şakıyan ışıklar ve parfümlü dokunuşlar denizine açılmıştı -açılıp, anılarının, alışkanlıklarının, yaşlanmış ve göbeği yağ başlamış bedeninin zindanından, zamandan ve uzamdan uzaklaşmıştı. Ve Tomakin, Kuluçka ve Şartlandırma Merkezi Müdürü Tomakin, hâlâ tatildeydi - aşağılanma ve acıdan kaçmıştı, o sözcükleri ve kahkahayı duymayacağı, o çirkin suratı görmeyeceği, o terli ve tombul kolları boynunda hissetmeyeceği muhteşem bir dünyaya sığınmıştı...

"Gözyaşları içeren bir şeye ihtiyacınız var sizin," dedi Vahşi, "değişmek için. Burada hiçbir şeyin bedeli yeterince ödenmiyor."

(Vahşi bunları kendisine anlattığında Henry Foster, "On iki buçuk milyon dolar," diyerek itiraz etmişti. "On iki buçuk milyon dolar -yeni Şartlandırma Merkezi'nin maliyeti. Tam tamına on iki buçuk milyon.")

Başını kaldırarak Mustafa Mond'a baktı ve sordu: "Ölümlü ve naçizane olanla karşılamak yazgıyı, meydan okumak ölüme ve tehlikelere, bir yumurta kabuğu için bile olsa. Bunun bir anlamı yok mu sizce? Tanrı bir yana - şüphesiz Tanrı bir gerekçe olabilirdi bunlara. Riske girmenin bir anlamı yok mu?"

"Hem de büyük bir anlamı var," diye yanıtladı Denetçi. "Erkek ve kadınların adrenallerinin ara sıra uyarılması gerekmektedir."

"Ne?" dedi Vahşi anlamaz bir biçimde.

"Kusursuz sağlığın koşullarından biridir. Bu yüzdende Y.Ş.İ. yi zorunlu tutmaktayız."

"Y.Ş.İ. mi?"

"Yapay Şiddetli İhtiras. Düzenli olarak ayda bir kez. Bütün sisteme adrenin pompalarız. Korku ve hiddetin eksiksiz fizyolojik eşdeğeridir. Desdemona'yı öldürmenin ve Othello tarafından öldürülmenin bütün güçlendirici ve faydalı yanlarını verebiliyoruz, yan etkileri de olmuyor."

"Ama ben yan etkileri severim."

"Biz sevmeyiz," dedi Denetçi. "Biz her şeyi keyifli yapmayı yeğleriz."

"Ben keyif aramıyorum. Tanrı'yı istiyorum, şiir istiyorum, gerçek tehlike istiyorum, özgürlük istiyorum, iyilik istiyorum. Günah istiyorum."

"Aslında," dedi Mustafa Mond, "siz mutsuz olma hakkını istiyorsunuz."

"Öyle olsun," dedi Vahşi meydan okurcasına, "mutsuz olma hakkını istiyorum."

"Eklemek gerekirse, ihtiyarlama, çirkinleşme ve iktidarsız kalma hakkını da istiyorsunuz; frengi ve kansere yakalanma haklarını, açlıktan nefesi kokma hakkını, sefil olma hakkını, sürekli yarın ne olacak korkusu içinde yaşama hakkını, tifoya yakalanma hakkını ve her türden ağza alınmaz acıyla işkence çekerek yaşama hakkını da istiyorsunuz."

Uzun bir sessizlik oldu.

Sonunda Vahşi, "Hepsini istiyorum," dedi.

Mustafa Mond omuzlarını silkti. "Hepsi sizin olsun," dedi.

ONSEKİZİNCİ BÖLÜM

Kapı aralıktı; içeri girdiler.

"John!"

Banyodan karakteristik ve çirkin bir ses duyuldu.

"Bir sorun mu var?" dedi Helmholtz.

Yanıt gelmedi. Çirkin ses iki kez yinelendi, sonra sessizlik oldu. Sonra bir tıkırtıyla banyo kapısı açıldı ve beti benzi sararmış Vahşi göründü.

"Aman Fordum," dedi Helmholtz endişeli bir sesle, "sen gerçekten hasta görünüyorsun, John!"

"Mideni bozan bir şey mi yedin?" dedi Bernard.

Vahşi, başıyla doğruladı. "Uygarlık yedim."

"Ne?"

"Zehirledi beni uygarlık; kirlendim. Sonra da," diyerek daha alçak bir sesle ekledi, "içimdeki kötülüğü yedim."

"Evet, ama tam olarak ne...? Demek istediğim, daha biraz önce..."

"Şu anda arınmış durumdayım," dedi Vahşi. "Biraz hardalla ılık su içtim."

Diğerleri şaşkınlık içinde ona baktılar. "Arınmak amacıyla yaptığını mı söylemek istiyorsun?" dedi Bernard.

"Kızılderililer kendilerini hep böyle arındırırlar." Oturdu, derin bir nefes aldı ve eliyle alnını sıvazladı. "Birkaç dakika dinleneyim," dedi. "Biraz yorgunum."

"Eh, pek şaşırmadım," dedi Helmholtz. Kısa bir sessizliğin ardından, "Hoşça kal demeye geldik," diyerek başka bir tonda devam etti. "Yarın sabah yola çıkıyoruz."

"Evet, yarın gidiyoruz," dedi Bernard. Vahşi, Bernard'ın suratında daha önce olmayan, kararlı bir teslimiyet ifadesi fark etti. "Sırası gelmişken, John," diyerek devam etti ve sandalyesinde öne eğilerek bir elini Vahşi'nin dizine koydu. "Dün olan her şey için ne kadar üzgün olduğumu söylemek istiyorum." Utançtan kızardı. "Ne kadar utandığımı," titreyen sesine rağmen konuşmaya devam etti, "gerçekten ne kadar..."

Vahşi, Bernard'ın sözünü keserek elini tuttu ve sevgiyle sıktı.

"Helmholtz çok iyi davrandı bana," Bernard bir süre durakladı ve konuşmayı sürdürdü. "Eğer Helmholtz olmasaydı ben..."

"Yapma şimdi," dedi Helmholtz.

Bir süre sessiz kaldılar. Hüzünlerine rağmen - hatta hüzünlü olmaları nedeniyle; çünkü hüzünleri, birbirlerine olan sevgilerinin göstergesiydi- üç adam da mutluydu.

Sonunda Vahşi, "Bu sabah Denetçi'yi görmeye gittim," dedi.

"Ne için?"

"Sizinle adalara gelip gelemeyeceğimi sormak için."

"Ne dedi peki?" dedi Helmholtz hevesli bir sesle.

Vahşi başını salladı. "İzin vermedi."

"Neden?"

"Deneyi sürdürmek istediğini söyledi. Fakat ben mahvolurum," diye ekledi ani bir hiddetle, "eğer denek olarak yaşamaya devam edersem mahvolurum. Bütün dünyanın Denetçileri gelse yine de olmaz. Yarın ben de uzaklara gidiyorum."

Öbür ikisi bir ağızdan sordu: "Ama nereye?"

Vahşi omuzlarını silkti. "Nereye olursa. Umrumda değil. Yeter ki rahat kalabileyim."

Guildford'dan gelen alt şerit, Wey vadisini izleyerek Godalming'e uzanıyor, sonra Milford ve Witley üzerinden Haslemere'e ve Petersfield'dan geçerek Portsmouth'a doğru ilerliyordu. Üst şerit de alt şerite kabaca paralel bir çizgide Worplesden, Tongham, Puttenham ve Grayshott üzerinden geçiyordu. Hog's Back ve Hindhead arasında bazı noktalarda iki şerit arasındaki mesafe altı yedi kilometreye kadar düşüyordu. Bu mesafe dikkatsiz pilotlar için fazla kısaydı - özellikle geceleri, hele fazladan yarım gram soma almışlarsa. Kazalar olmuştu. Ciddi kazalar. Üst şeridin birkaç kilometre batıya kaydırılmasına karar verilmişti. Grayshott ve Tongham arasında dört tane terk edilmiş hava feneri, eski Portsmouth-Londra yolunu belirliyordu. Hava fenerlerinin üzerindeki gökyüzü sessiz ve boştu. Şimdilerde helikopterler, sonsuz vızıltı ve homurtularını Selborne, Borden ve Farnham üzerinde sürdürüyorlardı.

Vahşi, inzivaya çekilmek için kendine Puttenham ve Elstead arasındaki tepenin doruğundaki eski feneri seçmişti. Bina ferro-betondan yapılmıştı ve çok iyi durumdaydı - Vahşi, binayı ilk gezdiğinde neredeyse aşırı rahat, aşırı uygar ve lüks bulmuştu. Kendine, telafi edecek derecede sert bir öz-disiplin uygulamak yoluyla daha tam ve eksiksiz bir arınmadan geçme konusunda söz vererek vicdanını rahatlatmıştı. İnzivada geçirdiği ilk gece, önceden tasarlanmış, uykusuz bir gece oldu. Saatleri, kâh günahkâr Claudius'un bağışlanma dilediği Cennet'e, kâh Zuñi dilinde Awonawilona'ya, kâh İsa'ya ve Pookong'a, kâh koruyucu hayvanı kartala dizlerinin üzerinde dua ederek geçirdi. Ara sıra çarmıhta geriliymişçesine kollarını açıyor, uzun ağrı dolu dakikalar boyunca, ta ki bu ağrı işkence boyutlarında titremeli bir ızdıraba dönüşene dek, kollarını aynı biçimde tutuyordu. Gönüllü çarmıhında böyle dururken bir yandan da sıkılmış dişlerle (bu arada, yüzünden ter boşanıyordu) acıdan bayılacak hale gelene dek, "Ah, bağışla beni! Ah arındır beni! Ah, iyilik ihsan eyle bana!" diye tekrarlıyordu.

Sabah olduğunda, fenerde kalmayı hak etmiş olduğunu hissediyordu; evet, pencerelerin çoğunda hâlâ cam olmasına rağmen, platformdan görülen manzara o kadar muhteşem olmasına rağmen böyle hissediyordu. Çünkü feneri seçme nedeni, çok geçmeden başka bir yere gitme isteğine dönüşmüştü. Orada yaşamaya karar vermişti çünkü manzara muhteşemdi, çünkü bulunduğu yerden, kutsal bir varlığın vücuda gelişini izliyor gibiydi. Fakat kim oluyordu ki, güzelliği izleyerek günlerini ve saatlerini geçirebilecekti? Kim oluyordu ki, Tanrı'nın huzurunda yaşayacaktı? Yaşamayı hak ettiği tek yer bir domuz ahırı, yerin dibinde bir kör çukur olabilirdi. Geçirdiği acı dolu uzun geceden sonra her yeri tutulmuş ve ağrılar içinde, fakat yine aynı nedenle huzurlu bir halde kulesinin platformuna çıktı ve tekrar içinde yaşamaya hak kazandığı parlak gün ışıklı dünyaya baktı. Manzarayı kuzeyde Hog's Back'in uzun kurşuni silueti sınırlıyordu ve Hog's Back'in doğu ucunun gerisinden, Guildford'ı oluşturan yedi gökdelenin kuleleri yükseliyordu. Onları görünce, yüzünü buruşturdu; fakat zaman içinde onlarla uzlaşacaktı, çünkü geceleri geometrik takımyıldızlar misali neşeli parıltılar saçıyorlar ya da projektörlerle aydınlatıldıklarında, ışıklı parmaklarıyla (o anda İngiltere'de Vahşi'den başka kimsenin önemini anlamadığı bir el hareketiyle) muhteşem bir biçimde cennetin sonsuz gizemlerine işaret ediyorlardı.

Hog's Back'i üzerinde fenerin durduğu kumlu tepeden ayıran vadide; siloları, kümes hayvanları çiftliği ve küçük D vitamini fabrikasıyla kendi halinde, dokuz kat yüksekliğinde mütevazi bir köy olan Puttenham yer alıyordu. Fenerin diğer tarafında güneye doğru zemin, fundalıkla kaplı yamaçlardan hızla derinleşerek bir göller zincirine iniyordu.

Göllerin ötesinde, aradaki koruluğun üzerinde, on dört katlı Elstead kulesi yükseliyordu. Puslu İngiliz havasında soluk görünen Hindhead ve Selborne, insanın gözlerini mavi, romantik bir uzanıma davet eder gibiydi. Fakat Vahşi'yi fenere çeken tek şey uzanım değildi. Yakın da uzak denli baştan çıkarıcıydı. Koruluk, fundalık ve karaçalı kaplı açık arazi, çam öbekleri, huş ağaçlarının üzerine uzandığı parlak göletler, göletlerin üzerindeki nilüferler ve sazlıklar - bütün bunlar harikaydı ve Amerikan çöllerinin çoraklığına alışmış gözleri kamaştırır nitelikteydi. Bir de ıssızlığı vardı! Günler boyunca tek bir insan bile görmedi. Fener, Charing-T Kulesi'nden helikopterle yalnızca on beş dakika uzaklıktaydı, ama bu Surrey fundalığı ıssızlık bakımından Malpais tepelerini aratmıyordu. Londra'dan günlük ayrılan kalabalıklar, sadece Elektro-manyetik Golf ya da Tenis için Londra dışına çıkıyordu. Puttenham'da böylesi bir bağlantı yoktu; En yakın Riemann-zeminli kortlar Guildford'daydı. Buranın tek çekici yanı çiçekleri ve manzarasıydı. Durum böyle olunca, gelmek için iyi bir gerekçe olmadığından, hiç kimse gelmiyordu. Vahşi, ilk günlerde tek başına, rahatsız edilmeden yaşadı.

Londra'ya ilk geldiğinde masraflar için kendisine verilen paranın büyük bir bölümünü malzemeye harcamıştı. Londra'dan ayrılmadan önce dört tane viskoz yünlü battaniye, halat ve ip, çivi, tutkal, birkaç alet, kibrit (zamanı geldiğinde kendini ateşle terbiye etmeye niyetliydi), birkaç tencere tava, on iki paket tohum ve on kilo buğday unu satın almıştı. "Hayır, sentetik nişasta ve pamuk küspesi yapay un olmaz," diyerek ısrar etmişti. "Daha besleyici olsa bile." Tüm-salgısal bisküviler ve vitaminli yapay bifteğe gelince, bakkalın ikna yeteneğine karşı koyamamıştı. Şimdi konserve kutularına bakıyor ve zayıflığı için kendine çok kızıyordu. İğrenç uygar döküntüler! Kararını vermişti, açlıktan ölse bile ağzına sürmeyecekti. Yüreğini kin bürümüş bir halde düşündü, "Bu onlara ders olur." Ayrıca, kendine de ders olurdu.

Parasını saydı. Kalan az miktarda parayla kışı çıkarmayı umuyordu. Bahar geldiğinde, dış dünyadan bağımsız yaşayabilecek kadar ürün alabilecekti bahçesinden. Üstelik, arada bir de av eti yiyebilirdi. Çok sayıda tavşan görmüştü, göletlerde su kuşları da vardı. Yay ve ok yapmak için hemen işe koyuldu.

Fenerin yakınında dişbudak ağaçları, ok çubukları için de tam bir koruluk dolusu muhteşem düzgünlükte fındık fidanı vardı. İşe genç bir dişbudak ağacını kesip devirerek başladı, üç metrelik ağaç gövdesini dallarından ayırıp kesti, kabuğunu soydu, beyaz ağacı, ortası kalın ve sağlam, narin uçları oynak ve yaylı kalacak şekilde, kendi boyu uzunluğuna getirip ihtiyar Mitsima'nın öğrettiği şekilde kıymık kıymık tıraşladı. Yaptığı işten müthiş keyif almıştı. Ne zaman bir şeye ihtiyacı olsa bir düğmeye basmaktan ya da bir kolu çevirmekten başka hiçbir iş yapmadığı Londra'da geçirdiği aylak haftalardan sonra, beceri ve sabır gerektiren birşeyler yapmak son derece zevkliydi.

Yayı bıçakla yontarak şekillendirmeyi bitirmek üzereydi ki, birden irkilerek şarkı söylemekte olduğunu fark etti -*şarkı söylüyordu*! Dışardan gelip kendine çarparak sendelemiş gibi oldu, sanki kendisini gafil avlamış, yüz kızartıcı bir suç işlerken yakalamıştı. Suçlu hissederek kızardı. Sonuçta, buraya şarkı söyleyip keyif yapmaya gelmemişti. Uygar yaşamın pisliğine daha fazla bulaşmaktan kaçmıştı; arınmak ve dini bütün hale gelmek için yapmıştı bunu; faal bir biçimde ıslah olmaktı amacı. Hayretten donup kalmış bir biçimde, yayını yontmaya dalmışken zavallı Linda'yı ve ona ne kadar kötü davranmış olduğunu asla unutmamak konusunda ettiği yemini unuttuğunu fark etti. Linda'nın ölümünün üzerinde bit gibi kaynaşıp duran ve varlıklarıyla sadece kendi kederine ve pişmanlığına değil, tanrılara da hakaret etmiş olan o iğrenç ikizleri asla unutmamaya yemin etmişti. Sürekli kendini ıslah etmeye yemin etmişti. Oysa, işte oturmuş, yay sopasının başında mesut bir biçimde şarkılar söylüyordu, gerçekten şarkı söyleyebiliyordu...

İçeri girdi, hardal kutusunu açıp kaynasın diye ateşin üzerine biraz su koydu.

Yarım saat sonra, Puttenham Bokanovski Grupları'ndan üç tane Delta-Eksi tarım işçisinin yolu Elstead'e düştü. Tepenin üzerindeki terk edilmiş fenerin dışında dikilip düğümlü ipten yapılma bir kırbaçla kendisini döven belden üstü çıplak genç adamı görünce şaşkınlıktan ağızları açık kaldı. Sırtında kıpkırmızı yatay şeritler oluşmuş, bir kırbaç izinden diğerine damla damla kan süzülüyordu. Kamyonun sürücüsü yolun kenarına park etmiş, iki arkadaşıyla birlikte ağızları açık, bu inanılmaz görüntüyü izliyorlardı. Bir, iki, üç - kırbaç darbelerini sayıyorlardı. Genç adam sekizinci darbeden sonra kendini cezalandırmaya ara verdi ve koruluğun kıyısına koşup öğürerek kusmaya başladı. İşi bitince kırbacı yerden alıp tekrar kendine vurmaya başladı. Dokuz, on, on bir, on iki...

"Fordum!" diye fısıldadı kamyon sürücüsü. Yanındaki ikizler de aynı düşüncedeydi.

"Ford aşkına!" dediler.

Üç gün sonra gazete muhabirleri, bir cesede

üşüşen akbabalar misali sökün ettiler.

Ağır yanan yaş odun ateşinde kuruyup sertleşen yay artık hazırdı. Vahşi, oklarıyla uğraşıyordu. Otuz tane fındık sırığı yontulup kurutulmuş, uçlarına keskin çiviler konmuş, yaya oturan arka uçlarına dikkatle çentik açılmıştı. Bir gece Puttenham kümes hayvanı çiftliğini basmış ve bütün bir kabileyi donatacak kadar kuş tüyü almıştı. İlk muhabir kendisini bulduğunda, tüyleri okların yeleklerine takmakla uğraşıyordu. Şişmeli ayakkabıları hiç ses çıkarmayan adam, arkasına kadar sokuldu.

"Günaydın, Bay Vahşi," dedi. "Ben *Saatbaşı Radyosu*'nun temsilcisiyim."

Yılan sokmuşcasına irkilen Vahşi ayağa sıçrarken oklar, tüyler, tutkal kabı ve fırça dört bir yana dağıldı.

Muhabir samimi bir pişmanlık içinde, "Özür dilerim," dedi. "Niyetim sizi..." Şapkasına -telsiz alıcı ve vericisini içinde taşıdığı silindir şapkaya-dokundu. "Şapkamı çıkarmadığım için bağışlayın," dedi. "Biraz ağır da. Evet, dediğim gibi, ben *Saatbaşı...*"

Vahşi kaşlarını çattı ve "Ne istiyorsunuz?" diye sordu. Muhabir son derece yılışık bir gülümsemeyle karşılık verdi.

"Evet, şüphesiz okurlarımız son derece ilginç bula..." Kafasını bir tarafa yatırdı, gülümseyişi neredeyse cilveli bir hal almıştı. "Lütfen birkaç şey söyleyin, Bay Vahşi," dedi ve merasimli el kol hareketleriyle hızlı bir biçimde iki tane bobin şeklinde sarılmış teli çözdü, iki ucunu beline tutturulmuş portatif bir aküye bağladı ve aynı anda diğer uçlarını alüminyum şapkasının kenarlarındaki yuvalara soktu; şapkasının tepesindeki bir yaya dokundu ve ortaya bir anten çıktı; şapkanın siperliğinin üstündeki bir başka yaya dokundu - ve kutudan çıkan yaylı kukla misali bir mikrofon fırladı, titremeye devam ederek burnunun on beş santimetre önünde asılı kaldı. Sonra aşağıya doğru asılıp kulaklarının üstünden bir çift alıcı çekti; şapkanın sol tarafında bir düğmeye bastı ve şapkanın içinden eşekarısı vızıltısını andıran bir ses geldi; sağda bir kolu çevirdiğinde stetoskopik bir hışırtı ve çıtırtı, ardından da cızırtı ve ani ciklemeler vızıltının yerini aldı. Mikrofona, "Alo," dedi. "Alo, alo..." Birden şapkasının içinde bir zil çaldı. "Edzel, sen misin? Ben Primo Mellon. Evet, kendisine ulaştım. Şimdi Bay Vahşi mikrofonu alıp birşeyler söyleyecek. Söylersiniz, değil mi Bay Vahşi?" Başını kaldırıp yılışık gülücüklerinden biriyle Vahşi'ye baktı. "Okurlarımıza buraya niye geldiğinizi anlatın yeter. Öyle aniden Londra'yı terk etmenizin (bir saniye, Edzel!) nedeni neydi? Tabii şu kırbaç konusu da var." (Vahşi irkildi. Kırbacı nereden öğrenmişlerdi?) "Kırbaç konusunu çok merak ediyoruz. Uygarlık hakkında da birşeyler söyleyin. Biliyorsunuz işte. Uygar Kız konusunda neler düşünüyorum, gibi. Sadece birkaç söz, lütfen..."

Vahşi, uysal bir biçimde beklenmedik bir yanıt verdi. Ağzından beş sözcük döküldü ve bir daha konuşmadı - beş sözcük, Canterbury Büyük-Cemaat İlahievi Baş Şarkıcısı hakkında Bernard'a söylediği sözcüklerin aynılarıydı. "*Hâni! Sons éso tse-nâ!*" Ve gazeteciyi omzundan yakalayıp kendi etrafında fırıldak gibi döndürdü (genç adam oldukça çekici bir hedef oluşturuyordu), nişan aldı ve şampiyon futbolculara özgü bir güç ve şaşmazlıkla muazzam bir tekme savurdu.

Sekiz dakika sonra *Saatbaşı Radyosu*'nun yeni baskısı Londra sokaklarında satılıyordu. Ön sayfadaki başlık şöyleydi: "GİZEMLİ VAHŞİ, SAATBAŞI RADYOSU MUHABİRİNİN KUYRUK SOKUMUNA TEKMEYİ BASTI. SURREY'DE OLAY."

Muhabir Londra'ya döndüğünde başlıkları görünce, "Londra'da bile olay olmuş," diye düşündü. Üstelik de epey sızlatan bir olaydı. Özel bir gayret göstererek öğle yemeğine oturdu.

İş arkadaşlarının kuyruk sokumundaki uyarı mahiyetindeki morluktan yılmayan, New York *Times*, Frankfurt *Dört-Boyutlu Uzay*, *Fordgil Bilim Gözlemcisi* ve *Delta Günlüğü* gazetelerinden dört muhabir daha o öğleden sonra feneri ziyaret ettiler ve dozu giderek artan bir şiddetle karşılaştılar.

Fordgil Bilim Gözlemcisi'nden gelen adam, güvenli bir mesafeden poposunu ovuşturmaya devam ederek bağırdı: "Kara cahil sersem! *Soma* kullansana!"

"Def olun!" Vahşi yumruğunu sallıyordu.

Diğeri birkaç adım geriledi, sonra tekrar döndü. "Birkaç gram alırsan kötülük gerçek olmaktan çıkar."

Vahşi, tehdit ve alay dolu bir sesle karşılık verdi: "*Kohakwa iyathtokyai*!"

"Acı, bir aldanmadır."

"Ya, öyle mi?" diyen Vahşi, kalın bir fındık dalı kapıp üzerine yürüdü.

Fordgil Bilim Gözlemcisi'nden gelen adam hızla helikoptere doğru seğirtti.

Bu olaydan sonra Vahşi bir süre huzur bulabildi. Birkaç helikopter gelip meraklı bir biçimde kulenin etrafında dolandı. Taciz edici bir şekilde yakından uçan helikoptere bir ok attı. Ok, kabinin alüminyum zeminini deldi ve tiz bir çığlık duyuldu. Helikopter, kompresörün verebileceği en yüksek hızla füze gibi gökyüzüne tırmandı. Bu olaydan sonra, diğerleri arada saygılı bir mesafe bıraktılar. Bıktırıcı uğultularına aldırmaksızın (hayalinde kendisini, Matsaki Bakiresi'nin, kanatlı haşarata dimdik ve yılmadan karşı koyan taliplerinden birine benzetiyordu) bahçesi olacak toprağı kazmaya koyuldu.

Sonunda haşarat bir süre sonra sıkılıp uçtu gitti; kafasının üzerindeki gökyüzü saatler boyunca boş ve tarlakuşları dışında sessiz kaldı.

Sıcaktan nefes alınmıyordu, gök gürlemeye başladı. Bütün sabah çapa yaptıktan sonra yere uzanmış dinleniyordu. Lenina düşüncesi birden hayalinde beden bulmuş, çıplak ve elle tutulur bir biçimde karşısında duruyor, "Tatlım! Sar beni kollarınla!" diyordu. Üzerinde yalnızca ayakkabıları ve çorapları vardı, parfüm sürmüştü. Arsız kaltak! Fakat oh, oh, kolları Vahşi'nin boynunda, göğüslerinin hoplayışı, ağzı! Dudaklarımızda ve gözlerimizdeydi sonsuzluk. Lenina... Hayır, hayır, hayır, hayır! Ayağa sıçradı ve olduğu gibi, yarı çıplak, evden dışarı attı kendini. Fundalığın kenarında bir öbek beyaz ardıç çalısı vardı. Kendini çalılığın üzerine attı. Arzuladığı yumuşak vücuda değil, bir kucak dolusu yeşil dikene sarılmıştı. Sivri dikenler binlerce noktadan vücuduna batıyordu. Nefes alamayan, dilsiz, boşluğu kavrayan elleri ve gözlerindeki anlatılmaz dehşetle çırpınan zavallı Linda'yı düşünmeye çalıştı. Anımsayacağına yemin ettiği zavallı Linda'yı. Fakat kendisini hâlâ huzursuz eden, Lenina'nın varlığıydı. Bıçak gibi, iğne gibi keskin ardıç dikenlerine rağmen, acıdan sarsılan bedeni Lenina'yı hissediyordu, kaçınılamaz bir gerçeklikteydi. "Tatlım, tatlım... Madem sen de beni istiyordun, niye öyle..."

Kırbaç, kapıda bir çiviye asılı, muhabirlere karşı kullanılmaya hazır bekliyordu. Vahşi çıldırmış bir halde eve koştu, kırbacı kapıp savurdu.

Kırbacın düğümlü uçları tenini ateş gibi yaktı.

Her darbede Lenina'nın beyaz, sıcak, parfümlü ve rezil tenini kırbaçlıyormuşcasına (farkında olmadan, delirmişcesine keşke Lenina olsaydı diye düşünüyordu) "Kaltak! Kaltak!" diye haykırıyordu. Kaltak! Sonra da umutsuz bir sesle yalvarıyordu: "Ah, Linda, bağışla beni. Affet beni, Tanrım. Kötüyüm ben. İblisim ben. Ben... Hayır, hayır, kaltak, seni kaltak!"

Duyusal Filmler Şirketi'nin en usta büyük av hayvanı fotoğrafçısı Darwin Bonaparte, üç yüz metre uzaklıktaki korunun içinde özenle inşa edilmiş saklanma yerinden bütün bu sahneyi izlemişti. Sabır ve yetenek, ödülünü bulmuştu. Üç gün boyunca gündüzleri yapay bir meşe ağacının gövdesinde oturmuş, geceleri fundalığı karnının üzerinde sürünerek geçip karaçalıların arasına mikrofonlar yerleştirmiş, yumuşak gri kuma kablolar gömmüştü. Son derece rahatsız geçen bir yetmiş iki saatti. Fakat artık büyük an gelmişti - aletlerinin arasında dolanırken, en büyüğü, diye düşünecek zamanı olmuştu, ünlü kükreme dolu stereoskopik goril düğününü çektiğinden bu yana en muhteşemi buydu. Vahşi, müthiş gösterisine başladığında, "Harikulâde!" dedi kendi kendine. "Harikulâde!" Teleskopik kameralarını özenle odaklamıştı -hareketli hedefe kilitlenmişlerdi; şekilden şekle giren çıldırmış suratı yakın plan alabilmek için gücü artırdı (muhteşem!); yarım dakikalığına ağır çekime geçti (son derece komik bir efekt olacağından emindi); bu arada filminin ucundaki ses bantına kaydedilmekte olan kırbaç darbelerine, inlemelere, vahşi ve abuk sabuk sözlere kulak kabarttı ve sesi bir parça yükseltmeyi denedi (evet, böylesi kesinlikle daha iyiydi); kısa bir sessizlik anında işittiği tiz tarlakuşu ötüşüne çok sevindi. Keşke dönse de sırtındaki kanı yakın plan çekebilsem, diye düşünürken bir an geçmemişti ki Vahşi uysal bir şekilde döndü, böylece kusursuz bir yakın plan alabildi.

Her şey sona erdiğinde kendi kendine, "Evet, harikaydı," dedi. "Gerçekten harika!" Islak bezle yüzünü sildi. Stüdyoda duyusal efektleri de ekleyince müthiş bir film olacaktı. Neredeyse *Sperm Balinası'nın Aşk Hayatı* kadar iyi olacak diye düşündü - ki Ford şahittir, bu bile başlı başına bir başarıydı!

On iki gün sonra *Surrey Vahşisi* gösterime girmişti. Batı Avrupa'daki bütün birinci sınıf duyusal film salonlarında görülüp işitilebiliyor ve hissedilebiliyordu.

Darwin Bonaparte'ın filminin etkisi hızlı ve büyük oldu. İlk gösterime girdiği akşamı izleyen günün öğleden sonrasında, John'ın kırsal inzivası, gökyüzünü dolduran bir helikopter sürüsünün gelişiyle birden bozuldu.

Bahçesini çapalıyordu -aynı zamanda zihnini de çapalıyor, düşüncelerinin özünü zahmetli bir biçimde alt üst ediyordu. Ölüm -ve küreğini daldırıyor, bir daha, bir kez daha daldırıyordu. Ve tüm geçmişimiz, aptallar için, tozlu ölüme giden yola ışık tutmuştur. Sözcüklerinin arasında inandırıcı bir gök gürültüsü gümbürdedi. Bir kürek toprak daha çevirdi. Niçin ölmüştü Linda? Niçin derece derece insanlıktan uzaklaşmaya terk edilmişti? Ve sonunda... Ürperdi. Öpülesi güzel bir leş. Ayağını küreğin üstüne koyup hışımla sert zemine bastırdı. Amaçsız çocuklar için sinekler neyse, biz de tanrılar için oyuz; eğlenmek için bizi öldürüyorlar. Yine gök gürültüsü; kendi doğruluklarını duyuran sözcükler - her nasılsa gerçeğin kendisinden bile daha doğruydular. Ancak aynı Gloucester onlara, merhametli tanrılar demişti. Üstelik, en güzel dinlencen uykudur ve pek düşkünsün uykuya; fakat ödün kopar ölümden, ki gelmez bir daha. Uykudan başka bir şey değil. Uykudan. Belki dalarsın bir rüyaya. Küreği bir taşa takıldı; çıkarmak için öne eğildi. Çünkü o ölüm uykusunda, ne rüyalar...?

Kafasının üzerindeki vınıltı, homurtuya dönüşmüştü; birden gölgede kaldı, güneşle arasına bir şey girmişti. Çapalayışından ve düşüncelerinden irkilerek sıyrıldı ve yukarı baktı, sersemlemiş bir halde yukarı baktı, aklı hâlâ doğrudan-daha-doğrulara ait öteki dünyadaydı, ölüm ve tanrı düşüncelerinin sonsuzluğundan kopamamıştı; yukarı baktı ve hemen üzerinde dolanan makine sürüsünü gördü. Çekirgeler misali gelip hareketsiz kaldılar ve dört bir yanına, fundalığa kondular. Bu dev çekirgelerin karınlarından, her birinden bir çift olmak üzere beyaz viskoz flaneller giymiş erkekler, (hava çok sıcak olduğu için) asetatlı kaba ipek pijamalar, pamuklu kadife şortlar ve kolsuz, fermuarı yarıya kadar inik fanilalar giymiş kadınlar indiler. Birkaç dakikanın içinde düzinelerce insan fenerin çevresinde geniş bir daire oluşturdular. Kimi gözlerini dikmiş bakıyor, kimi gülüyor, fotoğraf makinelerinin deklanşörlerine basıyor, (bir maymuna atarcasına) fıstık, paketler dolusu seks hormonlu sakız ve tüm-salgısal bisküviler atıyorlardı. (Hog's Back semalarındaki trafik durmak bilmez bir biçimde aktığı için) Sayıları her geçen saniye artıyordu. Bir kâbustaki gibi düzineler yirmilere, yirmiler yüzlere dönüşüyordu.

Vahşi, sığınağa doğru geri çekilmiş, şimdi köşeye sıkışmış bir hayvanı andıran bir biçimde sırtı fenerin duvarına dayanmış dikiliyor, duyularını yitirmiş bir insan misali dili tutulmuş, dehşet içinde, bir surattan diğerine bakıyordu. Yanağına çarpan iyi nişanlanmış bir sakız paketinin etkisiyle sersemliğinden biraz ayılıp gerçekliği kavramaya başladı. Ürpertili bir acı şoku yaşadı ve gözleri cin gibi açıldı, uyandı ve vahşi bir öfkeye kapıldı.

"Gidin buradan!" diye haykırdı.

Maymun-insan konuşmuştu; bir kahkaha ve alkış tufanı koptu. "Aferin Vahşi! Yaşasın, yaşasın!" Yaygaranın arasında, "Kırbaç, kırbaç, kırbaç!" haykırışlarını duydu.

Duyduğu sözcüklerle harekete geçen Vahşi, düğümlü ip demetini kapının arkasında asılı olduğu çividen aldı ve işkencecilerine doğru salladı.

İronik bir tezahürat bağırtısı koptu.

Tehdit eder bir biçimde onlara doğru ilerledi. Kadının biri korkudan çığlık attı. Daire tehdidin yoğunlaştığı noktada dalgalandı, sonra yine sağlamlaşıp eski haline döndü. Ezici sayıda ve güçte olduklarını bilmek, bu günübirlik turistlere Vahşi'nin kendilerinden hiç ummadığı bir cesaret vermişti. Hayret içinde durdu ve etrafına bakındı.

"Beni niye yalnız bırakmıyorsunuz?" Öfkesinde bir parça da şikâyet seziliyordu.

Vahşi ilerleyecek olsa ilk saldırılacak durumda olan adam, "Biraz magnezyum tuzlu badem alsana!" dedi. Bir paket uzatıyordu. Gönül almaya çalışan ama biraz da sinirli bir gülümsemeyle, "Gerçekten nefistir," diye ekledi. "Magnezyum tuzları genç kalmanı sağlar."

Vahşi, adamın teklifini duymazdan geldi. Bir sırıtan yüzden diğerine dönerek, "Benden ne istiyorsunuz?" dedi. "Ne istiyorsunuz benden?"

Yüz tane şaşırmış ses bir ağızdan, "Kırbacı," diye yanıtladı. "Kırbaç marifetini göster. Kırbaç numaranı görelim."

Sıranın ucundaki bir grup hep bir ağızdan yavaş, ağır bir tempoyla, "Kırbacı - istiyoruz, kırbacı - istiyoruz," diye tempo tutmaya başladı.

Diğerleri de hemen katıldılar ve papağanlar gibi tekrar tekrar aynı cümleyi söylemeye başladılar, sesleri gittikçe yükseliyordu, öyle ki, sekizinci ya da dokuzuncu tekrara gelindiğinde başka bir söz duyulmaz olmuştu. "Kırbacı - istiyoruz."

Hep bir ağızdan bağırıyorlardı; gürültü, fikir birliğine varmış olma ve ritmik uzlaşma hissinin verdiği sarhoşlukla saatlerce - neredeyse sonsuza dek - bağırabilecekmiş gibiydiler. Fakat yaklaşık olarak yirmibeşinci tekrarda koro faaliyeti bölündü. Hog's Back üzerinden bir helikopter daha gelmişti. Kalabalığın üzerinde yavaşladı ve Vahşi'nin birkaç metre ötesine, turistlerle fener arasındaki açık alana iniş yaptı. Pervanelerin gürültüsü bir süre kalabalığın bağırtısını bastırdı; sonra makine yere dokunup motorlar susturulduğunda, tempo aynı ısrarlı monotonlukta ve gürültüde yeniden başladı: "Kırbacı - istiyoruz; kırbacı - istiyoruz."

Helikopterin kapısı açıldı ve önce sarışın, kızıl suratlı bir adam, ardından da yeşil pamuklu şort, beyaz gömlek ve jokey kepi giymiş genç bir kadın indi.

Genç kadını görünce Vahşi şaşkınlıktan irkildi, geriledi, beti benzi sarardı.

Genç kadın ayakta dikilip Vahşi'ye gülümsedi -

belirsiz, yalvaran, neredeyse sefil denebilecek bir gülümsemeydi. Saniyeler geçti. Dudakları kımıldadı, birşeyler söylüyordu; fakat turistlerin tekrarladığı nakarattan, sesi duyulmuyordu.

"Kırbacı - istiyoruz! kırbacı - istiyoruz!"

Genç kadın iki elini de sol yanına bastırmıştı ve şeftali aydınlığındaki, bebek güzelliğindeki yüzünde son derece uyumsuz, özlemden kaynaklanan bir ızdırap ifadesi vardı. Mavi gözleri sanki daha da irileşmiş, daha da parlıyordu; birden yanaklarından iki damla gözyaşı süzüldü. Duyulmaz bir biçimde tekrar konuştu; sonra hızlı ve heyecanlı bir hareketle Vahşi'ye doğru kollarını açtı ve ilerledi.

"Kırbacı- istiyoruz! kırbacı- isti..."

Aniden istedikleri oldu.

"Kaltak!" Vahşi gözü dönmüş bir şekilde genç kadına saldırdı. "Sürtük!" Delirmişcesine kısa iplerden oluşan kırbacını savurarak vuruyordu.

Korkudan ödü kopan kadın kaçmaya kalkmış, ancak tökezleyip fundalığa düşmüştü. "Henry, Henry!" diye bağırdı. Fakat kızıl suratlı arkadaşı sıvışıp helikopterin arkasına saklanmıştı.

Keyifli bir heyecanla haykıran kalabalık o noktada çözüldü; manyetik çekim merkezinde yoğunlaşan panikli bir koşuşturma yaşandı. Acı, büyüleyici bir dehşetti.

"Yan, şehvet düşkünü, yan!" Çıldırmış Vahşi'nin kırbacı tekrar indi.

Kalabalık, yalak çevresinde itişip kakışan domuzlar misali aç gözlerle ikilinin etrafını sardı.

"Ah, ten cezası!" Vahşi dişlerini sıktı. Bu defa kırbaç kendi omuzlarına inmeye başladı. "Öldür, öldür onu!"

Acıdan kaynaklanan dehşetin büyüsüyle ve içlerinden gelen işbirliği dürtüsüyle ve de şartlandırmalarının silinmez bir biçimde içlerine kazıdığı fikir birliği ve yekvücut olma arzusuyla hareket eden kalabalık, Vahşi'nin hareketlerini taklit etmeye başladı. Vahşi, kendi günahkâr tenine, ya da fundalıkta ayaklarının dibinde acıdan debelenen dolgun alçaklık timsaline vurdukça onlar da birbirlerine vuruyorlardı.

"Öldür onu, öldür onu, öldür onu..." Vahşi haykırmaya devam ediyordu.

Aniden kalabalıktan biri, "Toplu seks-poplu seks," diyerek şarkı söylemeye başladı ve nakarata hemen eşlik eden kalabalık aynı zamanda dansa katıldı. Toplu seks-poplu seks diyerek dönüyor, dans ediyorlar, dönerken de altı-sekizlik metronom vuruşuyla birbirlerini dövüyorlardı. Toplu seks-poplu seks...

Helikopterlerin sonuncusu kalktığında saat gece yarısını geçmişti. *Soma*yla sersemlemiş ve uzun süren şehvet çılgınlığından iyice yorgun düşmüş olan Vahşi, fundalıkta yatmış, uyuyordu. Uyandığında, güneş çoktan yükselmişti. Bir süre kalkmadı, ışığı görünce baykuş sersemliğiyle gözlerini kırpıştırdı, sonra aniden, her şeyi hatırladı.

"Aman Tanrım, aman Tanrım!" Elleriyle gözlerini örttü.

O akşam Hog's Back üzerinden vızıldayarak gelen helikopterler, on kilometrelik bir bulut oluşturdular. Bir gece önceki toplu seksin ayrıntıları, bütün gazetelerde yer almıştı.

İlk gelenler makinelerinden inerken, "Vahşi!" diye seslendiler. "Bay Vahşi!"

Yanıt gelmedi.

Fenerin kapısı aralıktı. Kapıyı iterek açıp ışık almayan alacakaranlığa daldılar. Odanın uzak ucundaki kemerli geçide doğru baktıklarında üst katlara çıkan merdivenin altını gördüler. Kemerin üst ucundan aşağıya bir çift ayak sarkıyordu.

"Bay Vahşi!"

Yavaşça, çok yavaşça, acelesi olmayan pusula ibreleri misali, ayaklar sağa doğru döndüler; kuzeye, kuzeydoğuya, doğuya, güneydoğuya, güneye, güney-güneybatıya döndüler; sonra durdular ve birkaç saniye sonra yine aynı yavaşlıkla geriye, sola doğru döndüler. Güney-güneybatıya, güneye, güneydoğuya, doğuya...

EK

CESUR YENİ DÜNYA ÜZERİNE

İlk olarak 1932'de yayınlanan *Cesur Yeni Dünya* "F.S. 632'de, bu istikrar yılında" geçmektedir -yani Amerikan araba kodamanı Henry Ford (1863-1947)'un gelişinden 632 yıl sonra; Henry Ford ki onun çok başarılı olan T Modeli (1908-1927) taşıma bandı ve uzmanlaşmış emek gibi salt toplu üretim yöntemleriyle üretilmiş ilk otomobildi. Ford, Dokuz Yıllık Savaş'la büyük Ekonomik Bunalım'ın çifte felaketinden sonra kurulmuş bir küresel kast sistemi olan Dünya Devleti'nin önde gelen ilahıdır, onun endüstri felsefesi de bu düzen içindeki hayatın her yönüne hükmeder.

Dünya Devleti'nin istikrarı, biyolojik mühendislik ve insanı her yönden koşullandırmanın terkibiyle sağlanır. Bu devletin standartlaştırılmış iki milyar yurttaşı sadece on bin soyadını paylaşır, dünyaya da doğarak gelmemişlerdir, önceden belirlenmiş rollerini yerine getirmek üzere 'kuluçka'dan çıkarılmışlardır. Politik gövdedeki hücrelerden öte bir şey değillerdir. Çocuklukta edilgen itaatin, maddi tüketimin ve önüne gelenle düşünmeden yatıp kalkmanın erdemleri hipnopedya (uykuda öğretim) yoluyla telkin edilir. İleriki yaşamlarında Dünya Devleti'nin yurttaşlarına ücretsiz *soma*lar, hükümetçe onaylanmış haplar verilir ve sürü halinde Cemaat Terennümleri ve

Dayanışma Ayinleri için (ki rutin olarak bir sefahat alemiyle sona ererler) toplanırlar; bu toplantılar Dünya Devleti'nin savsözü olan "CEMAAT, ÖZDEŞLİK, İSTİKRAR" değerlerini daha derin biçimde aşılamak için düzenlenir. Hayatın her yönü toplumsal yarar düzeyine indirgenmiştir, hatta cesetlerden kullanışlı fosfor kaynakları olarak yararlanılmaktadır.

Dünya Devleti'nin on bölgesinden her biri Yerel Dünya Denetçisi tarafından yönetilir. 'Fordhazretleri' Mustafa Mond, Londra merkezli Batı Avrupa bölgesinin Denetçisidir ve en altta ayak işleri için döllenmiş Epsilon-Eksi Yarı Moronları ile onların üstünde gitgide artan yetenek kastlarının sıralandığı bir kitle bulunan hiyerarşik, fabrika benzeri bir firmanın başını çeker. Mond'un hemen altında bir Alfa-Artı entelektüeller kastı vardır. Bernard Marx ve Helmholtz Watson bu elitin üyeleridir, ama her ikisi de yalnız kalmak ve cinsellikten sakınmak gibi sapkın hazlardan hoşlanan eğilimler geliştirmişlerdir. Çok iyi bilmektedirler ki "görevleri çocuksu olmak"tır ve "birey duygulandığında, toplum yalpalar"; her ikisi de Alfa-Artı uyumsuzları için sığınak işlevi gören adalardan birine sürülmeye yazgılıdır.

Dünya Devleti'nin sınırları dışında yaşamasına izin verilen diğer tek insanlar da çeşitli Vahşi Ayrıbölgeleri'nde yaşayanlardır. Kendilerini çevreleyen Fordgil cehennemden elektrikli tellerle ayrıldıkları için vahşiler hâlâ evlenmekteler, sevişip çocuk doğurmakta ve eskisi gibi ölmektedirler.

İşte New Mexico'daki Ayrıbölge'yi ziyaret ederken Bernard Marx, John adlı vahşiye rastlar ve onu Londra'ya getirir. John ilkin kendisini çevreleyen yeni dünya karşısında coşkuya kapılır ve Londra'dan büyük ilgi görür; fakat kısa süre sonra Dünya Devleti'nce hayal kırıklığına uğratılır ve Jonh'ın perspektifinden F.S. 632'nin eksiksiz, totaliter dehşeti teyit edilir.

Cesur Yeni Dünya, uzun zamandır, Zamyatin'in *Biz*'i (1920-21), Koestler'in *Gün Ortasında Karanlık*' ı (1940) ve Orwell'in *Bin Dokuz Yüz Seksen Dört*'ü (1949) ile birlikte yirminci yüzyılın başlıca kara ütopya (dystopia) veya karşı-ütopya (anti-utopia) romanlarından sayılır. Adı; aşırı-modern, anlatılamayacak derecede saçma ve gülünç görülen ya da insan özgürlüğüne yönelik potansiyel bir tehlikeyi barındıran herhangi bir gelişmeyle bağlantılı olarak kendiliğinden akla gelen yaygın bir medya kalıpsözü şimdilerde. Ne var ki, romanı yazarken Huxley kafasında "kâbusumsu" gelecekten başka şeyler de taşıyordu ve romanın tasarlanıp yazıldığı koşulları bilmek bize, birçok okuyucunun *Cesur Yeni Dünya*'da sezdiği kararsızlığı açıklamakta yardımcı olabilir.

Kardeşi Julian'a Ağustos 1918'de yazdığı mektupta Aldous Huxley 1.Dünya Savaşı'nın en kötü sonuçlarından birinin "Amerika'nın dünya egemenliğinin kaçınılmaz hızlanışı" olacağını tahmin etmişti. Birçok başka entelektüel de aynı şeyi sezinlemişti; 1920'ler, önceki yüzyılda Fanny Trolope'un *Domestic Manners of the Americans*'ıyla, Dickens'ın aşağılayıcı *American Notes*'uyla ve Alexis Tocqueville'in *Democracy in America*'yla örneğini verdiğini Amerika'yı kötüleme modasının yeniden canlanışına tanınklık etti. Amerika'nın groteskliğine ilişkin dirilen bu ilgi, ülkeyi 1926'da ilk kez ziyaret ettiğinde her şeyin kendisinin öngördüğü kadar avami ve acayip olduğunu görmekten, Huxley'nin niçin neredeyse dehşete düştüğünü anlamamıza yardımcı olmaktadır. O yılın sonunda yayınlanan *Jesting Pilate*'in son bölümü, uyduruk filmlerin, boş yüzlü ve "etine dolgun" modern genç kızların, "barbar" caz ve Huxley'nin Los Angeles'da ("Korkutucu Mutluluğun Şehri") karşılaştığı, Avrupa Uygarlığı'nın geleceği konusunda onu karamsar yapan bitmez tükenmez enerjinin eğlenceli bir lanetlemesini içerir. "California'yı görmeni isterdim," diye yazmıştı o zaman Amerika'yı yeni ziyaret eden birine. "Maddesel olarak, gezegenimiz üzerinde görülenler içinde Ütopya'ya en çok yaklaşan yer." Huxley "Amerika'nın geleceği dünyanın geleceğidir" yollu mahzun kehanetini 1920'lerde birkaç yerde daha dile getirmiştir ve kocaman gökdelenleri, dolar ekonomisi, gençlik kültü, "duyusal filmler"i (Hollywood'un sesli filmlerinin dokunma duyusuna hitap eden torunları), seks hormonlu sakızları, her yerde hazır ve nazır fermuarları (ki Huxley tarafından Amerika'nın ulusal "arma"sı diye nitelenir) ve feryat eden seksofonlarıyla Dünya Devleti'nin, ilk önce Amerikan yaşama biçiminin küresel yayılışına bir yergi olarak düşünüldüğü açık. Huxley, Henry Ford'un *Yaşamım Ve Yapıtım* adlı kitabını Amerika yolculuğu sırasında geminin kütüphanesinde keşfetmişti ve San Fransisco'da gemiden indikten sonra karşılaştığı her şey Fordgil ilkelerle kusursuz bir uyum içinde görünmüştü.

Haziran 1931'de Huxley bir gazete muhabirine, Amerika'ya ikinci bir gezi planladığını söylemişti, "sırf daha kötüsünü bilmek için, bence, insanın zaman zaman yapması gerek." Mayıs ayında da bir başka muhabire "gelecek hakkında bir roman" yazdığını söylemişti. "Wellsgil Ütopya'nın dehşeti ve ona karşı bir başkaldırı üzerine." Birkaç yerde Huxley, H.G. Wells'in *Tanrılara Benzeyen İnsanlar*'ı ile (1923) ve onun sadece "etkin, iyimser, buluşçu, yenilikçi ve iyi huylu" yurttaşlarla doldurduğu tozpembe bir ütopya çizmesiyle alay etmiştir. "Wellsgil" terimini kullanışı burada, ilerlemeci bakışın ona en itici ve saçma gelen tüm yönlerini kapsar. Fakat Huxley, Anthony Burgess'ın bir keresinde yaftaladığı gibi, "anti-Wellscilerin en büyüğü" değildi kesinlikle. Aksine, *Tanrılara Benzeyen İnsanlar* bir yana,

Huxley 1920'lerde ve 30'ların başında Wells'le bir hayli şey paylaşıyordu: özellikle de, parlamenter demokrasiye yönelik güçlü horgörü ve kitle toplumunun seçkin bir uzmanlar kastı tarafından kontrol edilen bir zihinsel düzey hiyerarşisi biçiminde yeniden düzenlenmesi gerektiği yolundaki güçlü inancı. Huxley'nin *Cesur Yeni Dünya*'yı yazmaktaki asıl amacı, pekâlâ *Tanrılara Benzeyen İnsanlar*'ı ve anlattığı düşlemsel 'California' dünyasını yermek olabilir; ama romanı yazmaya başlar başlamaz, Huxley'nin kurmaca bir geleceğin parodisini yapma isteği, şimdinin kurmaca olmayan acil sorunlarına korkulu ilgisiyle karıştı.

Ekim 1929'da Wall Street'in çöküşü, Britanya'nın sadece temel ürün endüstrilerine dayanan alanları için sert yan etkileri olan bir küresel sarsıntıya neden oldu. Sonraki iki yıl boyunca bu bölgelerde işsizlik hızla arttı ve 1931'in ilk aylarından itibaren, ülkenin ekonomik problemlerinin her gün biraz daha vahim bir hal alması ve Parlamento'nun etkisiz bir seyirci olduğunun gitgide açığa çıkmasıyla, Britanya kaosun eşiğinde görünüyordu. Birçok yorumcu, bütün Avrupa'nın toptan bir ekonomik çöküş ve kanlı bir kargaşaya doğru gittiğini tahmin ediyordu. Uygarlığın kendisi yok oluşa mahkûmdu.

Huxley, Durham kömür madenlerini ziyaret eder ve kitle işsizliğinin sefaletine tanık olur. Ekonomik ve politik durum üzerine kilit bir

Avamlar Kamarası tartışmasında da hazır bulunur ve gözlemlediği tutumlardan, işittiği "zırvalamalar"dan hiç etkilenmez. 1931'in yazında kriz derinleştikçe, Huxley'nin karamsarlığı da derinleşir. Ağustos ayındaki sterline hücum, Britanya'nın acil durumla uğraşacak ilk hükümetinin kurulması, (A.J.P. Taylor'ın sözleriyle) "iki savaş arasındaki İngiliz tarihinin dönüm noktası"nı belirleyerek Eylül'de altın standardının bırakılması, Huxley'yi Birleşik Devletler'e yapacağı ikinci ziyareti belirsiz bir tarihe ertelemeye sevk etti. Kısa bir süre sonra geleneksel politikaya ilişkin ümitsizliğinin en derin noktasına ulaştı ve, çoğu çağdaşı gibi, parlamenter demokrasiden vazgeçip, "bizi rasyonel bir öngörünün gereklerini yapmaya ve bu doğrultuda zahmete girmeye zorlayacak kişiler tarafından" yönetilmeye boyun eğmeyi savundu. Propagandayı devlet kontrolünün meşru bir aracı olarak gördü ve Sovyetler Birliği'nde yürürlüğe konulana benzer bir ulusal planın uygulamaya geçirilmesi için defalarca çağrıda bulundu. 1928'de Rusya'da ilk Beş Yıllık Plan açıklandığında, Huxley "Bolşevik idealist için Ütopya bir Ford fabrikasından farksızdır," diye yazmıştı; fakat 1931'in olayları onu değişik bir bakış açısını benimsemeye yöneltti. *Cesur Yeni Dünya*'yı yazdığı sıralarda, tıpkı Mustafa Mond gibi, eğer uygarlık mevcut krizden sağ çıkacaksa "ilk ve en son kertede ihtiyaç" duyulan şeyin istikrar olduğunu ileri sürdü. Mond'un adı, Imperial Chemical Industries Ltd'in ilk başkanı olan Sir Alfred Mond'dan (1868-1930) esinlenilerek konulmuştur. Huxley onun Middlesborough yakınlarında olan Billingham'daki devasa fabrikasını *Cesur Yeni Dünya*'yı yazmaya başlamadan hemen önce gezmişti. Huxley, Billingham'ı planlama ilkelerinin "muzaffer bir tecessümü" olarak, "kocaman bir plansız tutarsızlık dünyasının ortasındaki... düzenli bir evren" olarak selamlamıştı. Öyle görünüyor ki, Vahşi'ye buyurgan tahakkümü içinde Mustafa Mond, Huxley'nin Haziran 1931'de Britanya'ya akıl, düzen ve isrikrar getirmesi için çağrıda bulunduğu "güçlü ve akıllı merkezi otorite"yi kişileştirmektedir. Mond'un "derin, tınılı sesi" Huxley tarafından üç yerde anılmıştır. Üstelik, sesinin "ürkütücü biçimde" titreştiğini ve Mond'un yüzünün 16 ve 17. bölümlerde Vahşi, Bernard Marx ve Hemholtz Watson ile konuşmaları boyunca "iyi huylu zekâ"dan daha tehdit edici bir şeyi ele vermediğini gözlemler. Bütün çirkinliğine rağmen, F.S.632'nin hiyerarşik, aseptik, renklerle kodlanmış dünyası, Huxley'nin *Cesur Yeni Dünya*'yı yazmadan önce, yazarken ve yazdıktan sonra başka yerlerde çağrısını yaptığı bilimsel ütopyadan çağlarca uzak değildir.

Cesur Yeni Dünya'nın yayınlanışından iki hafta önce, Ocak 1932'de BBC'deki bir radyo konuşmasında Huxley öjeniğin bir politik kontrol aracı olarak kullanımını tartıştı ve "bütün Batı Avrupa soyunun... hızlı bozuluşu"nun önünü almak için öjenik tedbirleri uygulamaya hazır olduğunu belirtti. Huxley'nin öjeniğe veya toplumun biyolojik yapısının devlet eliyle manipülasyonuna ilgisi, ilkin *Proper Studies*'de (1927) belirdi ve öjenik reçeteler iki savaş arası dönemde bütün politik renklerden entelektüeller tarafından savunuldu. Bokanovski İşlemi, Podsnap Tekniği, Yeni-Pavlovgil Şartlandırma ve Hipnopedya Huxley'nin Britanya'nın politik sorunlarına uygulanabileceğini ileri sürdüğü tekniklerin romanesk karşılıklarıdır. Şöyle demişti: "Koşullar liberalleri diktatörlüğe başvurmaya zorlayabileceği gibi, hümanistleri de bilimsel propagandaya zorlayabilir. Düzenin her türlüsü kaostan yeğdir."

Nasıl H.G. Wells'in *Zaman Makinesi* (1895) bir uzak gelecek görümünden çok Viktoryen cehennem korkusu ve onun birçok türevince ilham edildiyse, *Cesur Yeni Dünya*'nın yüzeyinin altında da Huxley'nin ekonomik karışıklığa ilişkin marazî büyülenmişliği, 1931'de ulusal yaşamı şekillendiren politik atalet ve sosyal huzursuzluk, krizi çözmek için öne sürülen çözüm önerileri yatmaktadır. Sözgelimi, Kuluçka ve Şartlandırma Müdürü alt sınıfların "her fırsatta" kırlara gitmek ve yasa gereği "alet gerektirecek sporlarla ilgilenmek ve böylece ulaşım kadar üretilmiş nesneler tüketmek" için şartlandırıldıklarını söylediğinde ve "Atıp kurtulmak onarmaktan yeğdir"in Dünya Devleti'nde aksiyomatik olduğunu öğrendiğimizde, Huxley Britanya'nın karşılaştığı sorunların tüketim yetersizliğinden kaynaklandığını öne süren teoriyi (ki Huxley bunu ekonomist J.M. Keynes'e atfeder ve şiddetle reddeder) hicvetmektedir. Keynes, aynı zamanda, sistematik bir kamu çalışmaları programı yoluyla işsizliğin düşürülüp ekonominin yeniden canlandırılabileceğine inanıyordu. Stoke Poges'daki Engelli Golf, Londra'nın batı banliyölerinde toplanan Merkezkaçlı Zıplayan Kukla kuleleri ve "Notting Hill'den Willesden'a giden ana yol boyunca iki sıra halinde dizilmiş" olan Escalator Fives Kortları, romanın yazıldığı tarihte onca tartışmaya yol açan Keynesgil girişimlerin alaycı belirimleridir.

Cesur Yeni Dünya'nın arka planını tam olarak bilmek romanın kara ütopyacı dayanaklarını hiçbir şekilde geçersiz kılmaz. Roman, şirket-devletin doğasındaki totaliter tehlikelerin bir geleceğe yansıtımı olarak okunabileceği gibi, Amerikan öcüsüne dair bir hiciv olarak da alımlanabilir. Gördüğümüz gibi *Cesur Yeni Dünya*, Huxley'nin bilimsel planlamaya dolaylı ve umutsuz desteği olarak dahi yorumlanabilir. Bütün metinler özerktir; bizzat *Cesur Yeni Dünya* da, Huxley'nin romanı yazdığı sıralar ürettiği çeşitli kurmaca olmayan yazılarla romanı niçin yazdığı ve ne anlama geldiğine ilişkin geriye dönük açıklamaları da, bir bütün olarak değenlendirilebilir veya her biri kendi başına ele alınabilir. Fakat okur hangi yorumu yeğlerse yeğlesin, öyle görünüyor ki *Cesur Yeni Dünya*'nın yapısı 1931'in Nisan ve Ağustos'u arasında Huxley için çok sorunlu bir haldeydi; çünkü bir hiciv mi, bir kehanet mi, yoksa bir proje mi yazdığından kendisi de emin değildi. 1935'te bir gazeteci gönlünün "Vahşi'nin isteklerinden yana mı, şartlandırılmış istikrar idealinden yana mı" olduğunu sorduğunda, Huxley'nin "İkisinden yana da değil, bence iki ucun arasındaki bir orta hem istemeye değer hem olabilirdir, hem de bizim hedefimiz olmalıdır," diye yanıtladığı aktarılır. Anlamlı biçimde, "Gelecek hakkında komik, en azından alaycı bir roman"ın tamamlanışını haber veren babasına Ağustos 1931'de yazdığı bir mektup, "Beş Yıllık Plan doğrultusunda birşeyler benimsemediği takdirde, dünyanın geriye kalanının çökeceği" yolundaki kanısının "gitgide güçlendiği"ni bildirerek bitiyordu. *Cesur Yeni Dünya*'ya 1946'da yazdığı önsözde romanı yazdığı dönemde planlama ve öjeniğin kendisi için sahip olduğu çekiciliğe hiçbir göndermede bulunmaz. Hitler ve "Nihai Çözüm" bu tür fikirleri düşünülemez kılmıştı ve o günden sonra Huxley bu fikirleri terk etti. Böyleyken önsöz ve *Brave New World Revisited* (1958), Sovyet Komünizmi'nin hegemonyasının işaretlerini verdiği "kâbusumsu" geleceğe ilişkin kehanetsi farkındalığı vurgular.

Cesur Yeni Dünya'nın en güçlü yönlerinden biri, teşrih masasına yatırılamaması, kategorik yoruma direnmesidir. Sözgelimi Mayıs 1931'de yayınlanan bir makalede D.H. Lawrence, New Mexico'nun "büyük maddi ve mekanik gelişme çağı"ndan kendisini nasıl "sonsuza dek" kurtararak değiştirdiğini anlattı. Huxley'nin Vahşi Ayrıbölgeleri bu denemeye (*The Plumed Serpent* (1926) ve *Mornings in Mexico* (1927)) çok şey borçludur. Bu yapıtlarda Lawrence, sürekli animistik insan ruhuna bağlı kalan Amerikan yerlileri ile Ford'la malûl Birleşik Devletler'in demokratik yurttaşları arasına bir ayrım çizer. *Cesur Yeni Dünya* da aynı ayrımı kullanıyor görünmekte ve hatta Huxley bir Pueblo Yerlisi'nin kırışık yüzünü betimlemek için Lawrence'ın favori sözcüklerinden birini, "obsidian"ı kullanır. Lawrence 1930'da öldü, Huxley de 1932'de yazar arkadaşının mektuplarını yayınladı. Bunları yayına hazırlarken Huxley, New Mexico'nun Lawrence'a ifade ettiği anlamın çarpıcı tanıklarıyla karşılaştı. *Cesur Yeni Dünya* kısmen Lawrence'a bir başka atıf olarak okunabilir, fakat romanın birçok yönü göz önünde bulundurulunca, durum göründüğü kadar basit değildir. Huxley aslında Lawrence'ın ilkel kültürlere "gerilikçi" övgüsüne ılımlı yaklaşmaz ve de romanın son bölümünde Vahşi kendisini "bir kucak dolusu yeşil diken"in üzerine attığı zaman, bu, Lawrence'a saygılı bir gönderme ânı olmaktan çok, Birkin'in *Women in Love*'da dikenli çalılığa çırılçıplak atlayışının parodisidir. Benzer biçimde, "etine dolgun bir sarışın" olarak Linda da, kocasının ölümünden sonra ömrünü New Mexico'da geçiren ve Lawrence'ın mektuplarını derlerken bir hayli çatıştığı Frieda Lawrence'a eğreti bir benzerlikten fazlasını taşır.

Vahşi Ayrıbölgesi'ni, gayrıinsanî Dünya Devleti'nin günahıyla sevabıyla, insanî antitezi olarak okuyanlar, Malpais'in ırkçı önyargısı içinde Linda ve John'ın dışlanmışlıklarının ("Ten rengimden ötürü benden hoşlanmadılar," der John Bernard, ve Lenina'ya 7. Bölüm'de kırbaçlama ayininde ilk karşılaştıklarında, "Hep böyle oldu.") Bernard Marx ve Hemholtz Watson'ın Dünya Devleti'ndeki ikilemlerinden daha tahammül edilemez olduğunu kabul etmelidirler. Ortodoks olmayan davranış New Mexico'da Londra'dakinden daha şiddetle cezalandırılmaktadır ve Malpais'in totemizmle meskali, Dünya Devleti'nin Fordizm'le *soma*sının kaba eşdeğerlerinden başka birşeyler midir? Buna karşılık, F.S. 632'nin sivri yanları törpülenmiş mutluluklar diyarı, sapkın davranışın, insan hatasının, duygusal istikrarsızlığın ve toplumsal düzensizliğin kökünün kazındığı bir yer değildir. Asayiş polisi, Park Sokağı arbedesi gibi programlanmamış anlaşmazlıklar patlak verdiğinde ilgilenmek üzere hazır bekletilir; Kuluçka ve Şartlandırma Müdürü gibi yüksek mevkili birinin de genç Linda'yla yıkıcı ve romantik bir ilişkiye girmesi, kadının da "Tomakin"ine kendini adaması insan tutkusunun bastırılamaması konusunda çok şey anlatır. Benzer biçimde, "popüler" ve "etine dolgun" Lenina Crowne, Henry Foster'la olan özel ilişkisini, gelişmesi engellenmiş Bernard Marx'a açıklanamaz bir düşkünlüğe evriltir ve, 13. Bölüm'de bildirildiği üzere, Mwanza-Mwanza'daki bir Alfa-Eksi idarecinin erken ölümüne yol açan da Lenina'nın insanca bir hatasıdır. Aynı şekilde, Bernard'ın kısa boyluluğu ve inançsızlığının, bir insanın geçmişteki sakarca bir hatasından kaynaklanmış olabileceği yolunda söylentiler dolaşmaktadır.

1946 tarihli önsözde Huxley, romanı yeniden yazacak olsa Vahşi'ye üçüncü bir seçenek; ekonominin merkezsiz, politikanın anarşist, bilim ve teknolojinin insanlığı baskı altına almak yerine, ona hizmet etmek için kullanılacağı bir toplulukta yaşama seçeneği sunacak idiğini açıklar. "Din, insanın Mutlak Sonu'na ilişkin bilinçli ve zekice meşgalesi, içkin Tao ya da Logos'un, aşkın Tanrı ya da Brahman'ın birleştirici bilgisi olurdu," der. Okuyucular olarak romanda bu satırları gözden geçirip değiştirmediği için Huxley'e müteşekkir olmalıyız, çünkü eğer öyle yapsaydı, *Cesur Yeni Dünya*, kuşkusuz, uzun süreli cazibesini yitirirdi. Paradoksal biçimde, *Cesur Yeni Dünya*'nın bir yirminci yüzyıl klasiği olma özelliğini güvenceleyen şey, 1931'de Britanya'yla Huxley'i kuşatan ve romanının derin çift yönlülüğünü doğuran kaygı ile belirsizliklerdir.

David Bradshaw
Çev. Savaş Kılıç

CESUR YENİ DÜNYA'YI ZİYARET

Aldous Huxley

"...hayat kısadır ve bilgi sonsuz. Kimsenin her şey için zamanı yok. Pratik olarak, biz genellikle aşırı kısa bir sunumla sunumun yokluğu arasında seçim yapmaya zorlanırız. Kısaltım kaçınılmaz bir kötülüktür ve kısaltanın işi, doğası gereği kötü de olsa, hiç yoktan iyi olan bir şeyi en iyi şekilde yapmaktır. Basitleştirmeyi öğrenmek zorundadır, fakat çarpıtacak kadar değil. Bir durumun esasları üzerine yoğunlaşmayı öğrenmek zorundadır, ama gerçekliği niteleyen yan konuları çok fazla görmezden gelmeden. Bu yolla belki hakikatı bütünlükle anlatamaz (neredeyse her konuda bütünlüklü hakikat, kısalıkla uyuşmazlık içindedir), ama düşüncenin her zaman için tedavüldeki paraları olan tehlikeli çeyrek hakikatler ve yarım hakikatlerden çok daha fazlasını anlatır."

Önsözden

H.G. Wells

ZAMAN MAKİNESİ

Ondokuzuncu yüzyılın sonlarında İngiltere'de bir bilimadamı akşam yemeğine çağırdığı konuklarına Zaman Makinesi olduğunu iddia ettiği bir aygıtı gösterir. Saygıdeğer konukları ona inanmayı reddeder, ancak bir hafta sonra tekrar evinde toplandıklarında onu bitkin, sefil ve perişan bir halde bulurlar. 802,701 yılında, bir zamanlar Londra'nın bulunduğu noktada tanık olduğu yaşamı anlatır onlara. Geleceğe yolculuk etmiş, geleceğin ırkıyla tanışmıştır; birer peri kadar hoş, meyveyle beslenen, yaşamlarını neşeli bir tembellik içinde geçiren sevimli torunlarımızla... Ancak insanın evriminin tek sonucu, dünyayı miras alan tek tür onlar değildir. Yeni Aden'in altındaki tünellerde yaşayan başka bir canlı türü daha vardır...

Bilimkurgu serüvenini başlatan ilk ve en görkemli adımlardan biri olan bu klasik romanda H. G. Wells, insanoğlunun hiç eskimeyecek zaman yolculuğu düşünden yola çıkarak yaşam biçimlerimizin evrildiği yönü sorguluyor.

Dörtlemenin Son Kitabı

Marion Zimmer Bradley

Avalon'un Sisleri 4 : Meşe Ağacındaki Tutsak

Ghwenhwyfar'ın bir oyunuyla ihtiyar Kral Uriens ile evlenmek zorunda kalan Morgaine, orada geçirdiği zamanı Avalon rahibesine özgü melekelerini tekrar kazanmak ve kraliçesi olduğu Kuzey Galler topraklarında Tanrıça'nın hakimiyetini sağlamlaştırmak için kullanır. Bir taraftan da Avalon'a ihanet eden Arthur'u tahttan indirmeyi planlamaktadır.

Habis ruhlu oğlu Mordred ise gözünü hırs bürümüş teyzesi Morgause'un akıl hocalığında Arthur'un çevresini entrikalarıyla örmüş, bir başka ihanete hazırlanmaktadır.

Camelot'ın pırıltılı günleri sona ermiş, Yuvarlak Masa Şövalyeleri Kutsal Kâse'yi aramak için dört bir yana dağılmıştır.

Ve perde kapanır, Camelot'ın şanla dolu tarihinin üzerine...

Ray Bradbury

UĞURSUZ BİR ŞEY GELİYOR BU YANA

Parmaklarımı şıklatmamla,
Uğursuz bir şey gelir bu yana

Karnaval soğuk bir Orta Batı Ekim gecesinin gece yarısından çok sonra çıkagelir. Bir Cadılar Bayramı haftasını zamanından önce sürükleyerek, bir orgun tiz siren şarkısı, düşlerin ve gençliğin yeniden elde edilmesine ilişkin baştan çıkarıcı vaadiyle herkesi çağırmaktadır. Genç dostlar James Nightshade ve Will Halloway bu çağrıya ilk karşılık verenlerdir. Güvenli bir mesafeden, panayır yolunun hayali canlanışını seyrederler, tüm duyguları bir heves, ürperti, gözüpeklik ve belirsizlik ayaklanması içindedir. Çünkü havadaki değişimi sezmektedirler; masumiyetin hayal kırıklığıyla dehşetin kaba ve yakıcı dumanında yok olması gerektiği Güz'ün bu Güz olduğunu bilmektedirler.

Hâlâ düşleyen ve hatırlayanlar ve fısıltıyı duymuş, ama daha onun karanlık, şiirsel gücünü deneyimlememiş olanlar, hoş geldiniz. İçeri girin, oturun. Başkalarına hiç benzemeyen bir gölge gösterisi başlamak üzere...

Roger Zelazny

IŞIK TANRISI

Dünya'nın ölümünden çağlar sonra, uzak bir gezegende bir grup insan teknolojik bilgileri tekellerine alıp halktan esirgeyerek kontrolü ele geçirmiştir. Tutsak dünyalarını da Hindu panteonunun kişiliklerine bürünerek yönetmektedirler. Onları tanrılaştıran ise teknolojiden yararlanarak geliştirdikleri ve tekrardoğuş zincirinde biledikleri güçleridir. Yıkım Tanrıçası Kali, Ölüm Tanrısı Yama ve Şehvet Tanrısı Krishna'ya meydan okuyacak olan da bir zamanlar Siddartha, şimdiyse Mahasamatman, İblis Tutan ve Işık Tanrısı olan Sam'dan başkası değildir. Sam, barışçı ve çilekeş öğretisiyle sözde Hindu tanrılarının gazabıyla kıvranan halkın gönüllerine seslenecek, birçok defa ölmek pahasına onları zoraki cehaletlerinin karanlığından kurtaracaktır.

İthaki Kitaplığı'nda Bir Dünya:

Mircea Eliade

Mistik Öyküler – Kutsal ve Dünyevi

Ölümünden sonra yapılan bu derleme, yazarın fantastik öykülerinin en ilginç ve başarılı olanlarını kapsıyor. "Dr. Honigberger'in Sırrı"nda bir doğubilimcinin esrarengiz biçimde sırra kadem basışının gizi anlatılırken, "Çingeneler"de hafızasını yitirmiş bir adamın çingene kızlarının çadırında yaşadığı tuhaf serüven ve "Yıldırımla Gelen Gençlik"te intihar etmek üzere hazırlanırken yıldırım çarpan, bu çarpma sonucunda gençleşen bir bilim adamının başından geçenler anlatılmaktadır.

YAŞLI ADAM VE BÜROKRATLAR

Dinler tarihi alanındaki çalışmalarıyla tanınan Mircea Eliade'nin, uzmanlık alanındaki engin birikiminin her satırında hissedildiği büyülü bir anlatı... Tıpkı Binbir Gece Masallarında olduğu gibi kurban, ölümünden kurtulmak için celladının merakını canlı tutmak zorundadır. Ve dünyanın her yerinde; gizemi inkâr eden totaliter yönetimlerde bile insanlar her zaman iyi bir öykünün peşinden derler...Eliade'nin kahramanı Farama, sorgucularını yeraltı dehlizlerinde, büyülü dağlarda, kentin gizemli sokaklarında dolaştırırken, şafağın söktüğü saatlere dek öyküler öyküleri izler.

Olağanüstü kişilikler bir gizemin peşinde yüzyıllar boyunca dolaşırlar ve sonunda kurban ve sorgucu kimlikleri büyülü bir örtünün ardında bulanıklaşır...

Howard Philips Lovecraft

DELİLİĞİN DAĞLARINDA

Miskatonic üniversitesi'nden bir ekip araştırma için Antartika'ya gider. Yaptıkları sondajlarda jeolojik bulgularadn çok daha fazlasına rastlarlar. Çağlardır ölü olan bu kıta insanın gezegenin üzerinde ilk yürüyüşünden yıllar yıllar önce yaşayan varlıkların görkemli izlerini korumaktadır derinlerinde.

Lovecraft'ın en başarılı yapıtları arasında gösterilen bu kitapta, Cthulhu Mitosu'nun 'kurucu öğesi' Eskiler'in tarihini bulacaksınız.

"**DELİLİĞİN DAĞLARINDA** GİRİŞTİĞİM EN CİDDİ İŞİ TEMSİL ETMEKTEDİR..."

H. P. LOVECRAFT

Diskdünya'nın Üçüncü Romanı

Terry Pratchett

Eşit Haklar / Eşit Ayinler

Ölüm omzuna kemikli elini koymadan önce büyücü Drum Billet'ın yaptığı son şey asasını bir sekizinci oğlun sekizinci oğluna geçirmek olmuştu. Ancak büyü âlemindeki bağnaz ve kadın düşmanı meslektaşları açısından talihsiz bir hata yaparak yeni doğan bebeğin cinsiyetine bakmayı ihmal etti...

Eskarina adındaki bu 'cadaloz' kız çocuğu sekiz yaşına geldiğinde, büyücüyü, asayı ve de konuyu tamamen unutmaya azimli olan kasaba halkının tüm çabalarına rağmen; kariyerine kafasını kızdıran ağabeyini domuza çevirmek, Havamumu Nine'nin ocağında ateş yakmaya çalışırken magma kıvamında bir ateş topu yaratıp arzın merkezine göndermek gibi ufak tefek vukuatlar katmıştır. Artık tek çare bu ele avuca sığmaz ufaklığı Görünmeyen Üniversite'ye yazdırmaktır.

Bu defalık, dünyayı kurtarma görevi Üniversite'nin ön kapısından kovulup arka kapısından girmeyi başaran Eskarina'ya düşecek... Savulun bre gafiller, dünyanın ilk kadın büyücüsü geliyor!...

H.P. LOVECRAFT

CTHULHU'NUN ÇAĞRISI

Howard Philippes Lovecraft'ın tüm yaşamı boyunca yazdığı 51 öyküden sekizinin biraraya getirildiği Cthulhu'nun Çağrısı, gotik edebiyatın, öneminden hâlâ pek bir şey kaybetmemiş, klasik örneklerinden.

Kitaba adını veren "Cthulhu'nun Çağrısı" adlı öyküsü ile bir diğer öyküsü olan "Innsmouth Üzerindeki Gölge" Lovecraft'ın ana temalarından biri olan "Cthulhu Mitosu" üzerine yazdığı en kapsamlı öykülerden. Olaylar Amerikan Gotik Edebiyatının klasik mekânlarından olan New England'da geçer. Providence şehrindeki Brown Üniversitesi'nden bir öğretim üyesi, insana benzer bir ahtapotumsu canlıdan, yani Cthulhu'dan söz eder. Vaktiyle Cthulhu ile karşılaşmış ve ondan çok şey öğrendiği için öldürülen gemici Gustaf Johensen'in güncesi ve öldürülme paniği içersindeki öğretim görevlisinin de Cthulhu'nun çağrısını beklemeye başlaması gerilimi doruğa çıkarır.

"Innsmouth Üzerindeki Gölge"nin kahramanı ise bir üniversite öğrencisidir.Bu meraklı genç yaptığı araştırmalar ve Innsmouth'da geçirdiği bir gece sayesinde, Kaptan Obed Marsh'ın yıllar önce Güney Denizi adalarından getirdiği karısının yarı insan yarı balık bir ırk olan Cthulhu ırkının dişilerinden olduğunu keşfeder. Ama asıl çarpıcı olan bu gencin Obed Marsh'la olan geçmişten gelen ilişkisini öğrenmesidir.

Kitapta yer alan "Randolph Carter'ın İfadesi" ve "Pickman'ın Modeli" adlı öyküler ise Lovecraft'ın diğer bir teması olan "yeraltından gelen dehşet öyküleri"dir. Bu öykülerde "bilinmeyen üzerine korkunç araştırmalar yapan" Harley Warren'ın kayboluşunun soruşturması ve "yeraltı dehşetlerini" görmekle kalmayıp aynı zamanda bunları çizen Richard Upton Pickman'ın öyküsü anlatılır.

Cthulhu'nun Çağrısı H.P. Lovecraft'ın karanlık dünyasını öykülerine taşıdığı önemli bir derleme.